ばかおとっつあんには なりたくない

椎名 誠

角川文庫 12906

ばかおとっつあんにはなりたくない

目次

本文イラスト　沢野ひとし

七年ぶりに見つけたサメの本

秋のさかり、東京の西のはずれにある光が丘公園で行なわれた本の雑誌、陶玄房、池林房三軍対抗大運動会のあと、東武東上線下赤塚駅前にある古本屋に入った。古本屋に入るのは久しぶりだった。店の入口のところで素早く『海と太陽とサメ』（ユージニ・クラーク著、河出書房新社）を発見、七年ほど前に海洋雑誌でこの本のことを知ってからずっと捜し求めていたのだ。オーストラリアと秋田沖で鮫《さめ》のいる海に潜って以来あの鮫の神秘的なおそろしさと美しさ、そして絶対に「話せばわかる」という気配をみせない果てしなく冷酷な眼にすっかり魅せられてしまったからである。もうすこし鮫のことを研究し、今度は東シナ海の鮫の海に潜ってそっち方面の鮫を遠くからお見かけしたいと思っている。

鮫にかぎらず海の中で出会う巨大な魚類たちというのは、地上で出会う同じぐらいの規模の動物とは較べものにならない迫力と威圧感をもっている。なにしろぼくなどフィリピンの海で長さ五〇センチくらいのモンゴウイカを見て人生観をすこし変えてしまったくらいなのだ。三メートルのウツボを見たときは一瞬息がとまった。海洋写真家の中村征夫《いくお》さんが生まれてはじめてふいにジンベエザメを見たときは一瞬気を失った。しかし気を失いつつシャッターを切った、と話していたけれど大いにうなずけた。ジンベエザメは二〇メートルくらいになる海のおとなしいバケモノだ。

まだ仮題だけれど来年（一九八八年）ぼくは『巨大魚を抱きにいく』という本を出す予定である。このところずっといろいろな大自然のふところにせまっていったけれど、結局ぼくは海とその周辺の世界というのが一番好きなのだ、ということが改めて近ごろよくわかってきた。

『わしらのクジラ』（土井全二郎著、情報センター出版局）は沢野ひとしが挿画を沢山描いているということもあってまっ先に読んだのだが珍しいクジラ捕りの生活がありのままに書かれていてとても面白かった。それからまた沢野ひとしもこの手の絵を描くためにけっこうクジラのことを勉強したのだな、ということがよくわかった。そういえばつい最近彼が「別冊文藝春秋」に書いた小説は「クジラの夏」というのである。

この本を読みながら篠原《しのはら》のクマさん、中村征夫さんらと東北の陸前江の島に行った。ここでホヤを潜って獲るという仕事があったのである。もう東北の海は寒いのでドライスーツを着て潜ることにした。ドライスーツというのは完全密閉式のダイビングスーツでモモヒキやセーターをつけたままこいつを着て潜るとけっして濡《ぬ》れないのだ。しかしいつもの体にぴったりくるウェットスーツの感覚とすこし違うので海底ですこしアセル。冬のはじめの東北の海の底は悲しいほどなんにもなかった。

帰りがけ女川《おながわ》町の本屋で『アイスバード号航海記』（デビッド・ルイス著、立風書房）

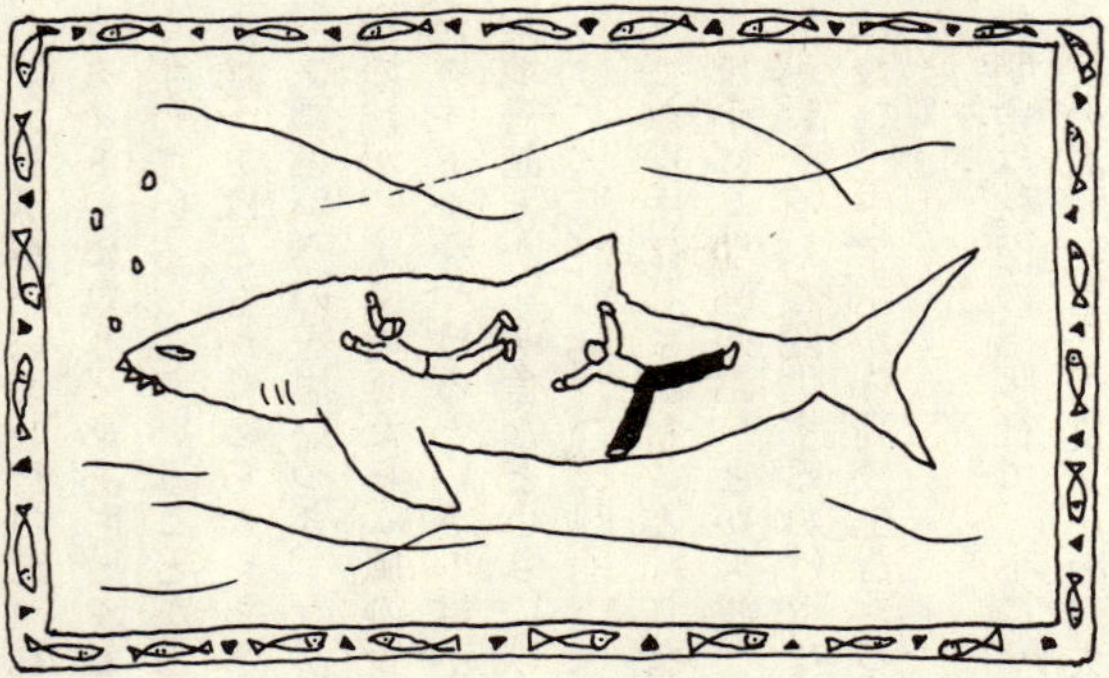

を見つけて購入。カバーの裏のところに「氷海をちっぽけなボートで単独航海したもっとも偉大な記録である」と作家のハモンド・イネスが書いているので大いに感嘆したのである。

氷山の沢山流れる水域を行くあたりを読んでいると、二年前にチリ海軍の船で、氷河のマゼラン海峡をひたすら南下していったことを思い出し胸がハリサケるような気分になった。ハリサケるというのは大袈裟《おおげさ》かもしれないが行った者でないとわからない気分でもあるのだ。

十二月に入るとほぼ一カ月間カンヅメ状態になり永い間の念願だったパタゴニアの旅の記録を一気に書いてしまう計画だ。ぼくはこの本を書くのが楽しみで、旅行の途中などノートを出してこの本のタイトルをどうしようか、などということをもう一年以上も考えていた。いろいろ考えて最終的に決めていたのは『パタゴニア―風と氷とタンポポ』というものだった。パタゴニアというのはマゼランがここを航海したときと現代とほとんど変っていない巨大で荒涼とした世界なのだが、そこには一面にタンポポが咲いていたのだ。しかしその後伊丹《いたみ》十三のラーメン映画が『タンポポ』というタイトルになり、ああちっくしょうめ！　と思ったものだ。いつまでも書かないでぐずぐずしているとこういうことがあるのだ。そこで題名を変えることにしよう、と思った。パタゴニアはともかくめちゃくちゃに風の強いところだったのでとっさに『風の国のパタゴニア』というのを思いつき、うん、これはゴロもいいしなかなかロマンがあるぞ、と思ったのだが、よく考えたら『風の谷のナウシカ』のまったく亜流なのだった。キッチリとしたタイトルをつけるというのは本当にむずかしい。

築地《つきじ》書館とか無明舎など小さいけれど気になる出版社というのがある。十二月から一月にかけて『海流の話』（日高孝次著、築地書館）をコタツの上に置いておき、コタツに入るとこれを手にして読むことにした。これは同社の「みんなの科学名著シリーズ」四巻目で、ほかに『地図の話』とか『渡り鳥』などがある。初版は古く昭和二十九年だが、海の流れがおそろしく変化するわけもなく、そこに書いてあることはちっとも古めかしいところはない。中学生から高校生むきの造本になっているけれどコマギレ読みしながら随分楽しめた。

無明舎は秋田の出版社で、本にハサミコミになっている同社のチラシで知った『バス時刻までの海』（砂室圭 文／小阪満夫 写真）を取りよせたのだ。なかなかきびしい詩情に満ちていて素晴しい。時おりのナナメ構図が気になったがモノクロの写真が寒風吹きつのる日本海の海の気配をよくつたえていてうれしかった。

このごろちょっとした旅行などに持っていく本を最後まで読まずに放り投げてしまう、ということが多くなってきてちょっと困っている。クライブ・カッスラーの『スターバック号を奪回せよ』（新潮文庫）は百二十一頁で、『じゃがたら紀行』（徳川義親《よしちか》著、中公文庫）はマレーの部分まで、ホーガンの『造物主の掟《おきて》』（創元推理文庫）は最初の十頁ぐらいでいったんストップしてしまった。こういうのがクセになるとよくないのだ。

反対に出たとたんにどっと最後まで一気に読んでしまったのが、久々待ってましたの山下洋輔《ようすけ》『ピアノ弾き乱入元年』（徳間書店）。誰がつけたのかまずタイトルがいいですね。各章タイトルもズンと効くのだ。「IIむれこきつどいつつ乱入』「IIIなめこき読みつつ乱入」「IVグチャネチャヌルヌルとなりつつあれこれ乱入」とくるのだ。最後のこの「あれこれ乱入」は韻をふんだような着地のよさでまいった。

ずっと以前から〝本のタイトル〟というのに非常な興味をもっていた。本の売れ行きや品格、味、性能、根性、そういったもののかなりの部分がこのタイトルに凝縮されているのではないかと思っている程だ。そうしてまあ自分も体験上、本をつくる側もこのタイトル決定に相当のエネルギーをついやすのだ。

『あなたの知らないガリバー旅行記』（阿刀田高《あとうだたかし》著、新潮社）もどちらかというとこのタイトルの魅力で読んだ本だ。これも各章の「小人国の風景」「グロテスクな女体」などいかにも読む気がそそられるではないか。

文藝春秋の「文學界」を久しぶりに買った。筒井康隆《やすたか》特集、となっていたからだ。読む気をそそる小説のタイトルづけといったら筒井康隆が最高最強のような気がするが、この特集の中にある短編「おもての行列なんじゃいな」は一目見たとたんシューティングの決め技をかけられたような気分になった。

きれいなタイトルは『風の博物誌』（ライアル・ワトソン著、河出書房新社）。まだ買ったばかりで読んでいないのだが、内容も魅力的である。こういうスタイルとボリューム（四六判四百三十頁）で『波の博物誌』というのをどこかで出してくれい。

「朝日ジャーナル」に連載している「こんなものいらない」はこの雑誌でまっ先に見る頁だったが、『現代無用物事典』（新潮社）としてまとめられた。これはしかしいい企画だった。改めて読んでみるとこの国がいかに不要品おしつけものでがんじがらめになっているかわかる。ここにも書いてあったけれど近ごろぼくもうるさいなあと思っている「電話のおまたせオルゴール」あれはなにか非常に急いでいるようなとき、ひどくイラだってくるしろもので、こんなものを設置している奴がアホに思えてくる。待たせてる間ホラこれでも聞いておれや、という気配濃厚のチャンチャカチャンチャカうすべったらの「アニーローリー」や「峠のわが家」を誰が「ふーむ名曲だなあ」と目つぶって聞いているか！　そういえば、本の雑誌社もこのオマタセバカ音楽が鳴るのだ。それでいまハッとしてためしてみたのだがなんとオレの家の電話もこいつが鳴っているのだ。

誰がこんなものつけてくれと頼んだというのだまったく。いまは電話屋からくっついてきているというわけなのだ。せめて、つけるかつけないかの選択ができないものか。どこかへ電話してこのオルゴールなしに待たせてもらうと本当にホッとするもんなあ。

最後にこれまでの話とはまったく関係ないけれど、ぼくの仕事場のメールボックスに放り込まれていた松喜鮨《ずし》のチラシはヘッドコピーに「出前大好き」とあった。ややオカマふうのおっさんがシナをつくって寿司《すし》握っているのがいただけないが見ると笑えるチラシは久しぶりだった。

このチラシのどこかで見たようなコピーを見ながらフト思ったのだけれど、コピーライターのように単行本のタイトルをつける「必殺必勝タイトル屋」という商売は成立しないだろうか。著者も編集者もこれはという決定打を出せずに悩んだ末にこのタイトル屋に電話するとすぐとんできて、一同「ワッ」とひれ伏すタイトルをつけてギャラをもらって風のように去っていくタイトル仮面。どこの誰かは知らないけれどきっといつかは出てくるような気がするではないか。（しないか）

※文中『巨大魚を抱きにいく』という本は『あやしい探検隊海で笑う』というタイトルで情報センター出版局から一九八八年に出版された（一九九四年角川文庫から刊行）。

マミヤプレスに再会した日

サラリーマンのころマミヤプレスという大型カメラを使っていた。「ストアーズレポート」という月刊誌を作っているじぶんだ。専属のカメラマンというのがいないので、取材者がカメラマンも兼ねて出かけるわけである。

業界新聞と月刊雑誌、それにPR新聞と三つの編集部があって、記者も二十人近くいたのでカメラは三〜四台あった。主力機はアサヒペンタックスで、当時はまだマウントがねじ込み式のやつである。

三〜四台のカメラはカメラ箱に放り込まれていた。取材に出ていくやつがそこからカメラを引っぱり出していく、というシステムになっているのだが、カメラ箱のカメラはまさに雑然と放り投げられている、という状態だった。レンズを傷つけないようにキャップし、使い終った人は軽くホコリをぬぐっておく、というようなデリカシイはカケラもなかった。雨ふりにさしていく傘のようなものだったのである。

いつごろ、誰が使っていたのかわからないが、一台だけ誰も使わないカメラがあった。それが大型のマミヤプレスだった。こいつはブローニー判のフルサイズ九×六センチの巨大なフレームを持っていた。機構は単純なボックス式でレンズシャッターをレリーズで操作するようになっている。レリーズというのは簡単にいうと棒紐状《ぼうひも》になった遠隔シャッター押し装置、とでもいったらいいだろうか。うーんますますわかりにくくなってきたか……。

とにかくこのカメラは単純なわりには撮影するフィルムのフレームが横九センチ、縦六センチと非常に大きいので、野外風景にはいたってつよく、きちんとした条件で撮影すると信じられないくらい鮮明な風景を撮ることができた。

そこでぼくは誰も使っていないのをいいことにもっぱらこいつを使うことにしていた。外で街や建物を撮るときにはこいつを持っていくと被写体に対して完全に「いざ勝負……」というような気分になった。

室内用には専用のフラッシュをつけて撮るのだが、このフラッシュが昔の閃光《せんこう》ランプ式のもので、一五センチぐらいはありそうな大きな反射鏡と、単一乾電池が四個も入ってしまう懐中電燈のようなグリップからなっていた。こいつをつけるとぐんと手ごたえのある重いカメラになり、ますます一写入魂〝勝負のシャッター〟というような気分になっていった。

そのすこし前にテレビの連続映画に『カメラマン コバック』というのがあって、まだ若いチャールズ・ブロンソンがスピグラを持ってパシッとフラッシュ撮影する、というのが冒頭のシーンだった。このカメラマンを主人公にしたテレビ映画は三十分シリーズだったが、あれは一体カメラマンをどんなふうに描いたのであったたっけ、というのがこのころ急に気になってきた。記憶は妙にあいまいなのだが、カメラマンが主人公といいつつも、いかにいい写真を撮っていくか、とか、いかに特ダネを撮ったか、ということをドラマにしていく、というのがまったくなくて、主人公のブロンソンが何か写真を撮るたびに常に事件にまき込まれていく、という筋だった。まあブロンソンがまだやたらに若いころだったから、そのくらいのアクションがおこらないとかえって不思議なことになる、というようなこともたしかであった。

しかしあれからかれこれ二十年、そのあいだカメラマンを主人公としたドラマは一本も出ていないような気がするので、この『カメラマンコバック』はさながら今日のフォーカスやフライデー騒動を二十年も前に先どりしていたのかもしれない。

まあそれはともかく、このブロンソンと大型カメラという組み合わせを充分意識して、ぼくも東京の街をこれを持ってよく歩いていた時期があるのだ。

しかし東京の街ではこれで何かを撮っても事件は一向におきる気配はなかったし、思いがけない事件にまき込まれる、ということもまるでなかった。

昨年の夏、銀座の松屋で毎年ひらかれる「カメラショー」に行ったら、十年ぶりにこのマミヤプレスと対面した。中古で二万八千円の値段で売っていた。もともとこのカメラはそんなに高いものではないのだ。

ぼくはなにかじつにふわふわと嬉《うれ》しくなり、ガラスケースの中のこいつを眺めた。ケースの中のカメラを眺める、という記憶はいろいろあって、やはりサラリーマンのころに16ミリの映画に凝って、銀座三原橋のキャノンショールームに昼休みにはよく眺めに行ったものだ。そこには発売間もないキャノンスクーピックM16という国産16ミリカメラが展示されていた。

そこから銀座三丁目の方に足をはこぶと16ミリ映画機材を専門に置いてある銀座サクラヤという店があって、そこのウインドウもよくのぞきに行ったものだ。

その店のウインドウにはフランス製のボリューというのとスイス製のボレックスという精密高級機が並んでいた。どちらも百万円以上もするしろもので、素人の単なる16ミリ映

画好きという人間にはとても手を出せない機械だった。

けれど、何度見ても飽きないので、暇があると銀座八丁目からそこまで通っていたのである。

十年ぶりに対面したマミヤプレスは、ぼくに銀座のサラリーマン時代をいろいろと思い出させた。その日はそのまま帰ってしまったのだが、家にもどるとどうもこのカメラが異常に気になった。そして三日後にまた松屋に行ったのだ。

その日は、もしまだあのマミヤプレスが売れずにあったなら買ってしまおう、と思っていた。売れずに残っていてほしい、という気持と売れてあとかたもなくなっていてほしい、という別々の思いが裏がえしになっていた。売れ残っていて買ってしまうと、また少しの間、ぼくはそのカメラに凝るかもしれない、というなんとはなしのオソレというようなものがあった。

行ってみると売れずにまだ残っていた。実際にこのカメラがケースの中にあるのを見たときホッとした。二万八千円など安いものだ、と思った。家に持って帰る前に新宿にある仕事場へ行って、頑丈な包装をときマミヤプレスをひっぱり出した。ずりずりずりとフィルムを巻きあげる回転音がなつかしかった。こいつで一体何を撮ろうか、と思いながら、自分もついに懐古的なものを買うような気になったのかなあ、とすこししみじみした気分になった。

四帖《じょう》半カラオケオペラのだら汗地獄

改めて言うけどカラオケというの、おれはきらいだ。

このあいだカラオケ好きの木村晋介《しんすけ》にさそわれてついつい一軒その手の店に足を踏み入れてしまった。けれどまあ木村のうたはいいだろう。やつは酒場の雰囲気に合わせて楽しんでうたっているからだ。

そのときその店の常連らしい三十歳ぐらいの男が、やはり常連らしい二十五、六歳ぐらいの女を従えてうたった『希望』といううたは、あれはいったい何だったのだ！

そいつには最初から自信がありありと見えた。「いいかおれのうたきいたらおどろくなよ。新宿歌舞伎町あたりの安カラオケのとはちがうんだかんな」とその男は無言のうちに全身でそう言っていた。その店は新宿とはいっても新宿文化イベントの殿堂新宿厚生年金会館の近くにあるピアノつきバーなのだ。

男はマイクを持つと背すじをしゃんとのばし、ものすごくよく通るオペラのような声で岸洋子の『希望』をうたいだした。つづいて女もうたいだした。いつもペアをくんでいるらしく、女もうまかった。しかし、それはあきらかに異様だった。狭い店である。マイクなんか使わなくたってそこでうたをうたえば店中くまなく聞こえてしまう。そこをオペラのような声をはりあげて、しかもマイクの音量最大にしてぐわんぐわんとうたいあげる、という毎度おなじみの強引音狂地獄なのだった。仲間同士でうたってさわぐ、というのならおれたちもよくやるけれど、見知らぬ他人が静かに酒をのんでいる傍で、新宿二丁目の天も地もはり裂けよ……とばかりにわめきまくるニンゲンというのがどうもいまだによく理解できない。それからその人と店のオーナーが音頭をとって店にいる客のほぼ全員の合唱で『ウイ・アー・ザ・ワールド』をたからかにうたった、というのも本当の話、おれは心の底から恥ずかしかったなあ。

それから数日してまた木村晋介となんとなく入った赤坂の店はピアノにベースにドラムがあって、そこでも「わしはてしなくうまいんだかんな」という人が激しくうたっていた。プロはだしの有名人もかなりいるようでみんな本当にうまい。音もそんなにバカデカボリュームでなく、かんじはいいのだが、しばらくするうちにここは新宿のあの店よりももっと本質的に「や〜らしい」店なのだ、ということがわかってきた。

ここで次々にうたっているうたはそのことごとくが外国のうたなのだ。しかもそれを外国語でうたう、というのがなんとはなしのルールになっているようだった。英語、フランス語、スペイン語と、各国のコトバで人々はびっくりするほど流暢《りゅうちょう》にうたっていた。わが木村晋介も臆《おく》することなく英語のうたをいっぱつやった。

フトそのあとでおれが行って『北海盆唄《うた》』でもうたったとしたらどうなるだろうか、と思った。えーんやぁ、こーらや、どっこいじゃんじゃんこーらやぁ、とうたったらこの座

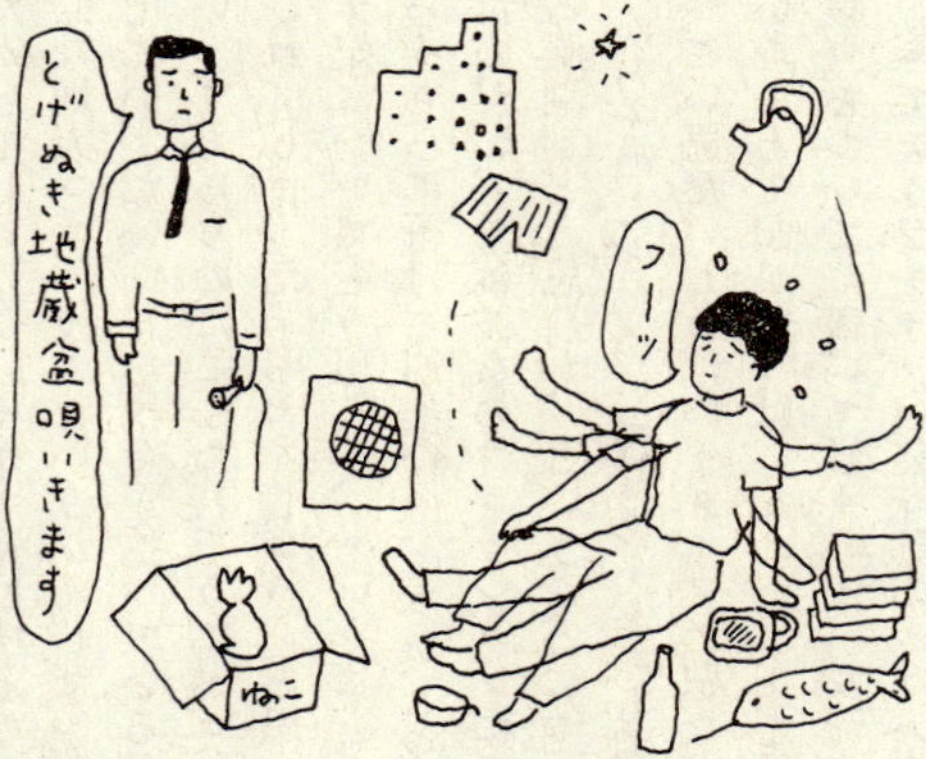

の空気はどうなるだろうか、と思った。

四月から五月と、どこへも行かず基本的にじっとしている、という人生が続いていた。そこである日思いたって自分の周りの不要品をぜ〜んぶ捨ててしまおう、と思った。本棚の本をどっとぶちまけ、机をひっくりかえし、必要ない服を放り出した。ものすごい量の不要品が出た。でかすぎるスピーカーもベッドも捨てた。自分の書いたのが載っている雑誌類もぜんぶ捨てた。いつの間にかおびただしい量になっていた。粗大ゴミを捨てたいので、と小平《こだいら》市役所に電話した。環境衛生課の若い男がでてきて、ぞんざいな口調で「どんなものがあるのか?」と聞いた。「ベッドとかスピーカーとかいろいろです」と言うとそいつは「いろいろじゃわからない、具体的に何と何があるのか言いなさい」などとコワイ口調で言った。こっちは家中ひっくりかえしたのだからいろいろ言えないくらいいろんなものがあるのだ。しかし小平市役所のその若い男は「何があるのか具体的にわからなければだめだ、こっちもあちこち回るのだから忙しいのだ。やがて巡回するのを待っていろ」とはてしなくエラソーなのだ。典型的な地方コッパ役人というかんじだった。ちくしょう。言いたくはないがおれはこの小平市にいったいいくら税金を払っていると思うんだ。あれだけ払って粗大ゴミひと山もっていってもらうのにこんな若ぞうにペコペコしなければならないのか、と思ったら急にくたびれてしまった。ちっくしょう、と思ってお茶を飲んでいるとフジTVから電話。ダイアナ妃についてどう思うか、ということをひとことコメントをいただきたい。今日の午後ならそちらに行けるが都合はどうか、と言ってきた。「ダイアナ妃に何も興味ない」と言ったのだが、では彼女のファッションについてどう思うかあるいはこういうことを騒ぎたてる風潮をどう思うか、ということについてはどうか、などとなおもくいさがってくる。「だからそのことについてなあーんにも興味ないのですよ」とまた同じことを申しのべる。しつこい男だ。おれはいまダイアナ妃などよりもこの目の前の粗大ゴミをどうすべきか、ということで頭がいっぱいなのだ――と言おうと思ったのだがやめた。

腹立ちついでに書いてしまうが、女流作家という人々があちこちの一般雑誌にヨソイキの服きてチャラチャラの装身具いっぱいくっつけて出まくるのやめてほしいのだ。女流作家に何かケチつけると生涯たたられる、といわれているがおれ別にブンダンのヒトではないので言ってしまう。

どうしてやめてほしいかというと、まあ早い話がみっともないわけで、日本の女流作家ってあんまり美人なんていないでしょ。比較的美人といわれているのも、まあブンダンの中において、という程度の美人度なのだからせいぜい小説誌のグラビアか何かで身内周りに安全にシナをつけていればいいのだ。それが何がどうなったのか、近ごろやたらにいろんなところに女流作家が顔をだしてきていて、よせばいいのにポーズなんかとったりしていて思わず笑ってしまうのだ。そういうオバサンをおだてる温泉番頭みたいな編集者がいるのだろうなあ。

雑誌などに写真とられるときというのは編集者もカメラマンも気をつかって最高によく写ったのを載せるのだろうが何かのパーティで実物に出会って写真と実物のあまりの落差にギャッとうめいたことがあった。おそろしいのでこういう江戸カラクリみたいのを一刻も早くやめてもらいたいのですね。どっとはらい。

ダンゴ女の叫び声

このごろ「いい女」というのが少なくなったように思う。

ぼくのいう「いい女」というのは、東京の街を歩いているときとか、ちょっとした旅先などで「ふっ」と見かけるだけの「いい女」だ。

そばにきて何か話をしてくれなくてもいいし、四帖半《じょう》でさしむかいになってお酌なんぞしてくれなくても別にいいのだ。

つまり、街の中の点描としての「いい女」。

そういうものをなんだかこのごろめったに見かけなくなってしまったように思う。

逆に「みにくい女」というのが急増しているような気がする。正確にいうと「みにくい女ども」だ。

三日前、ぼくは乃木坂《のぎざか》を歩いていた。TBSに向っていたのだ。まだ梅雨が明けきっていなくて、歩道を行く人はみんな傘を持っていた。

その歩道に、いましがたまで仲間たちとコーヒーでものんでいたとおぼしき七、八人連れの若い女たちがいた。そこでみんな別れるらしく、若い女特有のカン高い声でなにかいちどきにわめきあっていた。「じゃあね」「またね」というような声だ。その女たちは傘をふりまわし、歩道のまん中でそんなことをいつまでもやっているのだ。そのためにそこをヒトが通れなくなってしまっていたのだが、彼女たちは誰もそのことに注意を払わず、払おうともせず、いつまでも「じゃあね」「またね」というのをやっていた。

よく見かける風景で「うっせいなあ」とまた改めて思ったのだけれど、このとき同時に現代というのは若い女たちが急速にオバサン化している——時代なのかもしれない、と思った。


オバサン化とはどういうことか。おそらく言うまでもないだろうが言ってしまう。

酒は人間の体内に入ると、好き嫌いにかかわらずアセトアルデヒド化するけれど、女も歳をとり、あるラインを「あっ」といって越えると「あっ」という間もなく否応《いやおう》なしの普遍的変化脱皮安定化現象をおこしてしまう。安定化された形態は土地人柄風習自然、配偶者有無身長体重趣味、好甘党辛党おしんこ党の別、などによってさまざまに変ってくるが、一般に共通してもっとも顕著なのは「世の中にはもうこわいものなあんにもないけんね。なぜかつーと基本的に自分一人しか生きておらんけんね」という超獣ギャオス型けんね的思想を磐石《ばんじゃく》のものにしている——ということである。

断言するがいまの若い女どもは複数になるとかなりの高率で「けんね化」する。

あちこちの路上、喫茶店、駅のホーム、会社のトイレ、電車の中などで我々はいくらでもこのけんね化された女たちを見ることができるのだ。

そうしてはっきりしていることは、老若の差を問わず、このように「けんね化」した女というのは魅力がない。まったくない。魅力どころか醜いのだ。

　さて、いささか唐突だが、ここでひとつの定理が生み出された（ような気がする）。それは『女はまず集団行動からけんね化する』というものだ。おそろしい話ではないか。

　では一人で行動する女はどうか。あの恐怖のけんね化をのがれることができるのだろうか。

　ジャーナリズムとかマスコミ業界とか、そういうものの周辺にはもうカビのはえた言葉になってしまったけれど「旧・とんでる女」派の流れに属する「一見できそうな女」というのがいるけれど、それもはっきりいってやーですね。なにか突如として文体に格調が消えてしまったがかまうものか。つまりくだいていうとコナマイキ化しているのが多いのである。Ms・KONAMAIKIと顔に書いてあるのだ。そういうやつがバーで片肘《かたひじ》ついて酒などのんでいるのを見かけるとおれは口の中でしずかに「バーロめ」と言うね。

　話は突然変るが、やっぱりここで望みたいいい女というのは、一人でひっそりと、しかし、堂々と、女としての自信と誇りをもって、目もとやさしく、しかしその目はあくまでもかしこく澄んで、秋のおわりの夕方ちかくの、いちょう並木の風の中を、ある一定のリズムとスピードを持って、むこうの方から歩いてくる——という状況である。

『自分の生活スタイルと自分の意見を持っている女』というのが、いまこの時代の「いい女」の第一条件ではないだろうか——と、日ごろあまりそういうことを言ったり書いたりしない椎名誠は本日突如としてそのように考えるのである。

こいつの方が健康だ
あの男かったるくてね
ガハハハ
まったくおじさんは
うるさいの
みんないい子だったのだ
中村先生の恩は忘れません
あの女この女
それでも女を愛しつづけたい
OASYS30

どうしてそんなことを考えてしまったかというと、今日ぼくは九時二十五分発の新幹線で大阪にやってきた。その新幹線に名古屋から黒メガネの若い男が五、六人乗ってきた。そのうしろを若い女が二十人ぐらい「どどどど・どどどど」とダンゴ状となって追いかけてきた。その日のグリーン車はそんなに混んでいなかったけれど、ぼくのうしろには若い外国人の夫婦が小さな赤ん坊を抱いて乗っていたし、ビジネスマンふうの男とか、名古屋の商店経営者ふうが水商売ふうの女と浮気旅行だなもしウヒヒヒヒというのも乗っていた。

若い女たちが「どどどど・どどどど」と通路をかけぬけていったので、いままでしずかに寝ていた外国人夫婦の赤ん坊が「ウギャッ」と叫んで泣きおきてしまった。(あといつまでも泣きやまずたいへんまいったのだ……)

若い女たちは、そこに乗ってきたアルフィーとかいう人々のグルーピーだったのだ。グルーピーたちはそれからずっと同じ新幹線に乗って彼らにまとわりついていたが、いやそのじつになんというかその一連の「ウワーッ」(叫ぶ)「ギャー」(叫ぶ)「どどどど」(また走り回る)という行動のおぞましかったこと。

そしてそのとき、そういえば、このごろ世の中はみんなあんなふうなオダンゴネーちゃんばっかりが動き回っていて、しみじみとした「いい女」というのがいなくなってしまったなあ、と思ったわけなのである。

そこで、ぼくはいまひとつのことに気がついたのだけれど、もしかするといまぼくが言っている「いい女」というのはもしかすると「おとなの女」というのと同義語かもしれない。

うん。そうかもしれない。

外国映画を見て、日本と外国の差を決定的に感じるのは、外国映画に出てくる女たちというのはいつでもたいてい非常に「いいこと」を言うのだ。言うセリフのひとつひとつが知的でエスプリがきいていて、聴く者の心にビビンとひびいてくる。勿論《もちろん》、映画なんだからあらかじめ原作者なり脚本家なりがいちいちそういう「いいセリフ」をこしらえているのよ——といわれればなるほどそれもあるだろうな、と思うけれど、でもそういう映画を見ているとそこに出てくる女はいかにもそういう気がきいて深みのあるセリフを語りそうに見える、というのも本当だ。たとえば古くなるけどビビアン・リーが「ウソー」「ホントー」「カワあいいー」なんて言っている姿は想像できないでしょう。

翻訳ミステリーなどに出てくる女も、じつに泣かせるいいことを言うものなあ。

このごろあんまり映画見ないけれど『殺しのドレス』とか『白と黒のナイフ』なんかに出てきた主役の女。タイプはちがうけれど、どちらも本当に「大人の女」というものがあからさまになっていて迫力魅力だった。

ああ、なにかもっと書くべきことがあるような気がしてるけれど、しかしもう相当に夜も更けたことだし、つかれてきたからこのへんでおしまいにしよう。ただいま大阪はホテル阪神の一〇一九室、そして午前二時。さてシャワーあびてカンビールのんでねようか、などと思っているとふいにドアにノックの音だ。

「?」と思いつつ、ドアをあけると、酒にすこし酔っているのか、目もとほんのりあかくそめてしずかに嫣然《えんぜん》と笑う大人のいい女が一人、そこに立っておるではないか……。なんてことはないだろうなあ。

フト目をさますと、隣の部屋からコホンコホンとどこかの親父の力のない咳《せき》がきこえてくるのだ。ホテル阪神も安普請なんだなあ。

屋根裏部屋掃討作戦

たしかに今年の夏は短かった。大きな旅行にまったく行かなかった、ということもあるのだろうけれど、今年の夏は一瞬の間に通りすぎていってしまったような気がする。

クライマックスは屋根裏部屋を徹底的に片づけた一日だろう。二年の間、とにかく手あたりしだいにこの屋根裏部屋にいろんな物を放り込んでおいた。使わないベッド、本棚、椅子、衣類、キャンプ用品、ダイビング用品、カーペット、デカフライパンなどが、どぶわぁーんと、そこに積み重なっていたのだ。

その日ぼくは七時に起き、すばやく朝食を摂ったのち近所をひと回りして気持をととのえ、「よおし勝負だぁ……」と言いつつ、屋根裏に突進したのだった。

屋根裏に通じる二階の部屋のクーラーを朝から強烈にきかせていたのだが、予想したとおり屋根裏まで冷気は届かず、突入と同時にどばッと汗が吹きだしてきた。

ひるまず、手近なところにある雑誌や本から挑んだ。屋根裏に持ち込んでいるのだから雑誌類は、自分の書いたものとか、自分のことが出ているものなのだろうが、ここでいちいち調べていたりしたら、この屋根裏は二十年たっても片づかないだろう、ということがわかっていたので（うぬりやあ……！）と意味不明の唸《うな》り声をあげてそれらをケトばし、ひっつぶし、片っぱしからヒモでくくった。

思えばモノカキになった初期のころは、自分の書いたものが雑誌に出ると、それを大切に切りとって引き出しの中などに安置しては、ふっと軽い吐息などもらし、レースのカーテンのお窓をあけてお星さまに次もまたよいお話がかけますように……などとお祈りしていたのだが、間もなくだんだん面倒になり、本そのものを「いつか整理するんだかんね」と言いつつ戸棚の中に放り投げるようになった。しかしそれもしばらくするうちに、そうしたりしなかったりする一貫性のなさがいやになったり、またすぐ思いだしてやったりしたり、しかしすぐやめたり、わらったりなげいたりしているうちに結局しだいに本格的にやめてしまった。

雑誌に書いた連載ものなどは、いつかそれをまとめて本にする、というようなことになったら、雑誌発行所へ行って、バックナンバーからそっくりコピーしてもらえばいいのだ。だからべつにおれがきちんとなにもかもとっておくことはないのだそれでよいのだうるせいバーローうるせい井上吉郎！　と言いつつなおもヒモでぐいぐいとしめあげていった。

雑誌の中には「コレクション物体」もあった。その昔、いまから七年ほど前、ぼくは変った雑誌を集める、という妙なコレクションをしていた。もともとコレクション癖というのはあまりなくて、それも「本の雑誌」の原稿を書くために必然的にはじめるようになったのである。「本の雑誌」の初期のころ、ぼくは「面白雑誌」という二ページのコラムをレギュラーで担当していた。これはあっちこっちで見つけたちょっと変った雑誌やヘンな雑誌、問題雑誌などを紹介する、というもので、やっていて結構面白かった。なんというタイトルか忘れてしまったけれどすごい表紙の雑誌があった。白い顔パックのような顔面に眉毛《まゆげ》と唇と目バリ入りのカナツボマナコなどがどぎつくあざとくのっかっている女の顔が表紙なのだ。キャバレーのお姉ちゃんたちの接客技術なども載せている夜の商売の業界専門誌だった。

表紙のお姉ちゃんはどこかのそういうお店のヒトにちがいなかった。ぼくはその純粋ぶりに感動し、記事を書き終っても、この雑誌をとっておくことにした。そういう雑誌がいつの間にか増えてしまった、という訳なのである。しかしそうしてたまっていく雑誌というのもいささかわずらわしくて何度か「エエイ、もういいやこんな雑誌！」と言いつつ捨ててしまった。しかしそれでも「コレだけはまだ残しておこう」というのがいくつか出た。

その日のぼくの目の前には、そんなふうにしてもう何度かエエイ捨てちまえ！と叫んで捨てられてきたきびしいフルイオトシの歴史をたくましく生きのびてきた「捨てがたかった雑誌類」というのがあった。

しかし、ここでまたひるんでいては屋根裏部屋の未来は暗い。

「えーい、もうこれですべておしまいだ。みんな捨ててしまえ。おれはいつまでも過去やその思い出にひたってなどいられないのだ！　んなろ！　みんな消えろ！　もう、ハアハアハアハア」と、荒い息をつきながら思いきって全部ひとまとめにしてヒモでくくった。くくりながらチラリと「月刊幽霊屋敷」とか「月刊著者と編集者」とか「パンドラの匣《はこ》」とか「本の手帖《てちょう》」とか「クエスト」などという誌名が目に入ってきた。いずれももう二度と手に入りそうにないものばかりだ。しかしここでいたずらに情におぼれてはいけない、と自分で自分に言いきかせ、続いて「宝島」の前身、タブロイド大判薄型づくりの名作雑誌「ワンダーランド」の創刊号も捨てた。谷岡ヤスジの絵を平野甲賀がデザインした迫力ものだが、こうした古きよき女たちとはここできっぱりと別れをつげるのだ。

雑誌類を片づけるのに小一時間もかかってしまった。Tシャツは背中も胸も汗でびしょびしょである。タオルで顔をぬぐい、続いて衣類の入っている衣裳《いしょう》箱とダンボールに挑みかかった。山登り用のセーターやズボン、厚手の下着、シベリア横断のときに使った防寒服、アラスカ帰りの友人にもらった狩猟用のコートなどがあった。一部金目のものをのぞいて全部捨てた。

海山道具の入っている大箱にはなんと水中メガネが九個も入っていた。調べてみると四個はまだ使えるものだ。シュノーケルも五本あった。あっちこっちの海へ行ってその場しのぎで買っているうちにいつの間にかこんなにたまってしまったらしい。雨もりのするテント一個も処分。

その隣にずしりと重いダンボール箱があった。あけてみるとパンフレット様のものがぎっしり入っている。

「ああ……」

と思った。なんであるかがわかったのだ。

数年前、ある雑誌で「日本のまつりを見にいく」という連載ルポをやっていたことがあった。日本のまつりといっても三社祭とか祇園《ぎおん》祭とか有名巨大なものではなく、村の鎮守のまつりのような素朴で小さなまつりを見にいきたい、と思っていたのだ。

しかしそういう小さなまつりというのは旅行ガイド書にも出ていないし、まつりの本にもなかなか出ていない。はてどうしたらよいものだろうか、と考えているうちに思いあたったのだった。

全国の市町村の観光課が発行しているふるさとのガイドふうのパンフレットを集めればいい……。さっそく出版社の担当者に話し、全国から取りよせたのが、そのダンボールいっぱいのパンフレットだったのである。

あのころは、おれもまだフリーになったばかりで、けっこう暇があって、のんびり次は、どの町のまつりを見にいこうか……などとつぶやきつつ、全国各地のパンフレットをながめていたものだ。

一番印象に残っているのは男鹿《おが》半島の小さな山里の村で見た水かけまつりだった。冬のさ中で、雪の降る中を、村の若い男が女もののじゅばんを着て、大勢で「わっせわっせ」と言いつつ通りを走ってくる。それを村の人々が道の両はじからねらいすまして水をかける、というただそれだけのまつりだった。ぼくは七歳になる息子をつれて、そのまつりを見にいった。まつりの終ったあと、女川《おながわ》という港町に出て小さな旅館に泊った。その夜も東北の港の町は粉雪が降っていたっけ……。

などということをにわかに思いだし、ひたいの汗をちょっとぬぐっては「ふっ」とまたため息などついてみる夏の日のああ午前十時三十分、というわけなのでもあった。

しかしもうそのパンフレットも用済みである。「ごくろうさんごくろうさん」と言いつつガムテープできっちりとふたをとめた。

そのうしろ側にあるカミブクロにはLPレコードがごっそり入っていた。FM東京のディレクターからもらったのだが、ついつい忘れてそのままになっていたのだ。考えてみるとこのところレコードなどほとんどきいたことがない。

そういえばむかし「Lバンアワー」とか「Sバンアワー」などといったラジオ番組があった。まだ子供のころなのでこのLとかSというのにどういう意味があるのかわからなかったが、あれはLPレコードとかSPレコードのことだったのだ。

L盤アワーは姉が大好きで、彼女はよくラジオの前にかしこまってすわり、じっと聞いていた。むかしの人々はそうやってラジオときっちり対決しながら聞いていたのだ。姉が女学生のころ、うしろからそっと行ってスカートをまくり「パンツまるみえ！」と叫んで逃げたことがある。姉ははげしく怒り家の中を果てしなく追いかけてきた。そのころは姉の方が百倍もつよかったのだ。

やがてつかまり、ボカスカなぐられた。彼女は馬のりになって殴るのでスカートがまくれパンツがそっくり丸みえだった。なにかじつに釈然としないまま殴られていたことを思いだす。それにしても屋根裏部屋でレコードを見て姉のパンツを思いだすとは思わなかった。

電話が鳴っても出ないことにした。どうせいまごろかかってくる電話は原稿の締切りのおしらせを中心としたクールな業務連絡ぐらいなのだ。二十帖用の大型クーラーは熱心に働いているようだが、相変らず冷気は屋根裏までは上がってこない。

思い切ってレコードも全部捨てることにした。汗をぬぐい、さらにその奥へ探索発見確認整理決断処分の手をひろげる。次は茶箱だ。フタをあけると、もわあっという甘っぽい匂いが鼻をついた。「な、なんだなんだ」

どういうわけか箱の隅に四合徳利の球磨焼酎《くまじょうちゅう》が入っていた。こいつがたてている匂いだ。どうしてこんなに甘い匂いなのだろう。それからまたどうしてここにこんなものが入っているのだろう。どうもわからず、しばし考えこむ、わからないことというのは時おりあるものだ。

その茶箱は武器箱であった。武器箱というのは通称で、ここには野外旅行で使うナタやナイフ類が入っている。一時期ナタというものにひどく凝って、外国へ行くたびにその国のナタを買って帰った。野田知佑《ともすけ》さんがいつかこの箱を見て、戦争でもはじめるの？　なんて言っていた。

スペイン製の両刃ナイフが一番気に入っているものだ。この箱はそのまま保存。ただしナゾのショーチューはとりのぞいた。

武器箱と謎の球磨焼酎。

うーん。なにか妙な気配のエッセイが書けるようではないか。

入口付近の雑物が片づいたので、漸《ようや》くベッドにたどりついた。ベッドといってもこいつは簡易油圧機構がついていて、ハンドルを操作すると腰のあたりから上半身部分が九〇度まで持ち上がるようになっている。しかもキャスター式の足がついているので、小田急ハルクでこいつをひと目みたとき「買う、断じて買う！」と叫んだのだ。仕事につかれたときゴロンと横になり、好きなように角度を調節して本や雑誌を眺めるのに丁度いいかんじなのだ。テレビをみるのにも具合がよさそうだ。

しばらくそうやって使っていたのだが、一年もすると飽きてしまった。すこし飽きるとこういうのは急速にわずらわしくなってくる。ある日仕事につかれたとき、いきなりこいつにからんだ。

「おっ、てめえまだここにいたのか」

「なにしてんだよ」

「まだ寝てもらいてえのか」

「角度なんかつけちゃってよ」

「ベッドだろおまえ」

「ベッドならベッドらしくたいらになってろっつの」

「足に車なんかつけちゃってよ」

「わざとらしいんだよ」

「けえれ、けえれ！」

てえんでその日から屋根裏部屋へ。寵愛《ちょうあい》↓倦怠《けんたい》↓迫害↓追放という悲しい歴史を背負ってそこに横たわっていたのだ。しかしこいつも思い切って捨てることにした。

もうおれの人生は本当に何もかも捨てていくのだ！　という過激なところに入ってしまったのである。そのむこうにあったい草のザブトン四枚、ナワバシゴ、小平家具店で買った座椅子二ヶも即座に怒りくるって捨てる。それにしてもなんでおれはナワバシゴなど買ったのだろうか。

このあたりでモーレツに腹がへってきた。汗で頭から足のさきまでびしょびしょだ。一階に降りてシャワーをあび、めしを食うことにした。

夏にさっとすばやくつくって食うものとしたらソーメンだ。

ソーメンは最近ショーガソーメンというのに凝っている。ツユはカツオブシのダシ。そこにショーガのすりおろしをたっぷりと、ウメボシを一個入れて食うとまことに刺激がつよくてよろしい。

今年は冷やし中華にもショーガを採用した。インスタント冷やし中華の上に、細切りキューリ、キンシタマゴ、それとカリカリに焼いたアブラアゲの細切りをそれぞれたっぷりのせ、一番上にショーガのすりおろしをどぉーんとのせて食う。これうまい。

さらに、いきおいあまってショーガトマトラーメンというのも開発した。スープは塩あじ。キャベツをざくざく切っておいて、ナベに入れ、トマトもぶつ切りにしてナベに入れる。キャベツのかわりにレタスでもよいのだ。おれは怒るとここにニンニクを投げ入れる。これらをドオーンとスープごとのせてできあがり。食えばわかるうまさなのだ。

新聞を読みつつショーガソーメンを食う。

庭で犬のガクが力のない咳《せき》をしている。やつはフィラリアという心臓に寄生虫が住む病気にかかってしまったのだ。医者につれていって薬をもらい、本格的な闘病生活に入った。この犬はシェパードと柴犬《しばいぬ》の混血で、顔と尾はシェパード、体は柴犬という合成体になった。こういうのをなんというのだろう。竜頭蛇尾ではなく竜頭尾真中蛇とでもいえばよいのだろうか。庭のかきねのすき間から顔と尾だけ出しているとまことに勇猛でかっこいい。雑種のつよみで体力がすごくあるからフィラリアもなおるだろう、という木村獣医の見通しであった。

寄生虫で思いだしたけれど、この夏はライアル・ワトソンの本をよく読んだ。妻にすすめられたのだ。彼女は『風の博物誌』（河出書房新社）を読んでワトソン博士にいれあげ『アースワークス』（旺文社）『スーパーネイチュア』（蒼樹書房）『生命潮流』（工作舎）などばかすか読みまくっていた。影響されて読みだし以来おれもワトソン命となってしまった。

文藝春秋から出た『夢うつつの図鑑』（吉田直哉《なおや》著）は冒頭にワトソンの話が出ていたのですぐさま買った。ワトソンは探検旅行に出るときサナダムシの卵をのみ、体に一匹飼って出かけていく、という話だ。サナダムシは世の中でもっともつよい虫で、体の中に入ってきたどんな毒でも消化吸収してしまう。だから体の中にサナダムシがいると、どんな辺境でどんなヤバイものを食っても平気なのだ、というのである。文明圏へ帰ってきたら特別の駆除剤をのんで体外へ、というのだけれど本当にそんなに簡単に出てくれるのだろうか。出てこなかったらどうするのだろう。

筒井康隆の『私説博物誌』（毎日新聞社）は、この人の本の中でぼくの一番好きな作品だが、サナダムシについておそろしいことが書いてある。

「寄生されて厄介なのはカギサナダの方である。頭の先の部分、頭節というところに吸盤や鉤があり、これでもって腸壁にがっきととりつき、滅多なことでは離れようとしない。頭部とはいうものの、ここには口があるわけではない。だいたいこのサナダムシ、消化器さえないのである。消化器といえばからだ全体が消化器であって、ふだんは腸の中の、栄養分がまだたっぷりある大小便予備軍ともいうべき液の中にあのながいからだ全体をどっぷり浸していて、このからだの表面から栄養を吸収しているのである」

ライアル・ワトソンの考えもなあーるほど、というわけである。しかしこのサナダムシ、長さは二メートルから三メートル、時に八メートルにもなるというのだから、こんなのが体の中にいるというのはとにかくいやだいやだ。

このサナダムシの幼虫が嚢尾虫《のうび》という。こいつは人間の皮膚の下に寄生すると、外から透けて見え、たいへんに不気味だという。そうだろうなあ。

知りあいの知りあいに、アマゾンで三年間ピラニアの刺身を食い、ピラニアの寄生虫にとりつかれた男がいる。このピラニアの寄生虫はあくどいやつで常に集団を組んで体中を移動しているらしい。時おり体の表面、皮膚の近くに出てくると、やはり上から透けて見えるのだそうだ。臨床例が皆無なので治療法がないという、これもつらい話なのである。

とにかく人間がその体の中に別の生物にむやみにとりつかれる、というのはいやな話だ。

この夏読んだ本の中で一番面白かったのは『私は魔境に生きた』(島田覚夫著、ヒューマンドキュメント社)だった。戦争終結を知らずニューギニアのジャングルの中に数人の男たちと十年間の原始生活をおくった、という記録だが、いま流行《はや》りのサバイバル小説など読むのがアホくさくなるほどリアルな迫力に満ちている。この中に山ヒルに眼や鼻をやられる話が出ている。山ヒルというのは木の上で他の生物がやってくるのを待って、上からねらいさだめて落ちてくる、というのだ。眼など知らないうちにとっつかれるそうだ。なんだか目玉がおかしいな、と思っているうちに山ヒルはどんどん眼球の奥まで入ってき

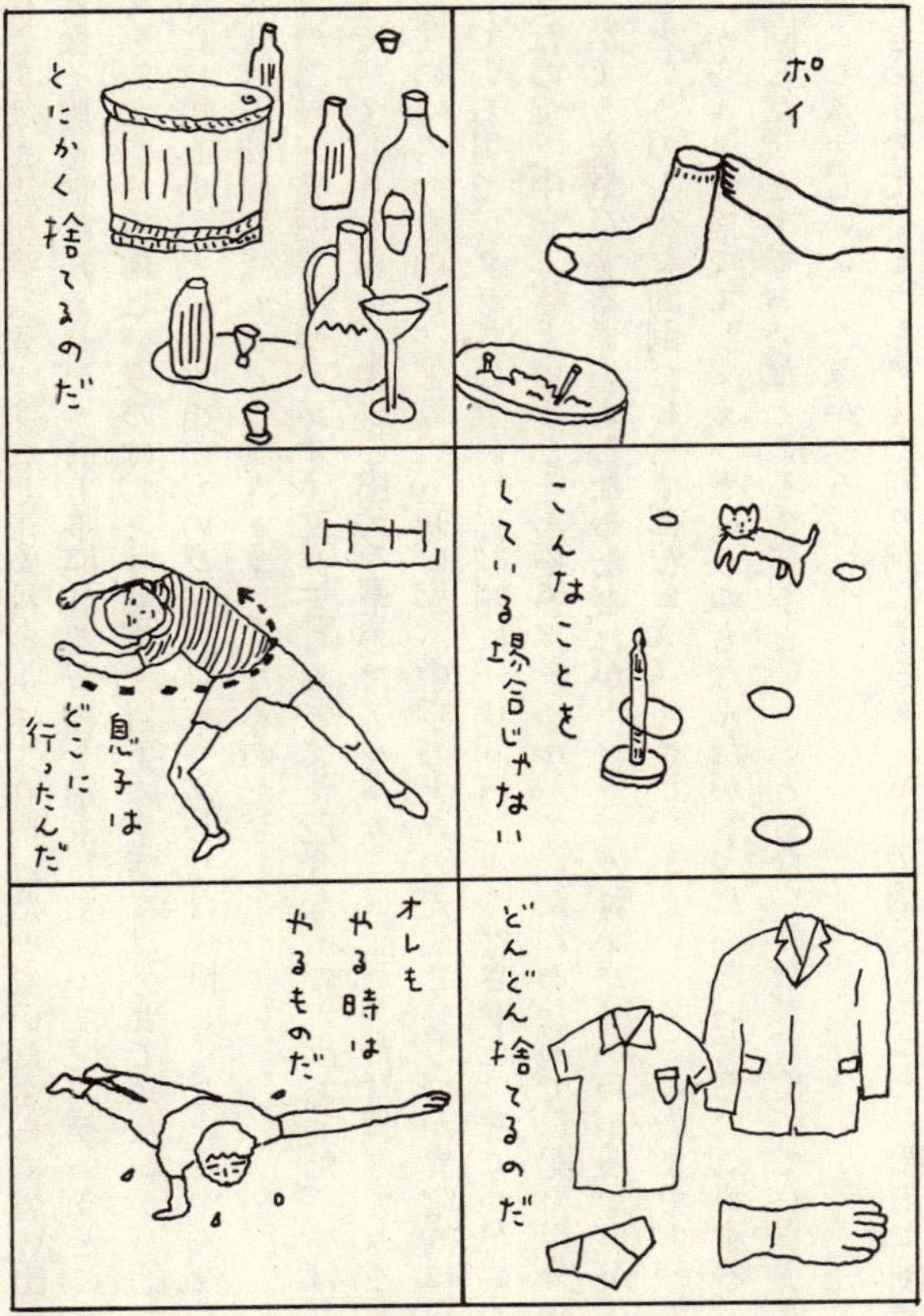
ポイ
とにかく捨てるのだ
こんなことをしている場合じゃない
息子はどこに行ったんだ
どんどん捨てるのだ
オレもやる時はやるものだ

て、やがて目玉の裏側にとりつき、血を吸いはじめる、というのだからたまらない。

午後からまた屋根裏突入。すこし予定のペースより遅れたのでいたずらに思い出にふけることなく無感動にわっせわっせと不要品滞留物を始末していった。こういうところに押し込められている物体というのは、とりあえず目下の生活には必要ではないが、捨ててしまうのには惜しい、という性格のものだから「もう惜しくない惜しくないぜーんぜん惜しくない!」と決断してしまえば動作が素早くなるのだ。

三分の二ほど発掘と片づけがすすんだところでまた厄介なものに出あった。やはりダンボールで、ずしりと重い。中から出てきたのはアルバムと日記だった。調べてみると日記は中学生のころのものだ。どういうわけか、中学のときの先生というのが異常的に日記に固執している男で、クラスの全員に強制的に一年間日記をつけさせた。そいつがごっそり出てきたのだ。中学二年というとそろそろグレかかっていたころなので日記の半分はウソを書いたような気がする。いまとなるとどれがホントでどれがウソかわからないが、改めて読むというのも少々面倒だし、すこしコソバユイし、かといってこの歳までとっておいたのだからエーイ捨ててしまえ、というのもなんだかもったいないような気がする。アルバムも同じだ。とっておいたところでどうということもないのだが、捨ててしまうというのもすこしムナしいような気がする。

判断きめかねているうちにその向う側にあるダンボール箱にもちょっと始末に困るものが入っているのがわかった。かつて十年ほど自分が編集長をやっていた「ストアーズレポート」という雑誌のバックナンバーだ。創刊号から百号まで編集長をやったのでけっこうな量だ。一冊ずつに作っていたときの愛着と思い出があるが、こいつをこの先ずっと持っていたとしてもどうということはないのだ。「エーイ、過去はもうよいのだあ」とひくく叫びつつ、アルバム以外は捨てることにした。

なんとなく屋根裏作戦の第二の壁を突破したような気になった。

インドで買ったお面、シベリアで買ったジャム製造ナベおよび手動式氷穴あけ機はとっておくことにした。三時にまた小休止。Tシャツをもう一枚取りかえ、つめたいトマトを二個食った。

ここまでくればあとはもう楽だった。夕方まではそのまま迷わずすすみ、午後六時すぎ、とりあえず全作戦終了。

シャワーをあびて、冷蔵庫に這《は》い寄り、つめたいビールをのみ、そのあまりのうまさに約五分うれし死にした。

ドクササコとは会いたくない

　ぼくの家にはいま犬が二匹いる。一匹は野田知佑氏の愛犬でガク三歳。亀山湖を引き払い次の隠遁《いんとん》地を捜して都内に潜伏中の同氏の頼みで長期に預かっているのだが、もうわが家にきてかれこれ一年になった。

　とても基本的にかしこい犬で、人のいうことがよくわかる。英才教育のカヌー犬として小さいころからカヌーの川下りなどをやっているので、外を出歩くのがことさら好きなようだ。

　朝六時ころ起きると、やつはもっと早起きしていてぼくが家の中で起きる気配をじっと待っている。そうしてはげしく騒ぎだす。もちろん散歩につれていってくれ、というわけだ。新聞など読んでいたりすると「どーん」と雨戸に体あたりなどしてくる。カヌー犬ではなくて、こいつプロレス犬ではないのか、と思ってしまう。

　そこで「ったくもう」などと言いつつ外に出ていくと、やつは全身によろこびを横溢《おういつ》させ、うれしさのあまりにとびはね、キャヒンキャヒン声になり、息はずませてとびついてくるのだ。かわいいではないか、世の中にこれほど毎日毎日必死でオレを待っているやつがほかにどれだけいるか！　オレが起きて階下にいくとすでに妻が洗濯や朝めしづくりを

しているけれどこうしてガクのように身もだえてよろこびはしないものな。（したら気持わるいもんな）

ガクは今年フィラリアになってしまった。いろいろ調べてみるとフィラリアというのはおそろしい病気で、犬の心臓に寄生虫がつく病気なのだ。獣医の待合室で心臓の解剖写真を見た。ソーメンのような細くて白い虫がびっしりからみついているのだ。ワァーッ。

こいつをやっつけるには注射と投薬作戦があるけれど、注射は副作用で死ぬ率が高いらしい。薬は餌にまぜて五日間連続してくわせると、一週間後に副作用で犬はヨタヨタになる。心臓のフィラリアの半分くらいが死んで、そいつが肺に流れるとき血管につまってヨタヨタになるというのだ。人間でいったらこいつはつまり脳血栓みたいなものではないか。なるほどよく考えたら、心臓にいる寄生虫が死んでも、血液流回路にいる虫だから体の外に出ていきようがないのだ。

しかし生物というのはすごいもんで、肺に流れこんだ虫どもは、体内のフクロ小路につまって、そこで約一・五カ月で生体へ組織同化する、というのだ。そしてこのときに犬は足腰が立たなくなったり、ひっくりかえったりするのである。

ガクにもその症状がやってきた。かわいそうだった。小便をしようと片足あげても三本足では体を支えきれず、泥酔のおっさんみたいにヨタヨタとくずれてたおれてしまうのだ。人間だったらベッドの中にぶったおれ、虫の息の集中治療室状態なのだろうな、と思いましたね。

ガクはかつて亀山湖さすらいの一匹犬時代、人間が捨てていった鯉のスイコミ（ギャング鉤《ばり》）を餌ごとのみこんで全腹切開手術を受けて生きのびたこともあるツワモノだから、なんとかこの危機をのりこした。

獣医に聞いた話だけれど、フィラリアというのは人間にもあってこいつは足にくる。俗に象皮病というやつですよ、と言われて「あっ」と思った。東南アジアを旅行するとこの象皮病の人によく出会う。片足の膝《ひざ》から下が普通の十倍ぐらいの太さになってしまうのだ。モルジブで海に出たときは、この片足デカ男ガイドだった。ものすごく美しい人が長いスカートをちょっとめくると片足だけ「どおーん」と巨大だったりする。この病気は一度巨大化してしまうとなおらないのだそうだ。

午後に本の雑誌社に行ったら「からだの手帖《てちょう》」というB6サイズの小さな雑誌があって、なぜかこれが全編寄生虫の特集をしていた。どうして、いきなり全編寄生虫か、といってもそれに確たる理由もないようで、とにかく全編寄生虫なのだった。こわかったが面白かった。『フリークス』（レスリー・フィードラー著、青土社）は、この象皮病からの連想にもとづいて思いだした本だが、巨人、小人、シャム双生児、両性具有者、肥満女、骸骨《がいこつ》人間などの「長き排除と恥辱の象徴のようにして人の世の片すみにおしこめられた人々」のことを書きつづった大著である。ぼくは単純に興味本位で買ってしまったが、中を読むのに少々気が重い。

レニングラードのネバ川の岸に十八世紀ごろ、ピョートル大帝が集めた巨大なコレクシヨンの館「クンストカーメラ」というのがあって、ここの一角に二首の男とか小頭男などの実物畸型《きけい》人間のコレクションがあった。それはもうう す気味の悪いもので、以前にもっとものすごいのが陳列されていたのだけれど、妊婦がこれを見て卒倒しえらいことになった、という話だ。それからこういうおそろしいものは地下の倉庫にしまっておくようになったらしい。まったく権力者のコレクションというのはすさまじいところまでいくのであるよ。

さて、犬の話だが、わが家には夏からもう一匹新しい犬が加わった。北海道余市《よいち》でアリスファームを経営している藤門弘さんちから貰《もら》ったアフガンハウンドと毛長コリーとのあいだに生まれたもので、母親は畑正憲《はたまさのり》さんとこにいたパラシュートという名の大型犬だ。

わが家ではどういうわけか「モリちゃん」という名になった。これがものすごい食欲で足長足太。毎日でっかくなっている。ガクはシェパードと柴犬混血の中型犬だが、半年で抜いてしまいそうだ。家ではこの二匹を庭のまわりに金網のフェンスを張ってはなし飼いにしているけれど、お互いにオス同士なので一緒にしたとき面白かった。ガクはもうずっと独身で、まだ未婚だ。そこにモリちゃんがやってきたので本能のおもむくままに、間違えてのっかろうとする。一方、モリちゃんの方はこの前まで母親のオッパイをまさぐっていたので、ガクの腹の下にもぐりこみ、そこでオッパイをさがすのだがあるわけないのだ。これは、と思ってくわえたのがオチンチンで、それを見ていたおれはおかしいやらナサケナイやら。「コラ、おまえら、いったい何をバカなことしているのか！」おれはおこった

ね。予想外のオカマ犬化に苦慮する最初の出会いであった。いまはお互いにオトコ同士のつまんない同居ということがわかったらしく、時々、かみつきあっている。息子の岳いわく「毎日が金網デスマッチだ！」。

今月読んだ本の話をいくつか。

嵐山光三郎『同窓会』（講談社）ものすごく面白い。この人文章の名人である。

たむらしげる『フープ博士の月への旅』（青林堂）イラストレーター年鑑でたむらしげるの絵を見てからこの人の本を見つけると買っている。なんというかファンタジイ風の宮沢賢治の世界というかんじでじつにいいですなあ。

森毅《つよし》編『キノコの不思議』（光文社カッパ・サイエンス）第一章の最後「森の死神たち」の毒キノコ対談はすごかったなあ。とくにドクササコというやつ、こいつをたべると手足にやけ火ばしをさされたような悶絶《もんぜつ》状の激痛が一～二カ月つづき、しかも解毒剤がないという。中毒者は痛くて苦しくて、手と足をつめたい水につけたままにしておくしかないのだが、一～二カ月もそうしておくものだから、やがて指先がふやけて破れ、骨が露出してしまうのだそうだ。まさに生き地獄なのである。

『マグロは時速160キロで泳ぐ』（中村幸昭《はるあき》著、PHP研究所）はひところよく書評で紹介されていたのを知っており、ようやく読んだ。タイトルのつけ方がよい、というわけなのだね。『ツルはなぜ一本足で眠るのか』とか、この手のが近ごろはやりなのであろう。ライアル・ワトソン『未知の贈りもの』（工作舎）やっと入手。宝石のような本だ。『不可触民バクハの一日』（M・R・アナンド著、三一書房）やっと読みはじめる。『地平線から〈VOL6〉』の竹内静夫「手づくり潜水船〈荒天号〉水平線をめざす」は面白かったなあ。なにしろシロウトが潜水艦をつくってしまうのだから。

福岡へ講演をしに行くことになった。西日本新聞社の上の方に多目的ホールがあって、そこで一時間半。遅い午後には終ってしまうので、日帰りすることにした。

羽田まで電車で行くか車で行くか迷ったけれど、九時三十分の飛行機なので、家から二時間とみて七時半出発でよろしい。

聞きたい落語のテープが十本ほどあったので、そいつを聞きながら朝わらいで行こう、ということにしましたね。

府中から中央高速に入る。高速道路で落語というのはやっぱりどうもすこしテンポがちがようで、NHKのラジオに変えてしまった。すると、「ポケットベルの多目的未来」というようなテーマで、聞きおぼえのある人が喋《しゃべ》り出した。ややこれは天野昭さんではないか。本誌（本の雑誌）でも「マンハッタン・ウソップ物語」をずっと連載していたことのある怪しの天才仮面だ。ぼくが「ストアーズレポート」というデパートの雑誌をつくっていたころ、よく酒をのんだ。ギターの名人で、うたうと裏声のナミダ酒のうたをうたった。

このごろどこかとんでもないところで日ごろ親しいやつがテレビやラジオに出ているのとぶつかることがある。このあいだも、四万十《しまんと》川カヌー下りのために高知に行ったら、高知空港でTVから聞いたことのあるような声が聞こえている。見ると木村晋介だった。NHKTVでヤキイモの話をしていた。メンバー全員で立ち止まり「バーカ」と言いつつしばらく眺めていた。

四万十川は今年も痛快だった。怪しい探検隊のニューリーダーが揃った、という感じで、焚火《たきび》も激しく燃え上がったのだ。

今回は、昨年のメンバーから新たに五人の参加があって大所帯だった。

野田知佑（淡水半魚人）をはじめ元木栄一（必死の必殺世話師）、佐藤秀明（ライダー兼サーファー兼口笛師）、沢野ひとし（ワニ眼地這《じば》い師）、三島悟（山師）、岡田昇（岩登垂直蜘蛛《くも》蝿《ばえ》男）、中村征夫（海水半魚人）、ローリー・イネステーラー（片眼のガイジン）、林政明（釣師兼プロ料理人）、それに（文机師）のオレという具合で、カヌーの転覆あり焚火バクハツあり、女のつきまとい人突然登場あり、おしかけラーメン出前屋ありでTVドラマを見ているようだった。仕事まったく抜きで行ったのだけれど、帰ってきたらまた怪しい探検隊の続編を書きたくなってしまった。タイトルは『怪しい探検隊川を下る』というのがいいな。

あ、話がソレてしまった。いまは福岡へ行くところなのだ。

ヒコーキはスーパーシートだった。交通公社の講演なので、そういう立派な席を用意してくれたのだ。スーパーシートというのが最近できた、というのは知っていたけれど、知りあいのパイロットに「あそこにすわるのはいやらしい政治家とか地方の成金親父とか三流芸能人とかゴーマンな実業家ふうとかでろくなのがいないよ」と少し前に聞いたことがあった。

しかし、折角だからそういうところにいるいやらしい人々を、おれもいやらしい立居ふるまいをしつつ見物してしまおうか、と思ったのだ。搭乗券を貰《もら》う段になって、自分のチケットを見たら、シイナマコト五〇Mとなっているのに気がついた。まあこの航空チケットというやつ、単なる申請だけのもので、それがどこかに登録されるというようなわけではないからよいのだけれど、しかしそれにしても五十歳というのはひどいなあ。フト、このぼくの乗るヒコーキが墜落したりすると、TVのニュースに「〇〇便搭乗者氏名」などというのがニュース速報で出て、シイナマコト五〇歳、などとタイプ文字が出てくるわけだ。妻はそれを見て「あっ」と思うだろうが、年齢がちがうのを見て「もしや」と一縷《いちる》の望みをつなぐだろうし、ヨソの人は「あっシーナマコトは本当は五十歳なのか、すごーくサバよんでたんだな、ずるいなあ、しかしこれでくたばったか、ザマーミロ」なんて言うかもしれないのだ。

そんなことを考えながらチケットを差しだすと、全日空のカウンターの女性は「あっこのチケット優先予約になっていますね、喫煙席の○○番です」などと言うのだ。しかしぼくはタバコを喫わないのである。変更してもらえないですか？　と聞くと、さあ、スーパーシートはお席がわずかですからね……などと言うではないか。

「ったくもうー」と思いましたね交通公社め。ちょっと電話して聞くだけでかるーくすむことではないか。「シーナさんはおいくつなんですか。タバコは喫うんですか？」そんなかんたんなことで快適な空の旅ができるのに、と思いましたね。

さて、まあヒコーキへ。行ってみたらすいていたので、ぼくは窓ぎわの禁煙席に行き、雲を眺めながらねむってしまった。やーらしい政治家とかゴーマン実業家を見てしまおう、と思ったのだが乗客は三人しかいなかったのでやる気がなくなってしまった。

そしてお話はその帰りになるのだ。

帰りはＪＡＬでした。スーパーシートというのは全部二階にあるのかと思ったら、そのヒコーキは一番前の席がそれであった。二階へ行く階段を求めてうろうろ捜してしまったのだ。

今度は満席であった。また特別予約とかでタバコの席だ。

隣の客は濃紺のストライプのスーツを着た噂の実業家ふうであった。

そして「あっ」と思いましたね。通路をへだてた隣のシートには、もう見るからに「あっ」というようなやーらしい若いアベックがいるではないか、しかも二組もだ。

どうして「あっ」というかというと、その男のすわり方ときたら、背中ですわっているのだ。「背中ですわる」というの、わかるだろうか。「ストアーズレポート」の編集をして

いたころ、当時の三越の岡田社長がこの背中ずわりをしているのをよく見た。三越の岡田社長というのはクーデターで社長を解任されたとき「なぜだ」という迷言を吐いて週刊誌をにぎわした人だ。ぼくは業界誌の記者としてそのころのことをこの目でいろいろ見たりしてよく知っているわけだけれど、この人は本当にゴーマンな暴君であった。

社長室なんかものすごく豪華で、大きなシャンデリアが下がり、すねまで沈むような毛足の長い絨毯《じゅうたん》がしかれ、なんだかペルシャの宮殿みたいなのだ。

たかが会社の社長ぐらいで、なにもこんなにつやつやケバケバの西洋お城ごっこみたいなことをするのは恥ずかしいのではないのかなあ、とその当時本当に素直にそう思ったけれど、やっぱりそういうのがこころから好きな人であったのだろう。

インタビューをとるために社長室に入っていくと、この社長は大きなフカフカ椅子の上にほとんどあおむけに寝てる、という恰好《かっこう》ですわっていた。つまり、本来ならお尻《しり》をのせる、というところに背中がのってしまっているのである。本人はそれでせいいっぱいエラそうにしているのだろうけれどカエルの王さまみたいでなんだかとってもおかしかった。

そのカエルずわりをスーパーシートの中で二十歳そこそこぐらいの若い男がやっていたのだ。太った男であった。

ヒコーキが空中にあがり、安定姿勢になると、そいつはリクライニングをとことん倒し、次に頼めばスチュワーデスの持ってきてくれるあらゆるものを頼みはじめた。まずその「どべっ」と前方にせりだした下半身の上に毛布をのせ、新聞と週刊誌を手あたりしだいもらい、イヤーホーンを耳にはめ、音楽を聞きつつ、隣にいる女の肩を抱きよせ、つづいてオツマミのピーナッツをたべはじめた。なにかいちどきにいろんなことをやってしまう男なのである。スチュワーデスがスーパーシートのみの特別のみものサービスを開始すると、ジュースにコーヒーにウーロン茶をもらった。

本当はもうおれ、そういうのいちいち見ていたくないのだけれど、その男、つねにスチュワーデスに何か頼んでいるので、うるさくて気ぜわしくてどうしても目に入ってしまうのだ。「すこししずかにしてイネムリでもしろ、カエル男め！」と言いたいのだが、けっきょくオレそんなこと言えないだろうな、と思った。そして言わなかった。せっかくヨロコビとシアワセの大スペクタクルの中に、わるいからなあ、と思ってしまったからだ。最後のダメ押しはスチュワーデスに頼んで自分たちがどべっと背中ずわりして肩をよせあい、頬と頬をくっつけているところをAFカメラで撮ってもらうことであった。

この男とこの女、ずっと死ぬまでこうしてウットウしくそして果てしなくわずらわしく、生きていくのであろう。

むふふふのエラソー文体

書評誌の編集長をしていて、意外と思われるだろうが、ぼくはあまり「書評」というのが好きではない。

好きでないことの理由はいろいろあるのですこしそれを整理してみたいと思う。

面倒くさい、ということがひとつあって、これはすごくわかりやすいですね。書評をする場合、最初の条件というのは、まず対象とする本を読まなくてはならない。これは面倒くさいですね。書評するためにあまり興味のないような本を読まなくてはならない。というのは考えただけで「どおーん」と暗い気持になります。

エラそうな気配がある、ということも要素としては大きいと思う。書評だけにかぎらず〈批評〉という行為が、表現されるときというのは、こいつはどうしてもすこしエラそうな気配が出てしまう。まがりなりにも、良かったとか悪かったとか批評するんですからどうしたって上手《うわて》からモノを言う気配になる。これはしょうがないよなあ。

「山田まことの新刊『ダンゴの歌』は戦後の焼け跡闇市を舞台にトウモロコシダンゴを苦労して作っていくまでの話だ。前半はその苦労した開発エピソードを中心にもの珍しさも手伝って興味をつのらせるが、後半になって筆が荒れた。全体に急ぎすぎであり、登場人物が多くなりすぎて話の焦点がぼけてしまったきらいがある。いいものを持っている作者だけに次作を期待したい」

——なんていうようなモノの言い方になるでしょう。常に上から見ているのだ。しかしそれが気分的にイヤで、下手《したて》から書評するということになるとどうなるか。

「山田まこと氏の新刊『ダンゴの歌』は戦後焼け跡闇市を舞台にトウモロコシダンゴを一家中で本当に苦心して作っていくお話で、珍しいエピソードもふんだんにあって実に面白かったですねえ。全体にスピードがあって、いろんな登場人物が沢山でてくるもんですから話がぎょうさんひろがって楽しめますさかいまたおこしになってくれや」

なんだか関西のお店みたいになっちゃうのだ。

書評は上手《うわて》からの目でないとおさまりがつかないらしい。

この上手《うわて》からの目、というのは文章になるとエラソー文体というようなものになり、これの代表的な例は、百目鬼恭三郎せんせいの文体だろう。何年か前「週刊文春」に辛口の書評ということで「風」のイニシアルで連載書評をしていたが、どんな本もバッサバッサと斬りすてていくその文体がじつに圧倒的にエラソーですごかった。

このエラソー文体の大量集積地は新聞の書評である。新聞の書評欄というのはたいていそこで取りあげる本を選定する書評委員会というのがあって、この人々が学者とか作家とか評論家とかあるいは〈本社社友〉とかいう人でみんなエライ。エラサが全身からはみ出ている、というようなところがある。しかも年寄りが多い。〈本社社友〉なんてまさにすごいではないか。社友というのは新聞社の友達ということなんだろうから相当に古ぼけている人でしょうね。

こういう人が「来週はあれを取りあげよう。この本はダメですな」とやっているらしい。というのがひところ連載されていた朝日新聞のコラム「書評委員会から」に出ていた。そんなことをしているからだんだん気分は権威主義になっていってしまって、エラソー文体になってしまうのだろう。

所詮《しょせん》一人の人間がそのおそろしくてんでんばらばらな個性と興味と知識と理解能力と、ついでにいえば体調とさらにいえば表現能力で一冊の本を「どうのこうの」と評価していくのだから、書評などというのはどうしようもなく水ものである。

しかしそれでいいのだ、と思う。それでいいのだ、というのはその程度のものなんだからどの道たいしたことではないのだ、ということである。

「ふふふふ」と、いまおれはここですこし笑ったね。いま気がついたのだけれど、このあたり、おれはにわかにエラソー文体になっているではないか。ひとつの論の中に自分の意図するものを断言しようとするとき、このエラソー化現象が出てしまうのだろう。

さて書評をとりまく状況の中で、ぜったいよくない「絶対だめだけんね！」というものがひとつあって、それは読まず書評というやつ。

これは自分が書き手の立場からみると実によくわかってしまうのである。つまり自分の本の書評を読むと、その人が果して本当にその本を読んでいるかどうか、というのがくっ

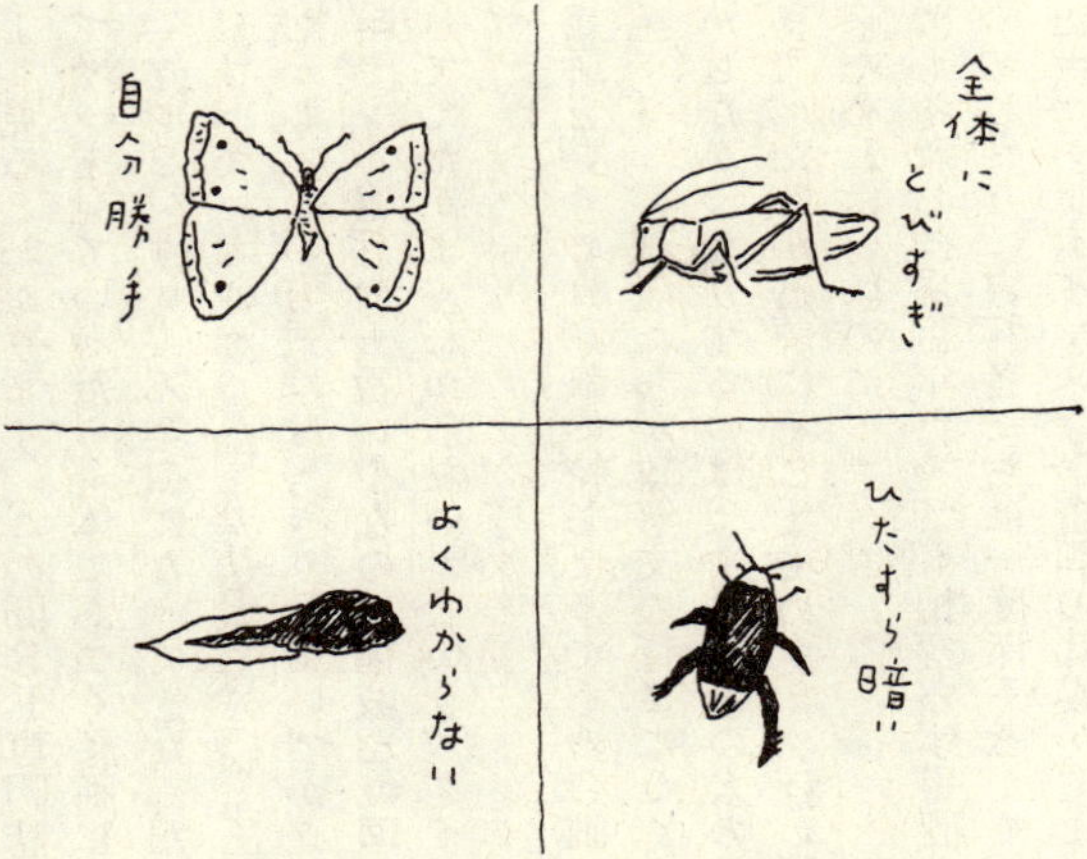

きり見えてしまう。これはあたり前である。

何年か前、マスコミを自分のマーケットにしているある大学の先生が『ベストセラー』というTV番組でおれの本を書評していた。たまたまそれを見ていて「あっこの人まるで読んでなくて言ってるな」というのがすぐわかってしまった。それからその男の書くものや発言は信用できなくなった。ほめようがけなそうが読まず書評はアンフェアの極致である。

さてここに《意図的書評》というのが世の中にはあるような気がする。要するに「ほめるためにほめる書評」とか「けなすためにけなす書評」である。

たとえばひところのSFゲットーの人々がそうだった。SF書き手が週刊誌や月刊誌などで書評をたのまれると、そこでお互いにほめあう、というやつである。SF専門誌なんかはいまだにやっている。見ていてレズビアンみたいできもちわるいの。

よく見るとわかります。この間SF専門誌の書評欄を何か最近面白いSFあるかなと思ってサッと見ていったら全体にあつく評価したりシニカルに批判したりという変化があって「アレ？　ずいぶん辛口になってきたんだなあ」と思い、よく見ていったら日本人作家のはすべて「マル」、外国人作家のは「バツ」がいくつか、というわけなのだった。はは。

しかし、この方式ははっきりしていてかえってよい。とぼくはこのごろ思うのである。

エラソー書評の一番いやなのは権威を無理やりひきずっているために「ほめてんだかけなしてんだかよくわからない」というスタイルが多い、という点だ。これが一番始末わるい。

書評というのは意識の持ちようでその評価をどうにでもできるものである。

エラソー書評者たちが難解文の背後にたくみに閉じこめてしまってどっちつかずの評価しかしなかったりするのは、やはりその人の人生とか世わたりとか社会関係とかの影響を考えて、たかが書評にそこまでのリスクは犯せないというところがあるのだろう。（だったらやめればいいのに）

でもそれじゃあ百年たっても相変らず書評というのは面白くない、ということになっていってしまう。書評者たちは一度深く考えてほしいものだ。そして、このあたりで思い切ったエンターテインメント書評の登場が望まれるところである。わははは。またなんとなくエラソー文体になってしまったではないか。

こまったものだの日々もある

「宅配便」というのがいつごろはじまったのか、はっきりしたことはわからないけれど、この家から家へ、今日手続きをすれば明日先方へ——といういかにも律義な日本人的システムを我々はもっと「スゴイコトダ！」と思わなければいけないのではないか。

——と、今日突然考えてしまった。しかもすこしこの業界を知っている人に聞いたところによると、品物紛失とか、破損とか、ネコババ行先不明といった事故率は、こういう通信物としてはきわめて低い安全システムなのだという。

このシステムをインド人のインテリに言ってもおそらく絶対に信用しないだろうと思う。日本では重さ一〇キロの花咲ガニを一〇〇〇キロはなれたところにある自分の家に明日までに送ることができるのだ、などと言ってもインド人は、この地球上でそんなことができるわけがない、ときっと言うだろう。

ロシア人も信用しない。もしソ連にそういうシステムができるとしたら、ロシアのヒトビトはまた何か新しい革命がおきた！　と言うにちがいない。

ソ連に行ってロシア人にじかに聞いた話なのだが、あの国では鉄道の貨物車が年間で約四千台ほども行方不明になってしまうのだという。貨車が四千台ですよ！　貨車ごとの行先をチョークで書いているだけなので、ぞんざいにしているとすぐどこ行きの貨車かわからなくなってしまう、というこれはウソのようなホントの話なのだ。

だからもしもソ連で一〇キロのカニの包みなど発送したとしたら、発送と同時にどこへ行ってしまうか誰にもわからない。このことは充分信じられるのだ。

宅配便のおかげで、このごろぼくの国内旅行は大変楽になった。とくに重い機器をかついでいかねばならないダイビングとか、カヌーを使っての川の遊びなどではこいつを利用すると帰りはほとんど手ぶらである。

自分以外の他人を一切信用しなくて、どこへ行くのにも生活用品をそっくりぶらさげていくアラブ人はこういう旅を絶対に信用しないだろう。

なんだか宅配便の宣伝文みたいになってしまったけれど、そんなちょこざいな話ではなくて、本日ぼくは本当にこころから日本のタクハイビンに感動してしまったのだ。

この民間による宅配便の人気にあおられたのだろう、このごろ郵便局の小包便が妙にしどけなく「わたしらも結構頑張っていますからお忘れなく。近ごろはこころを入れかえてサービスオンリーにつとめています」というような態度をとるようになってきた。郵便局の小包というとひと昔前はお巡りさんが品物を届けにくるようなかんじでなんだか必要以上にいかめしく、留守などして局あずかりになってしまうと、やれハンコを持ってこい、身分証明書はどこだ、不在宅配達を証明するハガキが入っていた筈《はず》だろうがオイ！　とまるで江戸町奉行のオトリシラベのような気配さえあった。

ぼくはツトメ人ではないので身分証明書がない。三年ほど前に、「本の雑誌社」の名刺を持っていったらなんとなくカブトムシを連想させるお兄さんが出てきて「こんなもの何の証明になるか。拾ったものかもわからないし、印刷すればいくらでもテキトーなものをつくれるではないか、証明にはならん！」などとカブトムシ眼のまま言った。「なるほど！」とは思ったが、しかし腹が立ったですね。何かおそろしく高価な、たとえば五百万円くらいの時計が入っている小包、などというのだったら名刺を偽造して持ってきても話に合うのだが、その日改めて健康保険証を持って出直し、受けとった小包の中身はサヌキウドン二十本であった。まずヒトを疑うという姿勢がこの郵便局のしくみの中にいまだに強固にしてあるみたいだ。そんな大時代的なことをやっていると早ばん郵便局も分割民営化の道を歩まなければならないであろう。しかし郵便局が分割したらえらく不便だろうな。

それでもこのごろは郵便局の人々も、ぼくのやっている仕事がわかってきたらしくだいぶ親切になってきた。まあこういう仕事をしているから、毎日やってくる郵便物はおびただしい分量で、高さ二〇センチから三〇センチくらいに積み重なったものをヒモできっちりくくって、小包のようにしてドサッと持ってくる。

そのうちの半分は寄贈本、雑誌、ダイレクトメールといったものだが、最近このダイレクトメールにもひとつの大きな「流れ」のようなものがあるのに気がついた。

ゴルフの会員権を手に入れなさい、としきりに各社が言ってくる時期があったかと思うと、さまざまな貴金属および装飾美術ものを買うとよござんすよ、とあっちこっちから言ってきたりする。おそらく、ぼくの住所氏名を記載した何かの名簿がその業界に流れたのだろう。

最近は宗教業界に流れたらしく、毎日しきりになんだかあやしげな、あるいはブキミな手紙や雑誌類が届く。

ありがたいその宗教の本を買えば死んだときにしあわせになれるというのや、この香のかおりであなたの人生が変る、といった小箱入り線香が届いたりする。大仏を建立するからすこし金を出すとよろし、などと書いた金ピカのパンフレットや、妙に居丈高に人生のおしえをおしかけ説教するような小冊子は「るせい！」と言いつつ即座にゴミバコに叩《たた》きすててしまうが、困るのは観音様の尊いお姿を和紙に刷りこんだり、わが教徒ご本尊のお身うつしなどというおどろおどろしいものが入っているケースだ。商魂みえかくれがあからさま、といいつつもこういうカミサマのお姿のくっきりした書類を捨ててしまうと、即座になにかよからぬタタリにあいそうで、受けとったものの始末に困ってしまうのである。

ぼくの仕事場は新宿にあるのだが、そこにもいろんな宣伝刺激物がやってくる。こっちは土地柄か送られてくるものが過激である。この仕事場は別の名前で借りているので名簿の流れが明確につかめて面白い。一番活用されているのがサラ金・ローン関係と、ピンク関係で、ひまなときに開けてみる上では宗教ものよりははるかに楽しい。このあいだは女の穴アキパンツの現物支給があった。なんとなく中がフワフワしている封書なので何だろうと思ったのだが、開けてそいつをひっぱり出したときは思わず「や」と叫び窓の方をふりかえってしまったね。

部屋のまん中でピンクの穴あきパンツをヒラヒラさせているのをむかいのビルから望遠レンズで撮られてやしないか、とあせったわけである。いやなのはホモの秘密的おさそいの手紙だ。日本一のそのスジの街、新宿二丁目の隣にあるからいい草刈り場なのだろう。コピーづくりの気味の悪い裏フォーカスみたいな雑誌も入っている。

そこは出版社との待ち合わせ等で結構来客が多いから、こういうのは「あっバッチイバッチイ」と言いつつ即座に黒ビニールゴミブクロに捨てることにしている。うっかり放置していつどこでどう間違われてしまうかわからないものな。

うっかりで、おそろしく恥ずかしいしくじりをしたことがある。

そのビルの一階にあるメールボックスにはもう一派、チラシ投げ込み勢力がいて、ビルの管理人のおじさんが目を光らせているのにもかかわらず、毎日おびただしいおさそいのチラシが入ってくる。不動産紹介やサラ金・ローン勧誘も多いが、圧倒的なのはカード大のデートクラブ等のおさそいのものだ。「出張専門、あなたのお部屋に素敵な女性が――シンデレラ」とか「お電話まってまーす一〇〇%の満足度ロイヤル」とか「トップレディ・高級出張」といったものだ。ところでこの〝高級出張〟というコトバはスゴイね。

その日ぼくはタクシーで仕事場にかけつけメールボックスの中の、三、四日分のたまった郵便物をあわててカバンの中に放りこみ、すこし遅れ気味の次の待ち合わせ場所にむかった。そこで一仕事おえ、地下鉄でオギクボにむかった。まだ早い時間の午後なのでうまくすわることができた。ひと息ついて、それからさっき仕事場から持ってきた郵便物のことを思いだした。その中に速達の赤印があったので、カバンをあけて郵便のかたまりをひっぱりだした。そのときであった。ぼくの両手の中から七、八枚のデートクラブのカードがひらひらととびちり、足もとに落ちた。手紙と手紙の間にそれらのカードがどさっとはさまっていたのだ。

すいている車内にこのチョウチョのようなヒラヒラはひどく目立った。左右にすわっている人やむかいの人はこのヒラヒラの物体が何であるかすぐに理解したことであろう。

ぼくはヒラヒラをかきあつめ、下をむいたままもそもそとそいつをまたカバンの中にしまった。「こまったものだ……」と、ぼくは体の中でつぶやいていた。「こまったものだ……」

大阪の女の人から貰《もら》った手紙の中にこんな一文があった。

「私は結婚式のときのビデオを友達の家で見せられるのがとても嫌いだ。嫌いというより苦痛である」

そうだろうな、とつくづく思う。せんだって久しぶりに結婚式にたてつづけに三回ほど出席したのだが、しばらくそういうものから逃げていたあいだに、いまはいつの間にかビデオ時代になっているのだな、ということがよくわかった。いずれの式も何人もの人がビデオをふり回していた。式場がビデオ制作を請け負っている、というケースも多いらしい。

世の中でタテマエとキレイゴトだけでなり立っていて一番むなしい時間は何か、と問わ

ジャパンは不思議な国だ
あれから三年か
ブーム
ミカン
日本
なんとかしなくては
昔のままでいいのに

れたら、ぼくはいまだに躊躇《ちゅうちょ》なく「結婚式！」と叫ぶことができるが、この当人にとっても気恥ずかしいおめでたバカボンのバカセコ風景をビデオに撮って、いったいどうするのだろう、と考えていた。

そうかそうか、やってきた客に見せるのですね。これはおそろしい話だ。

「あなた、このあいだの私たちの結婚式にこられなかったでしょ。残念だったわね。申しわけないからちょっとそのときの模様を見せてあげるわね……」

と、言いつついそいそとビデオテープをデッキにぶちこむ情景というのを想像しただけでもおそろしい。

自分でビデオをふり回す人々の中には会社の同僚や部下に自分の子供の小学校の運動会とか、遠足のビデオを見せたりするのがいるらしい。もっと悪質なのになると「わが子の成長の記録」なんてのを堂々一時間も見せたりする。こうなるともう立派な犯罪ですね。

オーストラリアの大陸のまん中を南から北に突っ走る、という四週間の旅は、日本の冬の季節に思う存分南半球の太陽を浴びてしまう、という毎日だから、こいつは非常に刺激的で楽しかった。Tシャツとパンツでそのへんに寝ころがり、日中は短パンひとつのハダカで熱風を全身に受け、時速一三〇キロですっとばしてくる、という日々であるからね。

砂漠にはごく少数の人間と、大量のハエしかいなかったからよかったのだけれど、行きがけにシドニーで見た日本人旅行者とくに新婚旅行の男女たちの姿は相変らず気が滅いるほど恥ずかしいものだ。

なにか妙にハチュー類を連想させるナマ白い肌にまったく似合っていない高級デザイナーブランドのシャツ。高級時計。首から高級オートマチックカメラ。男女おそろいのウエストバッグ。七・三わけにメガネ。いつも男女手をしっかとつないでのニヤニヤ笑い。財布の中の沢山のつよい「円」。

この行列が日本人新婚ツアーの典型的スタイルであった。

オーストラリアの旅では四冊の本を読んだ。『恐るべき空白』（アラン・ムーアヘッド著、早川書房）オーストラリア内陸部の探検隊の話。臨場感ひしひしというやつで、読むのは二回目だったが初回にまして面白かった。『さまよえる湖』（スウェン・ヘディン著、旺文社）これもむかし少年翻案もので読んでいたが、ホンモノは別ものだった。どちらも砂漠で読むと非常にスリリングでよろしい。

ホテルに泊れるようになってからは『消えた女』（マイクル・Z・リューイン著、早川書房）と『大きな枝が折れる時』（ジョナサン・ケラーマン著、扶桑社ミステリー）をむさぼり読んだ。どちらも出発前に本の雑誌の目黒社長に聞いて買ったのだ。ミステリーはやっぱり翻訳ものが最高だあ、とぼくはアラフラ海に迫るダーウィンの町で深夜一人で叫んだね。

シドニーからの帰りのヒコーキで同じく目黒のすすめてくれた『さらば、カタロニア戦線』（スティーヴン・ハンター著、早川文庫）を読みはじめたが、隣にすわっている日本人のビジネスマンふうの男が風邪でもひいたのかたえず「ブオーッ」というものすごい音をたててハナをすするのにすこしイラついて、うまく物語の中に入れなかった。

帰国して四日目の朝モーレツな下痢になった。午前四時だ。布団の中で体を「く」の字にしなければならないようなモーレツな痛みがおそってくる。頭の中がボーッとしている。熱があるのかもしれなかった。トイレの帰りに体温をはかると八度五分になっている。三年ぶりぐらいのビョーキだ。しかしなんだか原因がわからない。ゆうべ寝る前まで全身まったく普通の状態だったのだ。頭の中で前の日に食ったものを思い浮かべてみる。急性中毒になるようなものは何も食っていない。

思いあたるものがひとつだけあった。寝る前に風呂《ふろ》からあがって冷たい牛乳をコップ一杯のんだのだ。しかしそれはよくやっていることである。「うーん。いったいどうしたのだろうか……」とボーッとしている頭でさらに間欠的におそってくる「く」の字苦痛に耐えながら二、三日先のスケジュールについて思いをめぐらせる。いかん。その日の午後のヒコーキで秋田に行き翌日東北の雪山に入ることになっていた。絶滅寸前のブナの木の一帯をじっくり撮っていく、というおそろしく硬派のドキュメンタリーの仕事で、もうすでにスタッフは先乗りし、山のふもとに集まっているのだ。

代々木《よよぎ》病院の中沢先生に電話して訳を話し「どうすべきか」を相談する。一日布団の中に這《は》いつくばり、中沢先生の用意してくれた薬をのむ。

おどろいたことにこの薬が効いた。普段クスリというのをまったくのまないので、おそろしく正確にピタッと効いてしまうのだ。

夕方までに下痢はおさまり、熱も下がる。

「明日の朝、熱が三六度台に下がっていたらよし、三七度台だったら冬山は無理」という中沢先生の診断を唯一の方針態度決定事項にしてねむる。

翌日、見事に熱も下痢もおさまっていた。おかゆを食い、午後のヒコーキで秋田へ行く。秋田空港で降りたとたんに、やはりこれはいささか無謀だったかなあ、と思った。空港の外に出たとたん、ものすごい吹雪がうずまいていたのだ。冬山の怒濤《どとう》のように吹きすさぶ

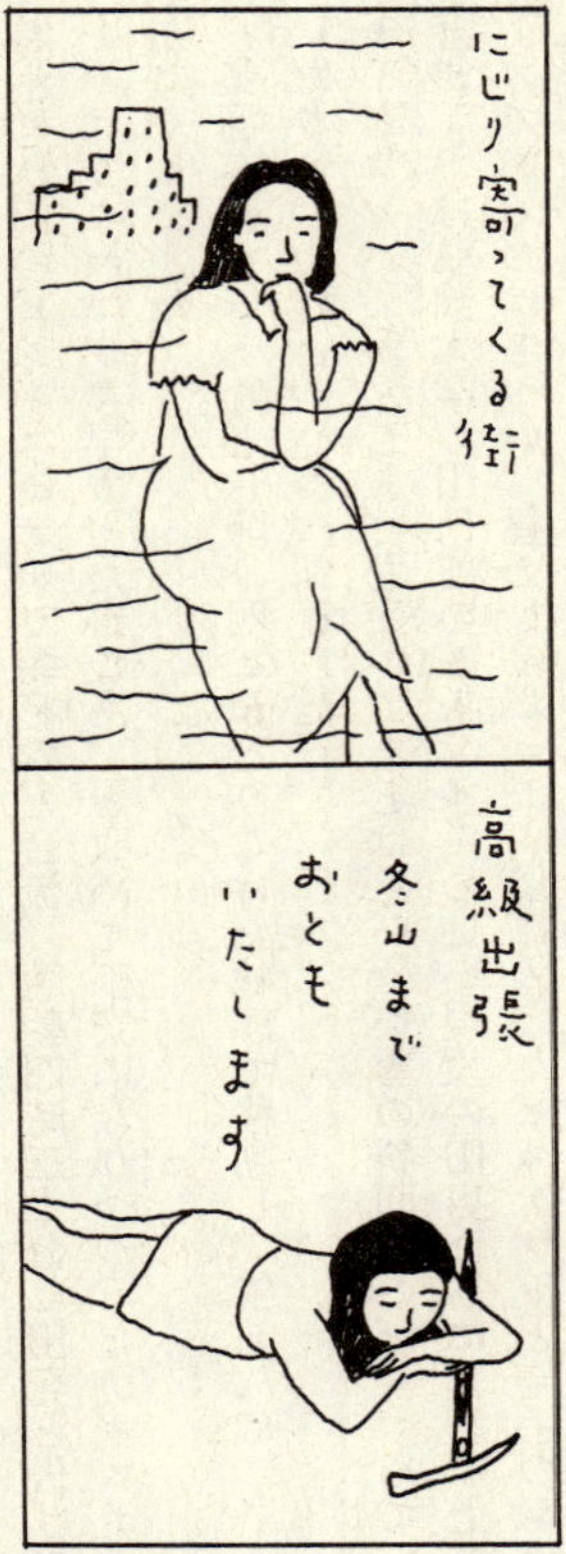
にじり寄ってくる街
高級出張
冬山まで
おとも
いたします

風雪が頭の中に浮かび一瞬たじろいでしまった。

十一時半に秋田のビジネスホテルで撮影隊と合流。翌朝四時三十分に出発と告げられ、ああ、やっぱりこれは少々早まったかなあ、と改めて不安になりつつ、ビジネスホテルの薄い毛布にくるまった。

翌日、奥羽本線をほとんど意識不明にねむりこけた状態で移動し、午前八時に早くもヨレヨレになりつつ山のとっつきに到着した。

山スキーとワッパ（かんじき）を使ってあとはぐいぐい雪の斜面をのぼりつめていくだけだ。サポートは弘前《ひろさき》大学の山岳部の五人。イキのいい現役の山男たちに〝病み上がり〟が同ペースでいくのはきつい。昼めしはビニール袋に入ったビスケットと岩手のゴマ入りせんべい数枚、干しぶどう七粒であった。ガイドが道を間違え、夕闇がせまり、しかし退くこともできず、ぐずぐずのくされ雪のたまった沢を直登する。暗くなるころようやくテントの張れるブナ林の下につき、ぼくは正直いってほっとした。あとは夜、テントの中で熱が出ないことをいのるだけだ。学生がラジュースで素早く沸かしてくれたミルク紅茶がうまかった。ヘッドランプのあかりの中にブナの樹氷が夢マボロシのように美しい。あたたかい紅茶とかなりの疲労感と、目の前の美しさになぜか突如として感激し、すこしナミダが出てしまった。困ったものだ。

合同慰霊祭のようないやはやの夜

「いやはや隊」という名前からしてなんだかよくわからないウミウシ状の不思議的組織ができてしまったのでおしらせします。

発端は昨年（一九八六年）の春に、八人ほどの男たちとニュージーランドへあまりたいした目的もないまま二週間の出たとこ勝負旅に出かけたことからはじまる。メンバーは野田知佑、三島悟、中村征天、沢野ひとし、風間深志、元木栄一、佐藤秀明、それに椎名で、わかる人はわかるようにこれらは海、山、川にからんだ仕事人プラス遊び人の集団である。

一行はランドクルーザー二台に分乗し、現地に着いてもいまださしたる目的もないまま、海、川、沼があったらそこを渡り、山があったらそこをのぼり、茶店があったらそこで休み、女がいたらそこで口笛を吹き、といったように本当にあてもなくぐるぐるとうろつき回ったのであった。

山を登ったり川を下ったりバイクでオフロードをくねくね走りしているとき、一行は奇妙な共通の口ぐせをつぶやいていることを知った。それは、

「いやはや……いやはや……」

というものであった。

連日にわたる海、山、川作戦は遊び好きの男たちにとって一見シアワセの極致のように見えたが、いずれも四十歳を出たり入ったりという年齢のため、何かひとつ勝負がおわるたびに腰を叩《たた》き、「いやはやどうも……」とか「イヤハヤコレハコレハ……」などと思わず吐息とともにつぶやいてしまう、という訳なのだった。

日本に帰ってくると、またメンバーは新宿の行きつけの飲み屋などでよく顔を合わせ、「いやあのときは本当に楽しかった。しかしイヤハヤでもあった」などと互いにわけのわからない会話をかわし、いつの間にか「いやはや隊」と呼ばれるようになってしまったのだ。

この「いやはや隊」には元木栄一という事務局長がいて、彼は仲間うちでももっぱら「仕掛人」と呼ばれている。何か困ったこと、何かほしいもの、何かやってほしいことなどの用があると、この元木さんに電話すればすべてそれで片づいてしまうのである。

なんでもないただの飲み仲間でも「いやはや隊」などというなんだか正体不明の団体でせまると、集団の海外ヒコーキ代とかベントー代などがおそろしく安くなるというようなこともこの仕掛人のおかげでわかってきた。

話を聞いて、何だかよくわからないけれど面白そうなのでおれにもイヤハヤさせろ、という男が何人かそこに加わった。岡田昇（ロッククライマー）、カナダ人のローリー・イネステーラー（フリーランサー）、林政明（渓流釣師・料理人）、谷浩志（ダイバー）、藤門弘（牧場主）らである。

その間に、メンバーの風間深志と佐藤秀明はバイクで北極に行き、野田知佑はアマゾンの源流をカヌーで下り、岡田昇はフランスの岩で逆さ宙吊《づ》りになり、沢野ひとしはロスで意図不明の隠遁《いんとん》生活をおくり、ぼくはオーストラリアの内陸部を四駆で走る、というようなことをしていた。

だからニュージーランドから帰ってきてしばらくすると新宿の飲み屋で一同全員顔を合わせる、というようなことはあまりなくなってしまった（いつも誰か欠けてしまう）のだが、でも月日がたつにつれてこのいやはや隊というのは妙にその存在感を強めている、というおかしなことになってもいるのだ。

この五月は期せずして、野田知佑と中村征夫そしてぼくの三人が〝書きおろし〟の新刊を出すということがわかったので、三人合同の出版記念パーティというのをやった。その本というのは、『北極海へ』(野田知佑著、文藝春秋)『全 東京湾』(中村征夫著、情報センター出版局)『パタゴニア』(椎名誠著、情報センター出版局)の新刊三冊だ。ぼくは自分の本の出版記念会というのはまだ一度もやったことがなかった。ヨソの人のそういうパーティには面白がって行くのだが、自分の、ということになるといつも逃げてしまった。聞いてみると野田知佑も中村征天も同じようなものであったので、急遽《きゅうきょ》それじゃあ合同でやってみっか、ということになったのだ。「三人娘」というのはよく聞くけれど「三人おじさん」というのはなんとなくムサクルシイかんじでいいじゃないの、「合同出版記念会」というのもあまり聞いたことがないし、なんとなく「合同慰霊祭」のようでいいなあ……とこれを聞いてよろこんだのが元木事務局長だった。そこで彼に「じゃあいろいろたのみます」と一言いっただけであとはそっくり仕掛人ペースで話がすすんでいった。

いざやってみると、この三人の場合共通して知っているヒトというのが結構大勢いるので、この〝合同……〟というのは主催する方も参加する方もなかなか効率がいい、ということに気がついた。あいさつもまとめてやってしまえばいいのだ。

司会は沢野ひとしで彼は妙に気まじめにマトモな司会をやった。おそらく彼が司会をやった、というのはその日がはじめてのことだったろう。

大勢の参加者の中から三人共通の友人C・W・ニコル氏が気のきいたあいさつをし、北極から無事戻った風間深志が、あの例の人なつっこい髯面《ひげづら》をニカニカさせて帰国とアリガトウのあいさつをした。高信太郎、内藤陳、夢枕獏《ゆめまくらばく》の三氏がカガミビラキをやった。長々しいあいさつはひとつもなかったので、全体に非常にいい雰囲気だった。いやはや隊もやるときはやるのだ。

五月十一日は沢野ひとし、三島悟、岡田昇らと穂高へ出かけた。上高地から岳沢《だけさわ》をへて奥穂へむかうというのが当初のルートだった。五月の北アルプスはまだ沢山の雪が残っていた。久々にアイゼンとピッケルの世界なので楽しみにしていたのだが、岳沢の小屋でストーブを囲み、酒をのんでいるうちに頭がクラクラしてきた。

なんと「熱」が出てしまったのだ。めしをすませ羽毛服を着こんで七時三十分には寝てしまう。翌日は岳沢小屋に停滞ということになった。ぼくは依然として頭がクラクラするので、翌日からの行程をあきらめ、里に下山することにした。

岡田昇がぼくのザックをしょって上高地までついてきた。彼はイワナを買い、小屋で「イワナくいたいイワナくいたい」とわめきつづけている沢野に持って帰るのだ。

その日の夜、家に着くと熱は三九度になっていた。喉《のど》がハレてきていた。

「ああ、ちくしょうめのヘントーセンエンなのだ！」四年ぶりにそのままどっと寝こむということになった。

妻はチベットから帰らず仕方がないのでありあわせのものを食って翌日もずっと寝ていた。

熱は朝と夕方に高く、お昼ごろはすこし下がった。そこで昼に本を読み、時々テレビを見た。昼のテレビを見る、というのは十年ぶりぐらいのような気がする。常軌を逸しているとしか思えない人が頭のてっぺんから出す声で絶叫しながら何か「食いもの」の番組をやっていた。それを見ていたらまた熱がどっと上がってくるような気がしたのであわててスイッチを切った。

本はローレンス・サンダースの『無垢《むく》の殺人』（早川文庫）が面白くて、これにのめりこむことでなんとか熱のいやらしいからみつきから気分的にすこし逃れることができるような気がした。

読みおわると『風の谷のナウシカ（4）』（講談社）ですこし息をととのえ、雨の中をジープを駆って近くの郊外チェーンストア式書店へ行って同じくローレンス・サンダースの『魔性の殺人（上・下）』（早川文庫）を購入した。高熱でクルマを運転するとヨッパライ運転に近いようなかんじになるのだなあ、と思いつつ、「ゼイゼイ」と激しい息をついた。

病に臥《ふ》して三日目に妻が帰ってきたので、つい二時間前に息を引きとったというようなフリをしたが見破られてしまった。彼女はチベットの山の中で野草を研究していたのだ、と語った。いいから早く何か栄養のたまるものをくわせろとうめく。

熱はしつこく続き、そのままさらに四日間寝こんだ。喉はハレあがり、体重は三キロへった。なんとついに六〇キロ台になってしまったではないか。二十七、八のころのウエイトに戻ってしまった。まあその分フットワークが軽くなるからいいのだ、とつらい息の下で思う。

なぜこのようにいきなり何の前ぶれもなくヘントーセンエンになってしまったのか、ということを考えた。本を読むのに疲れると何もすることがなくなり、ヒマになるのだ。

この春に、オーストラリアから帰ってきてすぐに一日だけ原因不明の下痢と熱病にかかって寝こんだことがあるので、妻はもしかするとこれはマラリアというようなものではないか、と言ったが、今回は喉が痛いのだからこれは堂々としたヘントーセンエンそのものだ、とぼくは主張した。本当は、答えはすこしわかっていたのだ。このところずっと健康で、もう丸四年間、風邪ひとつひかなかった。あるところで「おれもたまには人並みに風邪ぐらいひいてみたいものだ。そうして二泊三日ぐらい軽く寝てビデオの映画でも二〜三本見てみたいものだ」などということを申しあげたのだ。

これを不遜傲慢《ふそんごうまん》なものとして、風邪の神か何かに聞かれてしまったのではないか、それしかないのだ。

結局完全に立直るまで十日間かかった。

「イヤハヤイヤハヤ……」と力なくつぶやきつつ、のそのそと職場に復帰した。といっても寝室から二階仕事場の机にむかうだけだが……。

翌日は予定では千葉の小湊《こみなと》というところで「いやはや隊」主催のカヌー教室があった。野田知佑、沢野ひとし、ローリー・イネステーラーらが行くはずである。ぼくも暇だったらひそかに顔を出すつもりだった。

元木事務局長から電話。

「どうですか、来られそうですか?」

窓の外は雨が激しい風にのってぐるぐる回っていた。メイ・ストームというやつだ。

「そっちも雨でしょう?」

「雨ですね」

「いやはやの雨でしょう」

「いやはやの雨です」

「まだ病みあがりなので、今日は行かないことにしました。野田師匠によろしく」

そのかわりに、嵐のような雨を見ながら「すばる」に一年間連載するSF仕立ての小説を書きはじめた。「アド・バード第一回＝腐敗都市の黄昏《たそがれ》」。十五年ぐらい前からいつか書きたいと思っていた夢のライフワーク・テーマなのだ。そうだおれはいま病弱の作家なのだ。雪山もカヌーもやめてあおじろく、書斎でモノを書いていくのだ。コホンコホン……。

と、ぼくは力のない咳《せき》をふたつして正調作家への道を歩きはじめることにした。

馬肉を喰いつつひそひそ話

「第一東ケト丸」に会いに、久しぶりに八丈島に行った。フトコロに本を二冊。新刊と旧刊だ。ともに早川のポケットブック。

新刊の方は『長く孤独な狙撃』（P・ルエル著）で、訳者の羽田詩津子さんから送ってもらった。羽田さんはずっと以前、ぼくが世《せ》田谷《たがや》の玉川高島屋で月例読書教室のヘッポコ先生のようなものをやっていたときの受講者の一人であった。

思えばあのころぼくの読書教室で彩りはなやかに座っていた若く美しい女たちはいまどこでどうしているのだろう。当時は気がつかなかったが思えばいい時代であったのだ。

羽田さんはそんな才色兼備の中の一人だった。この羽田さんの本は、四十三歳の殺し屋と若き未亡人の恋をはらんだロマンあふれるサスペンスストーリーだ。

あの細っこかった娘がこういう本を訳すようになったか、などと思いながら家から空港までずっと読みつないでいく。

もう一冊黒バッグの中にひそかに隠し持っているPBはフィリップ・K・ディック『アンドロイドは電気羊の夢を見るか？』こいつはあのSF映画の名作『ブレードランナー』の原作だ。前の日にいくらか酔って帰ってきて深夜、なんとなく寝そびれてしまい、このビデオを見た。二回目だ。冒頭のシーンで「おお、やっぱりすべてこれだ、このやるせないSFデカダンの電脳空間よ！」となってしまった。

毎日毎日酸性雨の降り続くロサンゼルス。林立する闇の中の巨大なビル。吹きあげる嵐のような炎。巨大な動くおかめ顔。日本人の広告パネルだ。おしろいの白さがあざとく光る。『わかもと』の文字。二〇二〇年のロスの街にそびえるのが『わかもと』の巨大な広告パネルなんて泣かせるじゃあないか。

ウィリアム・ギブスンの『ニューロマンサー』（早川文庫）のファーストシーンは未来世紀の千葉であったが、これを読んだときぼくは即座に『ブレードランナー』のこのファーストシーンを思いうかべてしまった。

いやとにかくこの映画は最高にそのアンチユートピアじみた未来世界の気配がいい。二〇二〇年のうめき声が全身をしびれさせる。午前零時三十分に酔って帰った男をしずかに泣かせる。

そしてフト気がついたのは、この映画の原作本『アンドロイド……』をもう一度読んでみよう、ということだったのだ。忘れないように立ち上がり、本棚からこいつを捜し出し、机の上に置く。新刊と旧刊のペアを持って小さな海の旅に出る、というのはなかなかいいではないか。

八丈島にはもうひと足もふた足も早い夏がきていた。カッと照りつける南国太陽の下で空気があつい。藍ケ江《あいがえ》でわれらのフネ「第一東ケト丸」と久しぶりに会った。こいつはいま潜水用のコンプレッサーを搭載しているので沖に出ていつでももぐれるようになっている。

五気圧の空気をホースから常に送ってもらうというフーカー式潜水なのだ。こいつはボンベを背負ってのスキューバと違って機動性はないが、船と自分の体がホースでつながっているので強い潮流のところでもホースをたどっていけば確実にフネに戻れる、という安心感がある。

しかし、漁師のカズと水中に入っていったが、ホースをひっぱってぐんぐんもぐっていく姿は鵜飼《うか》いの鵜、という印象もだいぶつよいのだった。

カズが五〇センチくらいのカンパチを突いた。

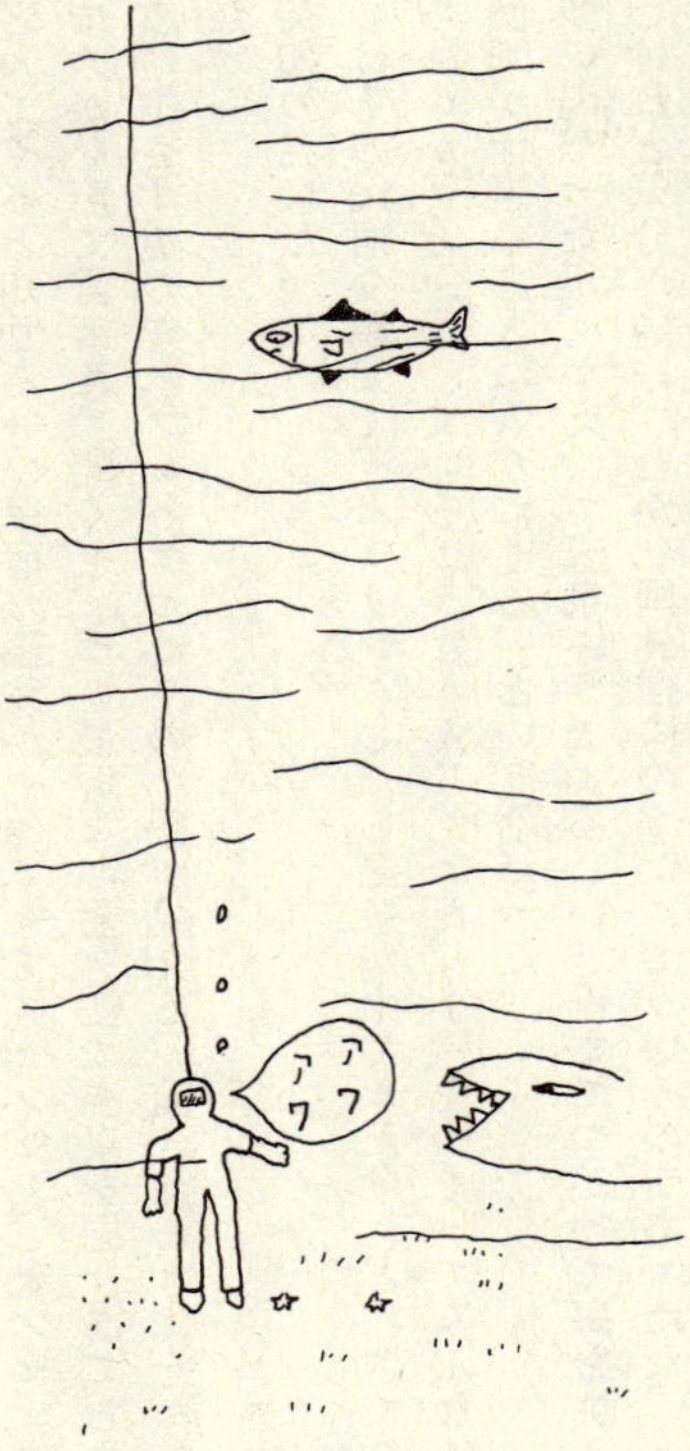

港にもどってくると知りあいの民宿の親父がやってきて「センセー、オンセンに入らんかあ」とでっかい声で言った。聞くと、つい最近この藍ケ江で温泉を掘りあてちまったのだ、という。指さす道の先にプレハブづくりの小屋が見える。前きたときはそんなものなかったのだ。

それが突如の温泉だった。

掘ったのはその民宿の親父で、ボーリングしたら温泉が出てきたけれど、さてこいつをどうしたらいいか、と戸惑っているようなかんじだった。小屋をつくってみんなに開放している。漁師が仕事のあとに入りにくる、という話だった。

鉄分の多い湯だったが、かえって温泉ふうでよろしい。首までつかって海を眺める。申しわけないけれど気分がいい。むかし岡林信康《のぶやす》のうたにこういうのがあったな、としあわせな気持で目をつぶるのだ。波の音が聞こえる。

突如の温泉から上がると漁協の事務所前にカズの女房とカズの友達サブちゃんの女房がきていてさっきのカンパチとオナガダイの刺身をつくっていた。サブちゃんに子供が生まれていた。男の子で飛男《とびお》という名にしたそうだ。

カズの息子は波太郎《なみたろう》といい、娘は海《うみ》ちゃんという。この島の人々はとにかく徹底しているのだ。

魚をさばく若い女房たちの手ぎわがいい。刺身がすむと焚火《たきび》をおこし、オナガダイの頭や尾を焼く。焼酎があけられ、あたりにすこしずつ夕闇がせまってくる。この匂いにつられてなんとなく近所の人が集まってくる。いつもの通りの展開だ。峠のむこうからいきなり月が出てくる。わさびがわりにそのへんの草むらからとってきたトンガラシがピリッときいて、カンパチの刺身のうまいことうまいこと。

その日は樫立《かしだて》にある八丈温泉ホテルに泊った。はじめての宿屋だ。そしてここもホンモノの温泉がこんこんと出ているのだった。八丈はいま観光的にはジリ貧で、このでっかいホテルにほかに客はいない。

翌朝早く起きて海が一望にのぞめるでっかい露天風呂《ぶろ》に入った。

晴天、本日も申しわけないほど気分がいい。

島から帰るとすぐ、いやはや隊山岳メンバー、沢野ひとし、岡田昇らと東北の原生の林を流れる赤石川をずっとずっとさかのぼる、という初夏の旅に出かけた。ブナを愛する山男根深誠。ドレイに米山三太夫《よねやまさんだゆう》も参加。

沢野ひとしはこのごろ天幕をはって焚火をするとたちまち「バカ殿様」になってしまう。もっとも沢野の喋《しゃべ》り方はすこし間のびしているからバカ殿様ふうなのだが、本人もわかっていてすぐそうなってしまう。

「コレ、三太夫。今夜はいい焚火じゃのう。これに岩魚《いわな》と月があれば申し分ないのう。岩魚五、六匹と月をふたつみっつ、あのあたりにほしいのう」

「ハッただいま間もなく」

この米山三太夫、チョモランマとかあっちこっちの海外の遠征に国際ドレイとして出かけているので実にそのバカ殿につかえる三太夫ぶりが板についていて、立派であった。

根深誠は岩魚釣りの名人で、あっという間に十尾くらい釣ってきた。誠と名のつく人は本当に素晴しい人が多いのだ。けけけけ。すぐさま岩魚のコツザケをつくってのむ。この溯上《そじょう》は五日もかかったが、毎日テントで本当によくねむった。

このときも山に入る前に本を二冊用意した。ローレンス・サンダースの『憤怒の殺人』（徳間文庫）。シリーズ四作目だが、三作目まで早川文庫で、ここから突如として徳間に変っている。訳者も変っているので、なんだかヘンテコな気持だ。早川と徳間のあいだに、また何かはげしい版権取得の争いがあったのだろうか。

用心のためにもう一冊上野でデーブ・スペクター『文明退化の音がする』（新潮社）も買ってザックの底にしのばせておいた。テントの生活は毎日焚火に酒が入ってくるので、本を読む間もなくねむってしまうものなのだが、ひとたび天気が崩れ、停滞というようなことになると、とたんに本が威力を発揮する。雨の音を聞きつつ、シュラフにくるまってミステリーを読む、というのもなかなか得がたい体験だからね。

三日目のキャンプで三太夫がソーメンをつくった。三太夫はインキンもちで、常にそのあたりをぽりぽり掻《か》きながら料理をしてくれるのだが、どうやらそれも三太夫料理の必殺の重ねかくし味になっているようであった。

五日ほど東京のなんだか息苦しくしめっぽいムシ暑さの中で前後左右に這《は》いずり回った。

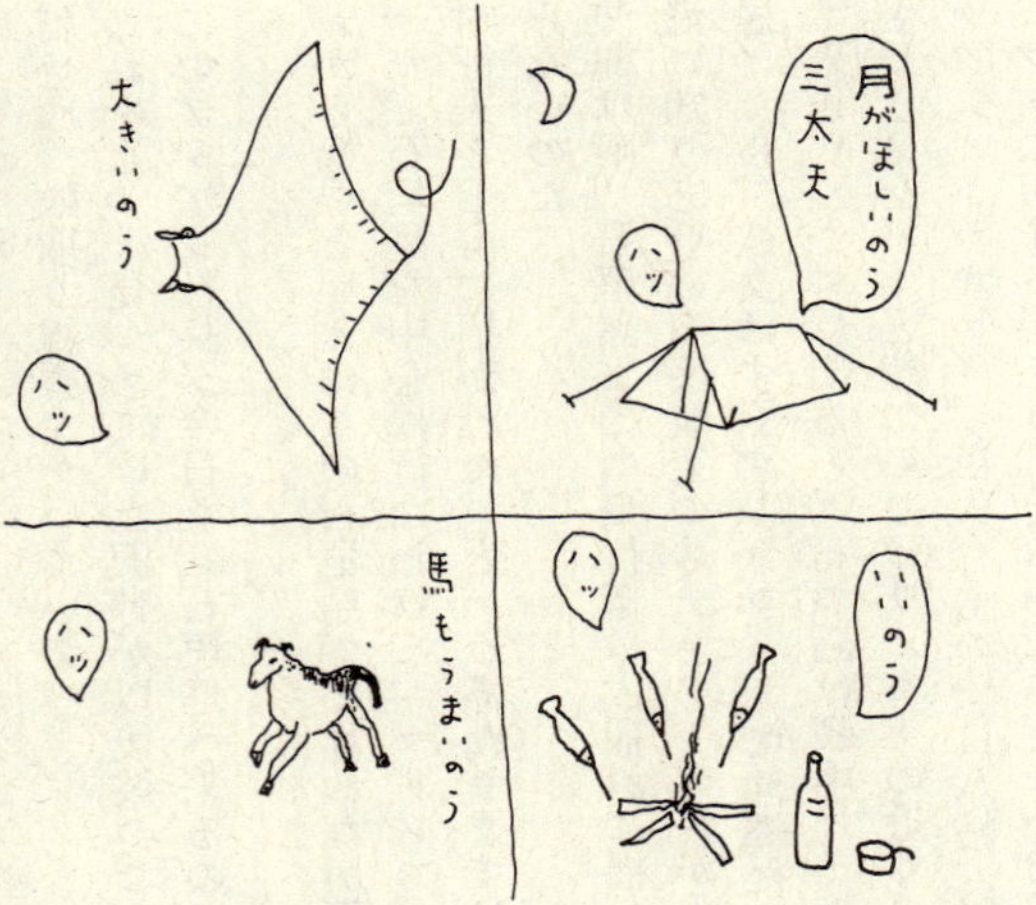

五日間ずっと早起きの六時起床。朝原稿を書いて、そのあとは本を読むという正しい生活なのだ。

小沢昭一の『韓国・インド・隅田川《すみだがわ》』（三月書房）が面白い。文庫本判型のハードカバーハコ入り。本文が五号明朝のおそろしくでっかい字なので二百二十三頁をなんと二十五分で読みおえてしまった。最後のあとがきでこの本をつくった仕掛人が大河《おおこ》内昭爾《うちしょうじ》さんだ、というのがわかって納得した。

井上勝六『「薬喰《く》い」と食文化』（三嶺書房）も面白かった。

中村征夫と沖縄の石垣島にむかう。いやはや隊の海もぐり部隊南へ下る、というような旅だ。あとから谷浩志、川上裕それにいやはや隊事務局長の元木栄一もやってくるという。

元木栄一はものすごい暑がりの汗かきで、昨年いやはや隊でタヒチに行ったとき、トロピカルムード満点のプールサイドにステテコにねじりはちまきで出現。アジアジアジアジと言いつつ蚊取り線香をたいていた。

これをじっと見つめていた沢野が以後彼のことをアジアジ社長と呼ぶようになった。

このアジアジ社長が今日なぜ石垣島へ来るのか中村征夫もぼくもよくわからないのだった。

わからないといえばこの石垣島でわれわれが何をするのか、というのもよくはわからなかった。石垣島を中心に行なわれる「マリンフェスタ八重山《やえやま》」という海の総合おまつりに中村征夫とともに招かれた、というあたりまではたしかなのだが、そのあとのことが、わからないのだ。

沖縄は雨。石垣島までの飛行機は大揺れに揺れた。なかばねじまがりつつようやく着陸。空港に知りあいの南西航空のスチュワーデスが出迎えてくれた。おっこれはいい具合だなと思ったら、彼女はすぐ次のフライトで沖縄に戻るのだという。「おっそれはつまらないな」と思いつつ外に出ると、石垣島は豪雨、イナビカリが光っていた。

翌日、メンバーと船にのりイリオモテの近くの通称マンタ水道へ行った。するとやはりマンタ（イトマキエイ。巨大なものでは八帖《じょう》敷きぐらいのがいる）を見にきたらしいダイビングのボートがあり、その甲板にどこかで見たような男がいる。なんとそいつはいやはや隊山組の岡田昇ではないか。ほんの一週間前、東北の山で別れたばかりだというのに、こんな南の海の上で突如会ってしまう、というのがおかしかった。

「おーい、岡田！　何してんだあ！」と、船の上から呼ばれると「そっちこそ何してんですかあー」という返事。まあ言われてみればそうだなあ。

「今夜のみにこいよ」と言ったのだが彼の宿はイリオモテなので、石垣島まではちょっといけないというのだ。それもそうだ。じゃあまた今度新宿で会ってのもうや、と言いつつ洋上で別れた。

翌日晴天。ものすごく暑くなった。昼近くに元木栄一アジアジ社長、アロハシャツを着て「アーアジアジ……」と汗をふきつつ登場。前の日までアムステルダムに行っていたという。

晴れあがってすとーんと乾燥して、ビールがえらくうまい。

中村征夫は十年間東京湾を潜りつづけ、最近『全 東京湾』（情報センター出版局）という本を出した。東京湾はヘドロの海で、彼はいまトロピカルなヒラヒラキラキラの南の海よりはヘドロの海に愛着を感じている。本当にそうだと思う。ぼくもライセンスをとって海に潜りはじめた当初は南のきれいな海に潜って「おおキレイだ」と感心したものだが、最近はもうこのキレイさがハナについてしまって、正直なところもうキレイなのはわかった！　もういいぞ、という気分だ。ダイビングをやる多くの人は水中写真などをパチパチとりはじめるけれど、ぼくはそのへんはほとんど関心がないのでただもうオサカナさんたちを眺めているだけなのである。これもいつまで見ているとあきてしまう。八丈島がいいのは漁師たちと潜って魚を突くことができることだ。素潜りでヤスで対等にたたかう。

いやはや隊の川上裕も谷浩志もこの魚突き派なので、こういうダイビングのメッカにきてしまうとたいしてやることがなくなってしまうのだ。

いまのダイビング人口は若い女の子がそのほとんどをしめていて、島の民宿は南の海の中とおんなじで赤だの黄だので着飾った女の子で色とりどりになっている。そうなると民宿のめしもペンションのお子様ランチみたいになっちゃって、ちっとも宴会ふうでなく食った気がしない。

ガイドたちはかっこよく海に潜るとこういう女の子たちにワーキャーワーキャーいわれるものだからアイドルみたいな気分になっていて、首にネックレスまいたりテクノカットにしたりして大変なのだ。

いま南の海は海上も水中もなんとなくスケコマシの構造になっているみたいだ。

だからこれからはヘドロの海が一番ナウイのである、と中村征夫が言うのである。

そこでその日の夜ぼくは中村征夫と漁港のヘドロの中に潜ってみることにした。

夜のヘドロの海中はくねくねぬちゃぬちゃもぞもぞというなんとも全体的にあやしいもののうごめく世界でぐっと面白い。

海から出てシャワーでヘドロの臭いを流し、ウイスキーをのむ。喉《のど》と腹に、うまい。沖縄は昨日で全面的に梅雨があけた、という話であった。

二日後に一人で帰京。空港でおきなわ文庫の『島の未来史』（若井康彦著）を買った。このおきなわ文庫というのは新書判タイプでなかなかしっかりしたつくりになっている。秋田にある無明舎の発行人と一ヵ月ほど前に羽田空港で出会ったことがあるが、地方に行き、その土地の出版社の本を捜す、というのは楽しい。こういうところがリキの入った、いい本をけっこう出しているのだ。

三日後地下鉄新宿御苑《ぎょえん》前駅裏のケッとばし屋の二階で、いやはや隊の集まりがひらかれた。

ユーコン河を下っている野田知佑と八ヶ岳でカンヅメになっている風間深志、カヌーで対馬《つしま》から韓国までの耐久レースに挑戦している三島悟とローリー、北極へ行っている佐藤秀明、ハワイに行っている谷浩志らが欠席。藤門弘はその日インドネシアから帰り、東京湾に潜っていた中村征夫は大箱いっぱいのマイワシを持ってあらわれた。他のメンバーは東京停滞。東京で仕事している沢野や岡田、川上などの顔色が心なしかさえない。だいたい海、山、川の人々の集団だから、この季節に集まろうというのが無理なのだ。元木アジ社長本日も「アージアジアジアジ」と言いつつ登場。八月に銀座で開かれるいやはや隊のイベントについての連絡打ち合わせが行なわれた。

そのケッとばし屋の二階は八帖ほどのたたみ敷きで、出てくるものといったら馬刺とサクラナベとトーフぐらいしかない。したがってあまり客もいなくて、なにかそういうところであやしげな男があやしげに馬肉を食いつつあやしげな話をする。というのが非常に似合っているようだった。

ベンザに座った振りむきオババ

『ロシアにおけるニタリノフの便座について』（新潮社）という本を書いたらいろいろ〝便座関係〟についての面白い情報を貰《もら》った。

ぼくの書いたその便座話は、ロシアの便所に入るといつも便座がなくておどろいた、というところからはじまるわけだが、ノルウェイに二年間住んでいて、いまベルギーにいるタカイワエミさんという人から貰ったエアメールは封印のところに見事な馬蹄《ばてい》形をした便座スタンプが押してあっておどろいてしまった。

その手紙にいわく、ノルウェイの便所だってほとんど便座はありませんのよ。大体北欧は便座というものが少ないのです。ロシアごときでおどろいていてはいけません。と書いてあった。見知らぬ人だが、その便座スタンプを見て、この人はひそかなる便座フリークであろうと確信し、強烈に会いたくなってしまった。

この本のニタリノフというのはヒトのあだ名で、正式には新田さんというのだが、半魚人の中村征夫がどこかで新田さんと会い、ぼくにつたえてくれた話は、南極の便所についてであった。

オーストラリアの砂漠の旅のあと、ぼくはずっと日本にいて、妙にいじけて奇妙な日本の夏にいらついていたのだが、この冬からまた「ウーム、おのれ」となりつつ南極に行くことにした。

　すると新田さんことニタリノフがこの話を聞いて「南極の便座には気をつけるよーに」とことづけてくれたのである。

　ニタリノフの情報によると、南極の便所は用をすませてかたわらのボタンを押すと水のかわりになんとすさまじい音をたててガソリンの火焔《かえん》が吹き出し、ペーパーの下のクソ一式を焼いてしまうのだという。

　水洗便所ならぬ「火焔便所」というのだからおそろしいではないか。

　心やさしいニタリノフは、間違えてしゃがんだままボタンを押したりしないようにね、えらいことになりますからね、というあたたかい忠告をしてくれた。

　どうしてそのように過激な便所になっているかというと、南極というのはとにかく冬にはマイナス八〇度にもなる目玉も凍る世界だから、クソをしてそのままにしておくととにかく永久的に凍結クソとして残ってしまうからなのだ。そういうのを黙っておいておくと、とにかくたまる一方で、遠い未来に八十万年前の凍結のクソ山などというのを掘りおこされるというのもみっともない話だ、というわけでこの焼失方法を考えたわけなのだろう。

　ロシアの屋外便所では小規模の凍結クソをよく見た。ロシアの便所の汚なさはさっきの本にいやになるほど書いたのでもうくりかえさないが、凍結クソのいいところは臭いがないというところだ。このことはロシアまで行かなくても日本の冬山の頂上小屋などに行くと、便所のクソは全面凍結しているからその気になれば誰でも体験できる。

山小屋の凍結クソで笑ってしまうのは、クソの逆ツララというやつである。しゃがみ込み式の便所の下はたいていかなり深い便槽になっているのだが、便所で人間のすわる場所というのはたいして誤差がないから、下に落ちていくクソの落下地点もみんな同じあたりになる。これらのクソはただちに凍り、その上にまた別の人が落下命中させて高みを増す。このようにして数日ののちにかなり鋭角のクソピラミッドができていくわけである。

寒くて暗い山小屋の便所の中に、誰とも知らぬ沢山の人々の不断の連繫《れんけい》連続積みあげ努

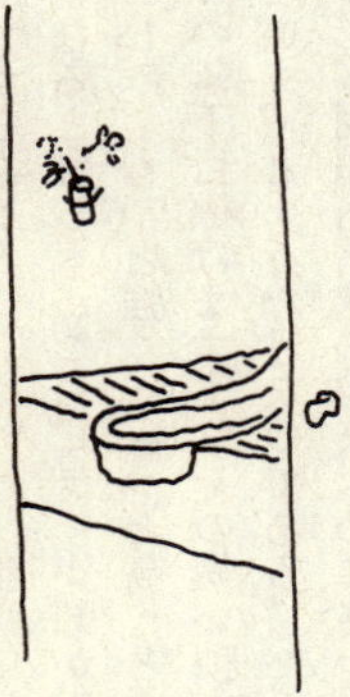

力によって、やがてぐいとその鋭いクソ峰の先端が穴の直下まで伸びてきたのを見るのは感動的ですらある。

そうなると誰しもがこのピラミッドからいよいよ逆ツララにまで成長してきたかれらをいとおしみ、もっと強く、もっと高くという思いをつのらせるのだろう。

人々の落下目標はますますその鋭い頂点に集中され、ツララの成長速度は加速度的に速まっていく、というわけなのである。

しかし、何事も古人のいましめにさからうことはできない。せっかく急速に成長してきたクソツララではあったが、やがて穴のすぐ真下にまで伸びてくるようになると、なんだかしゃがんだひょうしに裸のケツをその先端で突きぬかれるような恐怖を感じるようになってくる。そうなると「出るクソは打たれる」のたとえどおり、やがて山小屋の男たちのマサカリによってクソ柱は無残や打ち砕かれていくのである。

さてロシアの凍結クソの話であった。ロシアの公衆便所は山小屋の定住型とちがって凍結クソが建物から外にもれだしてその周囲にクソの原のごときものをかたちづくるケースが多い。

タテに成長できなければヨコにひろがるしかないのである。

ぼくはノブゴロドというところでこのもっともすごい凍結クソの原を目撃したのだが、そいつを眺めながら、いまは凍りついて臭くはないからいいけれど、春になってこれがそっくり溶けだしてきたらどうなるのだろうとすこし戦慄《せんりつ》しながら考えていた。

その一面のドロ沼グジャ化はともかくとして、数カ月ぶりに大気にときはなたれていく臭気におどろの思いをはせてしまったのである。とっさにロシアのうたが頭にうかんだ。「リンゴの花ほころび、川面にかすみたち、君なき里にも春はしのびよりぬ」というやつだ。このあたり、目撃者としては「主なきクソにも春はしのびよりぬ」とうたいたいものだと思った。

ひとつの本を出すとそれに関連して何らかのリアクションがあるものだけれど、今度の便座の本はやはりこのジャンルにはひそかな好事家がいるものとみえて随分長いこと思いもよらぬ情報通達や〝感想話〟等が舞いこんできて作者をたいへんよろこばせたのであった。

それらの手紙の中で若い女の人の質問に割合多かったのは「ところでシーナさんの家ではどんな便座をおつかいですかァ」というものだった。

ぼくの家はかつて三世代の家族が住んでいて建て替えや増築が重なったため便所がなんと三カ所にある。この何年かで家族の二人が死んでしまったので、家族の数に対して便所が必要以上なのである。

この三つの便所の中でもっとも使用頻度の高いのはＴＯＴＯの便器についていたプラスチックの便座をはずし、西武デパートで発見購入してきた重い木の便座をつけたものである。

この木の便座はよろしい。プラスチックのあのつめたく機能一点張りの、その実ヘラヘ

ラでいかにも軽薄そうな材質とはあきらかに一線を画した人生喜怒哀楽的な重みと深みがある。

「便座と生まれたからにはどんな種類のケツにも誠意をもっておつかえ申しあげましょう」

　といった忠実な古武士の風格に似たものがあって安心する。

　それにくらべてTOTOのプラスチックのカラフルな便座たちはなまじカラフルなだけになんとなく気分に浮いたところがある。

「どうせわたしら便座だけんね」とすこしフテたようなところもあって、どうも落ちつかない。

　西岡秀雄の『トイレットペーパーの文化史』（論創社）はすこぶる面白かった。

　とくに世界の人々がどういうものでク

ソをふいているか、という単純処理の国際的考察は同じ便座関係の本を書いた者として大いに唸《うな》った。

どういうデータを駆使したのかわからないが、世界の人々の中でクソをふくのにトイレットペーパーを使っているのは全体の三三％しかいない、という事実は衝撃的ですらあった。

ペーパー以外でもっとも多いのは水と指であり、ついで砂、そして木の葉、タケベラ、石などを使っている民族がゴマンといる、というあたりは考えてみれば大いに納得するところなのである。

ロジェ＝アンリ・ゲラン『トイレの文化史』（筑摩書房）はフランスの便所の歴史を克明につづった本だが、フランスにはほんの少し前の十九世紀までトイレというものがなく、パリの街中でも人々はオマルで大小をすまし、それを窓から捨てていた、という話がじつに迫力をもって面白かった。

そのとき別の本で読んだ十九世紀の京都にも庶民には便所というものがなかったという話を思いだした。人々はクソションを夜な夜な夜陰に乗じて町の植え込みの中でやっていた、というのである。

『トイレの文化史』には、このためパリの大通りはちょっと油断しているとアパルトマンの窓からオマルの中身をぶちまけられるのでいさかいがたえず、街は黄臭に満ちていた、と書いてあるが、この汚なさと臭さは京の都大路もいっしょなのであった。

パリと京都といったら、おしゃれとグルメを代表する街だけれど、こんなふうにおしゃれしておいしいものを食べていくのをひたすら追究する街の人々が、その昔、下《しも》の方は口をぬぐってひり捨てゴメン、というあたりで共通していた、というところがなんともおかしい。

新宿は路上駐車のうるさいところで、常にミニパトがキャンキャン吠《ほ》えながらやってくる。そこで仕方がないので車庫を借りることにした。

ぼくの仕事場と本の雑誌社は、歩いて約四分。途中に朋友の弁護士木村晋介の事務所がある。彼はこの春、業務拡張のためその中間地点あたりの新築ビルに移転した。従業員（というのかな）も増えて十人ぐらいいるので、もう本当に「先生」になってしまった。

本の雑誌社には沢野ひとしが間借り入居している。木村と沢野とぼくは二十歳のころ、小岩の狂気的オンボロアパートの一室で共同生活した、いわゆる、でなくホントに「ひとつ釜《かま》のめし」を食った仲であるわけだが、それから二十年たってこの三人は約三〇〇メートルほどの範囲の中で異常接近した人生をおくっている、ということになるのだ。

思えばぼくたちが住んでいたオンボロアパートの便所は汲《く》みとり式で、ぼくらの部屋はいつも臭かった。とくに夏場、西陽があたるとその臭気は嗅覚《きゆうかく》神経を〝完全包囲の直接麻《ま》痺《ひ》〟という単純正攻法で襲ってきた。

この時代の臭気体験がおそらくあの〝便座本〟を書いていく自分のひとつの大きな背景になっていったのだろうとも思うのだ。

さて車庫の話であった。

知人の紹介をえて借りた車庫は本の雑誌社のすぐ近くにあるちょっと瀟洒《しようしや》な五階建てマンションの一階にあった。シャッターがついており、それは中央にある支柱によって右と左を別々に開閉できるようになっていた。

車庫の中は二台分のスペースがあり、片一方にはいつもジャガーがとめられていた。

都会の車庫は狭いので幅の広いジャガーにぶつからないように車を入れるというのは最初はすこし緊張した。ジャガーなんてのに乗っているのはヤッちゃん関係がけっこういるからね。

が、それも進入コースさえわかってしまえば簡単であった。

面倒なのはシャッターだった。車を入れるのも出すのもいちいち両方のシャッターを上げ、まん中の支柱をはずし、閉めるときはその逆をやらなければならない。しばらくはその手続きをやっていたが、ある日、車を入れて二時間後にはまた出発する、ということがわかっていたので、シャッターを上げたまま仕事場に行った。

そうしたら、である。そのいまわしい事件はそこからはじまるのだが、まず本の雑誌社に電話が入った。

電話はその車庫のオーナーであるマンションの持ち主であった。五十五歳のカナキリ声のオバチャンであった。

「ガレージのシャッターがあけたままになっています。何事がおきたのですか?」

カナキリオババは同時に不動産屋にも電話をした。用件は同じだ。

「何事がおきたのですか?」

連絡を聞いてその日の夕方、マンションの最上階にあるカナキリオババの部屋に行った。不動産屋から聞いていた話では、その中年婦人は一年前に旦那《だんな》が死んでいまはそのマンションのオーナーとして悠々と暮らしているのだという。

なんとなく不穏なものを感じながらぼくは呼びリンを押した。

やがてドアが細くあき、片目だけがのぞいた。

「なあに?」

と、その女性は言った。厚い化粧にタランとさがった大きめのイヤリング。目がひどく冷たい。

「下のガレージを借りている者ですが」

「あんたなのね!」

とたんにカナキリオババは叫んだ。

「あのね、アンタ、あんなことしたらこのマンションがこわれてしまうでしょ」

オババはカナキリ声で叫んだ。

「あ、あの、あんなことって……どんなことですか?」

「何を言ってるのよ、あんたシャッターのまん中の支柱をはずしたでしょ。そしてあけっぱなしにして……あんなことしたらこのマンションがこわれてしまうでしょ!」

だんだんにカナキリオババの言っていることがわかってきた。この人は左右ふたつにわかれているシャッターのまん中にある幅一〇センチほどの着脱可能の支柱をはずしたことで怒りくるっているのであった。しかしこの支柱をはずさないと車の出し入れなど絶対にできないのである。

「しかし、あれはずさないと車が出し入れできないんですけど」

「なにいってるの、そんなことしたらマンションがこわれてしまうでしょ、冗談じゃないわよ」

カナキリオババはそのことだけをそのあと十回以上わめきつづけた。

会話にはならなかった。

その後、不動産屋が間に入り、支柱をはずさないと車が出し入れできないこと、支柱をはずしてもマンションはこわれないこと等を説明説得して、なんとかおさまったのであるが、ぼくはいまだにあのときのカナキリオババの叫び声が忘れられない。聞けばそのオババは数億の資産持ちという話であったが、都会のこういう小金持ちのオババというのにだけは今後いかなる場でも二度と会いたくないものだな、とつくづく思ったのである。まさしくぼくのいままで知らなかった人種なのである。

ぼくがモノカキとしてこの世界に入ってきたのは『さらば国分寺書店のオババ』（情報センター出版局）という本がきっかけだった。オババというものにそのころから一種のナゾめいたものを感じていたのだが、このごろはナゾに恐怖がプラスされている。ムンクに『叫び』という有名な絵がある。一人の人間がとにかく見る人すべてをわけのわからない不安感におとしこむ不思議で恐怖的な絵であるが、ぼくがいまもっともおそろしいなと思う風景といったら、おそらく真夏の便座にオババがすわってこっちをむき、ニタリニタリと笑っている、というようなものであろう。

八丈島でカメ踊りだった

×月○日　雑誌「ターザン」編集長の石川次郎がスキューバダイビング界に突如乱入してきたので、ではそれをきっちり歓迎しよう、ということになって、おれたちのアジトアイランド八丈島で焚火《たきび》宴会をひらくことになった。まったく算数のできない沢野ひとしが、珍しく幹事進行役をひきうけ、半魚人同盟、中村征夫、川上裕、谷浩志、そしてタレベン（タレント弁護士）化著しい木村普介などいつものメンバー十五人が集まった。当日はいい天気。久しぶりに一日海であそんだ。島では東ケト丸一派、山下浄文、山下和秀、サブちゃんらが待ちうけ、その夜藍ケ江《あいがえ》漁港でいつものように大酒宴となった。必死の必殺魚突き男和秀がどっと刺身用の魚を突いてきたのだが獲物の中に大ガメがいた。海ガメ料理というのはまことにこってりしてうまい。みんながどっと酔ってくるのと同時に木村普介が漁協の巨大ポリバケツ二ケをホーキの柄でたたき、即興の八丈海ガメ音頭緊迫ド濤《とう》ライブを開始した。沢野ひとしが解体された海ガメの甲羅をかぶり、これも即興デタラメの八丈海ガメ踊りというのをやった。しかし海ガメのタタリで翌日はすさまじいドシャブリとなり、約半数が逃げ帰った。

東ケト丸の船長山下和秀が仲間とダイビングサービスの店をはじめる、ということになって、その店の名前を考えてくれ、という。そこで彼の息子の「波太郎」という名前をそのまま使うことをすすめた。海に生きる和秀の考えは徹底していて娘の名前は「海」という。この「海ちゃん」という名前がとても気に入っていたので「P・and」というちょっというかかなりテレくさい育児雑誌に「海ちゃんおはよう」という連載小説を書きはじめた。突如そんな育児雑誌に小説を書きだしたので、まわりの人はおどろいたみたいだ。野田知佑さんなどは北海道の旅の途中でこの雑誌をみつけ「シーナよ、ちょっとどこかおかしくなっちゃったんじゃないの?」などと電話してきた。

じつはこれには深いわけがあって、この雑誌を出している小学館にP・タカハシという古い友達がいて、この人が突如この「P・and」の編集長になってしまったのだ。そこで「友達だろ!」とおどされつつ育児小説など書きだした、というわけなのである。しかしそれにしても「海ちゃん」というのは女の子としていい名前だと思う。八丈島の人は徹底していて、この和秀の友達漁師、サブちゃんの長男は「飛男」というのだ。

翌日大阪フェスティバルホールで加藤登紀子さんと講演と歌のゆうべ、というややヒルミそうなやつに出演。弁護士木村普介の関係で大阪弁護士会の憲法PRがらみのイベントなのだったが、二千八百人を前にしての講演というのは苦しいたたかいであった。終ったあと大阪弁護士会の長老的おとっつあんら数十人と打ちあげビールパーティ。しかしこの大阪弁護士会のおとっつあんらのガハハ的がさつさにはいささかまいった。加藤さんの「むかしむかし人は鳥だったのかもしれないね」といううたがあったけれど、むかしむかしここらの人はみんなカバだったのかもしれないね、と思ってしまった。

×月〇日「いやはや隊」主催で秋季『カヌーでたとこ勝負川下り旅』が行なわれた。野田師匠のもとに谷浩志、林政明、川上裕、元木栄一、ローリー・イネステーラーなど川部隊のめんめんが集結。ここに「東ケト会」より米藤俊明、上原ゼンジ、沢田康彦らドレイ部隊が加わった。ゲストはアラスカ・ユーコン河帰りのカヌー犬ガク。かれは九月のおわりごろに日本に帰り、そのまま動物検疫のために三週間も成田空港のオリの中に入れられていたのだ。その出所祝いを兼ねての川下りなのだった。

めざすは静岡県天竜川の中流、気田川で、前の日に台風が直撃したためにいやはややたらと水量豊富のラッキーチャンスなのであった。

しかも今回は渓流釣師兼プロの調理人リンさんこと林政明が焚火《たきび》料理をとりしきり、ドレイは東ケト会の精鋭三名というわけだから食料事情はうつくしかった。新入りの太田和彦が結構野外料理がうまくてリンさんのいいアシスタント役をつとめてまことに収穫人材なのであった。

しかしカヌーの川下りは沈没続出。最高最大沈没男はドレイのゼンジで、出発早々から果てしなく沈をくりかえし、かれのカヌーは半ば潜水艇と化した。

その日の夜の酒宴で米藤がガソリン吹きをやったのだが、タイミングを誤り顔面を燃やしてしまった。顔の正面が燃えているので、もうこれでやつの顔は一生ケロイド状となってしまうのだろうか、と一瞬あせったが、本人はすこし顔面がヒリヒリするくらいで、意外なことになんでもなかった。しかしアクシデントは翌日思わぬところに発生した。翌日テント村をそのままにして川を下ったら、日中突風が吹きあれ、帰ったときにはテントが四つ川にとばされて消えてしまったのである。回収されたのは大テント一ヶだけ。あとは天竜川のもくずと消えた。

×月○日　今年は前半、東北、白神山地のブナ原生林を守ろう、という主旨のテレビドキュメンタリーの仕事で山登りばかりしていた。冬、春、初夏と同じ山に入って季節の変化を見てきたが、秋の風景だけ見ていなかったので、そいつを見に行った。秋田空港からレンタカーを借りてずっと海岸線を北上。男鹿《おが》半島まで回り道をして青秋林道に入った。しかし山の上はものすごい霧が出ていて、視界七、八メートル。秋の燃える白神山地はやはり見ることができなかった。

能代《のしろ》で秋田のダイビング仲間シートピアの金坂さん、小野さんらと久しぶりに会う。それから白神に最初にやってきたとき一泊した能代のアウトドアグループ、チロリアンの大山一味と親しく酒をのむことができた。海のヒト、山のヒト問わず秋田の人々とはなにかとても気分の波長が合うみたいだ。

×月○日　東海大学が主催する湘南《しようなん》公開セミナーに野田知佑、中村征夫と共同出場。この三人は、今年の春であったか新しい本をほぼ同時に出したので三人合同の出版記念会というのをやった。合同慰霊祭のようなものなのだ。三人だとお互いに責任のがれができそうなのでその講演を引きうけたのだが、打ち合わせなし、壇上でウイスキーをのみつつ、と

カメちゃん音頭いきます
VAN
これほどデタラメの男もめずらしい
そしてなにもなかった
なんていうことだ

いうかなりするどい現場をつくってしまった。

×月○日　雑誌「すばる」の連載原稿をついにおとしてしまった。連載のアナをあけるのはプロになってはじめてのことだった。南極へ行く、というテレビのドキュメンタリーの仕事を、自分の側の理由で急にやめたくなり、そのことを実行に移してしまったら当然先方にとってはひどく困った話で大迷惑をかけてしまった。ぼくも自分のとんでもない非礼を充分わかってのことだった。どうしても行けない事情ができてしまい、一カ月にわたる先方の説得にくたくたになっているうちに、原稿を書く状況ではなくなってしまったのだった。まさしく「自分の体と精神」をめぐる「活字と映像」のせめぎあいの渦中にたたきこまれてしまったのだ。これはまあつまり両方に敗れてしまったということであろうか、と考えこみ、その週はややモンダイのある酒のみ男となってしまった。

×月○日　スズキ　コージの『てのひらのほくろ村』（理論社）をなんの気なしに読みだしたらやめられなくなってしまった。スズキ　コージさんは画家で、童話のさし絵や漫画などを描いている人だが、文章もすこぶる面白い。文体が独得でたとえばあとがきの書きだしはこんなふうだ。「ここに、畏《おそ》れおおくも、稚拙な、そして、すぐれた教養に満ちあふれた、自己流の文章で書き連らねたことは、初めは、友人にしゃべっていた話で、まさか一冊の本になるとは、思ってもみなかったです……」なんだかじつにスズキ　コージふうの文体というやつで本文もこんな調子でつづく。自分の生まれた静岡県の田舎小野口村小松というところを舞台に、少年スズキ　コージとその周辺のできごとをありのままに語っていく。四百字×百二十枚の分量を本にしているので活字もやたらでっかくて、内容もたのしいので一時間ぐらいで読めてしまう、というところも思いがけず新鮮なのだった。文体といい感性といい、とにかくこれはただごとではないな、と思ってしまった。早く続編を書いてもらいたい。

もう一冊、読みだしたらとまらなかったのが『夏目房之介《ふさのすけ》の學問』(朝日新聞社)で、これはまあ「週刊朝日」のデキゴトロジー近辺でずっと連載されていたから大部分は読んでいたのだが、それでも再読四読八読しておもしろい。この人は『夏目房之介の漫画学』(大和書房)というのを出していて戦後マンガの系譜や相似を描く側からの視点で知ることができる。単なるマンガの描き手というだけではなくて、相当にするどい隠し技を持っているな、と思っていたら、間もなくNHKTVに出て講座ふうのものをはじめたりしているので「うーむやっぱり」と思ったものだ。あまり世間の人が知らないころに一人の作家に注目していて、その人がどんどんメジャーになっていく、というのを見ていると、「うれしいような、つまんないような……」という感想を持ったことがあるが、それをすこし感じてしまった。思えば、ぼくもよくそれと似たようなことを言われた。「小説新潮」がぐわっと表紙から内容までモデルチェンジし、その第一号の表紙が〈たむらしげる〉だった。これも大いにうれしかったが、同時に「ああ、やっぱりわかっちゃったか!」とすこしくやしい気分なのだった。たむらしげるの絵は子供の心の宇宙のようで一枚一枚ながい時間見ていられる。

話があっちこっちいってしまうけれど、『夏目房之介の學問』のあとがきもヒジョーにするどくて面白い。全日本あとがき大賞というのがあったら、ぜひその大会におくりだしたいところだ。

×月○日　郡山《こおりやま》で講演があって、久しぶりにのんびり一人旅をと思い、クルマで出かけることにした。講演は夕方六時からなので、二時間くらい前に現地に行き、すこし紅葉の野山など眺めていようか、と思って出発したのだが途中でエライことがわかった。ぼくの人生はあまり勉強していない人生なので日本の地理というのが基本的によくわかっていないところがあり、いつもたいていいいかげんな〝見当〟である。まともなヒトにはとても信じられないような話だろうけれど、郡山というのは大宮のすこし先ぐらいにあるのだろう、とにかく東北自動車道を上っていけばすぐ着くな、と思いこんでしまった。そうして車を出して動きだすまでそういうことをキチンと調べたりしないのだ。頭の中に新幹線で仙台の方へ行くと、大宮駅を出てすぐに郡山になるな、という思いが入りこんでいるということもたしかにあった。都心から高速へ入るまでけっこう時間がかかり、ようやく高速へ入ったのだが、めざす郡山の標示がなかなか出てこないのだ。パーキングエリアに入ってようやくはじめてじっくり地図を調べてみたら、なんとめざすところは、見当つけたところのざっと四倍、はるかなさきにあった。都心での渋滞にひっかかったので、用意していた二時間の余裕をつぶしても問にあうかどうかアブナイ、というのがわかってきた。

それからあせった。幸い道路はしだいにすいていったからいいものの、こういうことでオロカな男は事故をおこしていくのだな、とつくづく反省してしまった。

×月○日『砂漠のサバイバル・ゲーム』（ブライアン・ガーフィールド著、扶桑社ミステリー）と『シベリアの孤狼』（ルイス・ラムーア著、二見文庫）をほぼ同時に読む。かたや砂漠、かたや極寒の地を舞台にどちらも生死をかけたサバイバルの世界。そして砂漠の方はナバホ族、シベリアのほうはシャイアン族と、どちらもアメリカインディアンの血をひく野性の男、という設定になっている。こいつは絶対コーフンするなぁと思ってとびついたのだが、期待が大きすぎたのか、うけとる感覚がよくなかったのか、六〇%ぐらいの面白さでした。損した。それよりか、いしいひさいちの『鏡の国の戦争（2）』（潮出版社）の方がずっと面白い。こいつはふいに郊外チェーン書店で見つけたのだが、いきなり出会うこういう一〇〇%保証のおもしろいマンガ本というのはうれしいのだ。同時に買った『VOW』（JICC出版局）も笑わせてくれた。「月刊宝島」にカラーで連載された町の異常的広告や通信販売の信じられないようなクレイジーグッズなど世の中で本当に面白いのは巷《ちまた》の四辺の真実の事実なのだとつくづく思う。薬品を頭にかけるみせかけ増毛スタイルの広告『ソフトヘアー〝振加毛《ふりかけ》〟』とか『はなたれ薬局』なんていう町のカンバンが写真入りでワッと並んでいるのだ。合田士郎著『そして、死刑は執行された』（恒友出版）はおそろしい本だった。日本の役人根性というのは、自分よりつよい権力に対しては徹底的にヒレ伏し、自分より弱いものに対しては徹底的に残虐にいたぶりいじめぬくというところがたしかにあるから、この本に書かれていることの多くがよくうなずけるのだ。

うーむ　あわただしい日々であった

×月○日　沖縄へ行く。那覇《なは》でしもたやふうの無国籍ホテル「第一ホテル」と、ぼくが泊った日本のホテルの中でベストクラスの「リージェント沖縄」にそれぞれ一泊。どっちも快適だった。三日目は慶良《けら》間《ま》の座間味《ざまみ》へ。人口六百程の小さな島だ。十一月でもまだ夏で、夕方でもTシャツと短パンで海べでビールをのんでいられる。東京へ帰るとテレビのドキュメンタリーを断る件について、テレビ局側と最後の話し合いをすることになっており、そのことについてずっと考えこんでしまった。翌日タンク一本分潜ると大きなカレイと出会った。海から上がると、空はやっぱり秋の雲だった。汐風《しおかぜ》が気持がよくて、「ザマミの海でザマミロだ」と二人でつぶやく。

×月○日　近くの町府中へ行く仕事があってタクシーを呼んだ。ところが混んでいてなかなかこないのだ。夜酒をのむことがわかっていたのでクルマでは行きたくなかったのだが、やむなくジープを引っぱりだした。途中、急な右折で早く曲がりすぎ、道の角の三角の形をした縁石に前と後のタイヤをぶつけてしまった。石はタイヤの脇に激しくぶつかったらしく、なんといちどきに前と後のタイヤがパンクしてしまった。スペアタイヤは一本しかなくどうしようもないのでJAFを呼んだ。おろかしい話であった。これで一年半無事故、無違反、無故障、無パンクの一角がついにくずれてしまった。

×月○日　集英社で出した『菜の花物語』が好調に版を重ねている。つづいて岩波新書の『活字のサーカス』もできあがった。こっちも出足すこぶる好調のようだ。このところ出す本はたいていベストセラーランクに入っている。ありがたいことだ。南極行きのキャンセルが成立したので十二月から一月にかけて長編小説を書く時間が生まれてきた。久しぶりにひとつのことに集中できる日々ができそうなのでうれしい。夜めずらしく早く帰ったので家で久しぶりにプロレスを見る。なんとあのアブドーラ・ザ・ブッチャーが日本にやってきているではないか。プエルトリコのドサまで流れ、もうダメかと思ったら久しぶりの日本のリングで張り切っている。この日本マーケットで陽をあびればファイトマネーがよくなる、ということを知っているからサバイバルに必死なのだ。ブッチャーと品川のつばめグリルで会ったのはもう九年前のことになるのだなあ……等々と感慨にむせぶ。

一年の中で好きな季節というとこれは文句なしに「夏」なのだが、春夏秋冬をエラさの順で申してみよ、と銃など突きつけられて厳しく問われたら「申しわけありません。ヘイもうそれは秋でございますね」などと言ってしまうはずだ。

あっちこっちの国を旅行してわかったのだが、二カ月もびっしりかけて初秋から晩秋まで色とりどりの秋の変化をみせてくれるのは日本ぐらいのものらしい。ポリネシアとかミクロネシアなどには秋なんて金輪際こないしひどいところでは秋というのがたったの一日しかない。夏がきて、ある日強い風が吹き、木の葉がサッといちどきに裏返しになって、それで次の日から「全国的にふゆー」となってしまうのだ。このあいだ行ったシベリアがそれだった。

今年の秋もいろんなことがあったが、いまこれを書いている場所は北海道の江差《えさし》で、外は猛烈な吹雪だ。海からの烈風が窓を激しくゆさぶり、電線がたえず悲鳴をあげている。夕方まで日が暮れる前に海岸に出て、半分風に吹き流されながら荒れ狂った海と波濤《はとう》の写真を撮ってきた。

海岸の先にあるかもめ島というところまで行った。風下の斜面をのぼっていくと、いまは固く閉ざされた休憩所や売店の先に嵐の雲が見えた。その先はおそろしいほどの海の咆《ほう》哮《こう》と風の呼び声だけで正面からの風は体をくの字にしていかないと進めないほどだった。

函館《はこだて》空港を出るときに外が吹雪なのを知り予定通りレンタカーを借りていくかどうか迷った。判断の材料として一七七のダイヤルで天候の状況を聞いた。嵐のスケールに近い低気圧は退場にまだ一日かかる、という話なので、おじけづいてタクシーに切りかえてきたのだが、それはつくづく正解なのだった。海岸線を走ってくるとき、海からの風と凍った道を滑るのとで、タクシーはつねにぐらぐらと頭や尻《しり》を振っていた。雪道の経験のないぼくが自分でやってきたら、間違いなく海に落ちて死んでしまっただろうな、と思った。

一七七の天候電話で聞いたとき江差の海は本日波高五、六メートルになるだろう、と言っていた。その巨大な波が、ぼくの目の前で北の海の正体をさらけだしていた。息もつけないほどの風と、かじかんでこわばり満足にシャッターも押せなくなっている寒さの中で、しかしぼくはおそろしく満足していた。前々から一度この目で見たいと思っていた吹雪の中の荒れる北の海をようやく思う存分眺めることができたからだ。

いまはまだ十一月二十四日。さっき東京に電話したら風はつめたいけれど快晴、陽ざしの中にいるとあたたかいという話を聞いた。

こんな吹雪の中を歩いていると二週間前に沖縄の座間味で海に潜っていたのがはるか遠いむかしのことのようだ。昨日東京を発つ前に座間味の友人から写真を送る、という電話があって、ついでに聞いたその日の温度は二六度だった。

いやーな本を見てしまい

このところ北海道だの北陸だのに行く用事が多くてたて続けに羽田空港に出入りしている。そこで今度も失敗したのは「本」である。悪いくせでいつも時間ぎりぎりにカウンターに突入するので搭乗手続きをするとき妙にあせってアガってしまって（空港カウンターというのは何度行っても妙にアガルよね）持っていった荷物をそのまま預けてしまったのだ。「あっしまった！」と思ってもあとのまつりで、荷物はベルトにのって素早く運ばれてしまっている。バッグの中に飛行機の中で読もうと思っていた本が入っていたのだ。

ここでいさぎよく「おーし、今日はそれじゃもうすぐねむっちゃおう」と覚悟的態度をとってしまえばいいのだが、そんな男らしい人生を歩めるわけはないのだ。

「本、本、なにか読むべき本を……」

とつぶやきつつ、二階待ち合わせロビー（当時）のショップ街にある田辺書店に素早くかけつける。

この書店は、小さいけれど品揃えがピッとするどく決まっていてうれしいのだ。いつも思うのだが、日本の都市空港はどうしてこうも書店ゾーンが貧弱なのだろうか。書店があるのは羽田と大阪だけで、あとの空港はせいぜいキヨスク程度のスペースしかない。札幌や那覇など、カニだのショーチューだのと同じようなおみやげの店ばかり並んでいるけれど、もうすこし、その地方の郷土の本などを知的に揃えておいたりしたら、けっこう客が入るんじゃないかと思うのですけどね。——まあ、しかし今日はそれはともかく、この羽田の店でうまい具合にどすんと目にとびこんできた本があった。

『追跡・湾岸開発』（朝日新聞千葉支局編、朝日新聞社）という題名で、子供のころ千葉に住んでいたのでこれは大いに気をそそられたのだ。

千葉に住んでいたのはもっとも多感でナーバスな（くくっ）少年期から青年期だったから、この土地から受けた精神的な影響はおそろしく強烈なものがある。

そしてその幼いころの望郷の核はいつも千葉の海だった。中学に入るぐらいまでは東京よりの千葉にも広大な干潟がそのまま残っていて、ぼくの少年期の記憶の大きなカタマリは常にこの干潟の海の中に集中していた。

金に目をくらませたあざとい千葉の代々の県政によって、この干潟はすさまじいいきおいで埋めたてられ、干潟のかわりに工場コンビナートが海に並んだ。

沿岸の干潟漁師たちが、土地や漁業権放棄の代替保障でにわか成金となり、町が大はしゃぎにわきたっていたころのこともよくおぼえている。

けれどそれによって、海は千葉の町から永久に消えてしまった。

この本は当時のふるき良き東京湾を知るものにとってはとてもなつかしく、そしてかなしい内容だった。

この本がいまこの時期になって出版された背景には、川崎と木更津《きさらづ》を結ぶ東京湾横断道路の建設をどう考えるべきか——という大きな問題提起があったからだ。

千葉の海が無残に埋めたてられてしまったころ、ぼくは東京にいて、その周辺の仕事や青春に忙しく、もう埋めたてられてしまった海なんかどうでもいいや、と思っていた。別に自分の生まれたところでもないし、千葉のバカどもは金のためにそうやって自分で自分の首をしめまくっていればいいのだ、と冷たく見放していたのだ。

結婚し、男の子が生まれ、その子が大きく育ってくるにつれて、改めてむかし自分が育った千葉の海がしみじみなつかしいと思った。

ぼくが小学校のころは海が遊び場だったから、夏休みなどは完全に海でひと夏をすごした。毎日遠泳をやるから体はきっちりと鍛えられ、筋肉質になった。いつも東京から汐干《しおひ》狩《がり》に沢山の家族連れの客がやってくるのをぼんやり見ていたが、大人になってそのことが無性になつかしく思えた。まだあの海があったら、息子を連れていって、

「おい、これがトウちゃんの育った海だ、おやじの海だ！」

と演歌のようなことをわが子に言えるではないか。そうして、いかにも子供がよろこびそうな、カニやウミウシや貝などの、干潟の生き物たちの獲り方、などもおしえてやることができたじゃないか。そこまで考えると、

「かえせ！　ふるさとの海を！」

と、ぼくは突如としてまなじりをつりあげ、机を叩《たた》きましたね。どん。

怒りつつ羽田から札幌に行き、乗りかえて女満別《めまんべつ》にむかった。女満別にヘリコプターが待っており、すぐさま知床《しれとこ》半島のウトロへ。そこに写真家の中村征夫がいて、彼の指導のもとに流氷の下の海へ潜ることになっているのだ。

中村征夫は十年がかりで東京湾のいたるところを潜り、ヘドロにとことんまで痛めつけられつつも、いくつかの小さな海の命がしっかりと息をひそめて生きのびつつある姿を記録していく、という仕事をしていた。

これは後に『全 東京湾』（情報センター出版局）という本にまとめられた。中村征夫は親しい友人なので仲間ぼめのようにとられてしまうといやなのだが（「本の雑誌」はそのことに対してはきわめて厳格に冷淡に規制している）、労作であり、すぐれた仕事であることは間違いないのだからあえてそのとおり書く。

同書はその春、木村伊兵衛賞を受賞した。それをつたえる電話の中で、彼は「まあとにかく必死になってこつこつやってきたもんですから……」と嬉しさを隠せない声で言った。

彼との流氷ダイビングがおわって一人でまた札幌へむかう途中、ＴＤＡの飛行機の中で「週刊サンケイ」（三月二十四日号）をパラパラやっていたのだがそこで非常にこころのときめくグラビア記事をみつけた。

それは未来都市の机上プランのひとつでしかないのだが、発想がとびぬけて斬新《ざんしん》であり、スケールの割には妙に現実的な可能性もあって楽しいのだ。

簡単にいうと海上円型都市なのだが、ＳＦふうの海中ドーム住居とか海上浮遊都市とかい

うのと違って非常にコンクリート的というか土木作業的というか、要するにまあ話はわかりやすいのだ。

　まず一〇〇メートルぐらいの水深のところに幅九〇メートルの堤防をつくってしまう。堤防は円型で直径三〇キロ、円周一〇〇キロという巨大なものだ。楽しいのはそこからで、普通だと円く囲んだ上にフタをしてその上部に都市をつくるとか、鉄筋コンクリートで埋めて新しい土地をつくる、とかいうふうになっていくが、このプランはそんな面倒なことはしない。ぐあっと囲んだ内側の海水を全部外に出してしまって、そこにあらわれた海底の起伏をそのまま使用しようじゃないか、というのである。円型干拓というわけである。人工の凹《へこみ》島といってもいいかもしれない。

　つくるとなると十年ぐらいの工期がかかる、と書いてあったが、宇宙ステーションとか海中ドームと違って、このプランはやろうと思ったら、いまの日本の技術でできてしまう、という現実性がいい。

話はここで唐突に変る。

ぼくは建築家の黒川紀章という男が嫌いである。会ったことも話したこともないが、あの人の考え方が嫌いである。

黒川紀章＋グループ2025、というクソコザカシイ一味が書いた『TOKYO大改造』（徳間書店）という本を見たとき、その嫌悪感は決定的になった。

この本は「死都からエコロジー空間へ――森・水・人間の復権」というサブタイトルがつきコシマキには「土地がなければ、つくればいい!!　絶望都市を救う決定的な総合プラン。ヨットハーバー付き3LDKが、3600万円で手に入る！」などという、まるでブタ目の悪徳不動産屋のセリフのようなことが書いてある。

中をあけるとひと昔前のSF雑誌の口絵未来図のようなきれいな未来都市のカラーイラストが続き、以下えんえんと夢と希望にみちたこの大構想の細部が語られていくのだ。

黒川紀章とこのグループの提唱する東京大改造とは、すなわち東京湾を埋めたて、そこに超巨大な新しい土地をつくりだし、地価を下げて多機能を有する近代都市にしよう、というものだ。

しかしぼくは田中角栄の例の「列島改造」以来〝改造〟を口にする人を躊躇《ちゅうちょ》なくそして例外なく疑ってかかることにしている。

列島大改造はついこないだ開通した巨大なお荷物青函《せいかん》トンネルをはじめとして、地元に期待と夢だけ与えて地価高騰だけのこし、プランだけで消えていったあちこちの整備新幹線や、過剰工事で生態系を滅ぼしてしまったドロ沼河川など、沢山の問題をのこした。

この黒川紀章の本では、東京湾を埋めたてるが海は運河のようにところどころ残し、さらに現在の都内にもカンナナやカンパチの道路のようにふたつの環状運河をつくり、東京を世界にも類例のない水の都にする——のだと。そうしてつまり都民たちにもヨットハーバーつきの三LDKが三千六百万円で手に入るのだと言ってくれているのである。

「プッ」と吹きだしてしまうではないか。

まあいい。未来の夢というのはどう描こうが勝手にいろいろ考えてもいいと思う。

ぼくがこの人とこの本の思考でとにかく反発するのは、東京湾を埋めたててしまうという一点につきる。おい、あの金権千葉の悪夢をまたかよ、と思ったね。あのときも政治家とその御用プランナーたちはうまいことを言っていたのだ。千葉を第二のTOKYOにする——などと。

この本ではプラン通りにいけばいま死につつある東京湾は生きかえり、清々しい海によみがえる、と書いてある。その理由は東京湾にたまった七、八メートルのヘドロをそっくり浚渫《しゅんせつ》して捨ててしまうからだ、というのだ。

中村征夫が十年がかりでヘドロの海にもぐって見てきたのは、東京湾のヘドロの下にもカニや小魚など新しい生命が「どっこい生きていた」という復活生命の発見だった。

この手のえらそーなプラン屋さんは常に机上の数字と計算と、世間の注目だけしか考えていないということにとにかくぼくは単純に小児的に反発するのだ。日本はいま土木予算がなんと！世界一になっているそうだ。そうしてこういうプランでよろこぶのは常に政治家と土建産業だけなのである。

このいやらしい『TOKYO大改造』という本はこれを書きおえたらすぐにドブに捨ててしまうのだ。

『怒りの神』接近遭遇じたばた作戦

十二月の末に石垣島に行った。出るとき東京は七度だったが、半日がかりで着いた島は二七度だった。島の人もおどろく異常気温ということだったが、いっぺんに夏の気配のもどった南の島で数日間のんびりできる、というのはうれしかった。

海に出て泳いだりヒルネをしたり本を読んだりという勝手な日々をすごした。内地では大掃除だとか年末の集金だとか支払いだとかゴミ集めだとかいろんなことをしているのだろうがなあにかまいはしないのである。

イリオモテ島の見える岩場にねっころがってフィリップ・K・ディックの短編集『悪夢機械』（新潮社）を読んだ。本はそのほかに何冊か持ってきたのだが、出がけに本の雑誌社に寄ると、社員の机の上にこいつが置いてあった。出たばかりらしいがまったく知らなかったのだ。ディック・ファンとしてはドジな話だ。すぐ本屋へ行って買おうと思ったが、飛行機の出発まであまり時間がないのでメモと代金を置き、そいつを持ってやってきたのだった。

その中の「訪問者」という短編に久しぶりにゾクゾクした。舞台ははるかな地球の未来。オールディスの『地球の長い午後』（早川文庫）以来このはるかな未来、という話の設定が好きだ。未来といったって百年や二百年というレベルではなく五千年ぐらい彼方、という設定なんてのがとくに好きだ。

　ところでこの「訪問者」だが、地球最終戦争に生き残ったごくごく少数の人間と、さまざまな放射能に長い時間をかけて環境順応したミュータントたちとの出会いがテーマになっている。ミュータントにも何種類かあって、たとえば「灰色」と呼ぶ身長三メートルぐらいの角質化された皮膚をもつ一族は空をとぶ「パタパタうさぎ」を吹き矢でとって食ったりしている。「ミミズ」と呼ばれる一族は穴の中に住んでいるし「イルカ」と呼ばれる一族は水生人間だ。無気味な凶眼の「トカゲ」一族というのもいる。こう簡単に書くとマンガみたいだがディックの小説の世界にその気配はない。解説を読んでいたらこんなことが書いてあった。

「人間が地球を新しい生物にゆずって立ち退くというこの短編の発想は、当時のSFの中でもきわめて新鮮なものだった。冒頭のトレントと〈トカゲ〉の出会いのくだりは、のちにゼラズニイとの共作長編『怒りの神』の一節としてほとんどそのまま使われている」

　岩からガバとはねおき、ウオーッ！と思いましたね。ゼラズニイといったら『光の王』（早川文庫）のロジャー・ゼラズニイではないか。この二人の書いた本を知らずにいたとは……！　思えばSFにまた戻りはじめたのはここ一年ぐらいのことで、その前の七、八年間はまったくの空白おやすみの期間であったのだ。その間にこんな面白そうな本が出ているのを知らなかったなんて！　というくやしさと悲しみが激しくおれの体の中で錯綜《さくそう》した。

この『怒りの神』をすぐに読みたくなった。すぐその場で読みたくなった。ハアハアと荒い息をついた。目の前にイリオモテ島がすこしおぼろにけぶって見える。

その解説に出ている『怒りの神』はどの出版社で出ているのか書いてなかった。しかしSFといったら早川書房、東京創元社、サンリオの三社のものをあたればわかるだろう。すぐに町の本屋に行ってみたい、と思ったが、まだ正午をすこしすぎたところである。スーパーで買ってきた弁当も食っていないし、一リットル箱入りのウーロン茶もあけていない。南の島の冬にしてはあきらかにつよすぎる陽光は明るく正しくたっぷりとふりそそいでいる。

はやる気をおさえて海の中に入った。石垣のつり道具店で買ってきた千五百円の水中メガネでのぞくと、ブルーの体に明るい黄色をあしらったブダイの群が「ん？　おめーなにしにきた？」といわんばかりの目つきをしてこっちを眺めながらゆっくり泳いでいた。

海からあがり、犬のようにブルッと体をひとふりして髪の毛の水を切り、続いてマイクル・Z・リューインの『刑事の誇り』（早川書房）を読みはじめた。前作の『消えた女』の筆致とはずいぶん違って、なんだかやたらに口汚なくよく喋《しゃべ》りまくるイヤミな男が主人公のようなのですこし「ややや化」するが、きっと深い訳があるのだろう、と思ってそのまま読みすすむ。

この本をすすめた目黒考二が「自分自身がなにかもう種々雑多なやっかい事に身を翻弄《ほんろう》

すでに夏であったか
ここは
マントが風にうるさい

されているときに読んだので、雑多な問題をかかえる主人公の気分に共鳴できて妙になぐさめられた。そういうときに読むといい」と言っていた声が耳の中によみがえる。

夕方までそこで読みつなぎ、途中でさらに二回、軽く岩の周りを泳いだり潜ったりした。

夕方レンタカーで島中を回り、本屋を探し回ったが、おどろいたことにこの島は本屋にほとんど本がないのであった。あるのは週刊誌と文庫だけ。一般文芸書とかその周辺の本はあることはあるのだが誰も買わないらしくもう何年も棚ざらしになっていて、まるで古本のようなのだ。

それでも往生ぎわ悪く早川SF文庫あたりにもしやあるのでは、などとひとわたり棚を眺めてみたが、まもなくそれはETとの遭遇以上に難しいことなのだろうな、ということがわかった。ではせめて出版社に電話して在庫のありやなしやを聞いてみるか、と思ったが十二月のおしつまった時期に会社がまだやっているとは思えず、よしんばもし先方で「ある」といってもここではいかんともしがたい、ということもわかっていたので、その日は早めに涙をのんで酔ってしまうことにした。

十二月三十一日に東京へもどった。中央高速を調布で降りて、目ざす郊外書店文教堂にすばやく突入した。鋭い眼光でまず早川文庫の棚をザザッとZ型に立体照射。早川方面の第一攻撃に獲物なし、ということがわかったので即座に創元推理文庫方面に転戦。しかしそこにも目ざすものはなかった。やや気落ちしつつ、もう一度早川を捜索。しかし殆《ほとん》ど期待できないだろうということはわかっていた。そのまま家の近くの中森書店に寄ってみたが見あたらなかった。ここで早川SF文庫の『エデン』を発見。なんとスタニスワフ・レムの新刊ではないか。レムのものは巷間《こうかん》最大傑作といわれている『ソラリスの陽のもとに』（早川文庫）よりもぼくは『砂漠の惑星』（早川文庫）に断然しびれている。高度なサイバネテックスによって微小機械生物が自己生産しつつ荒涼とした惑星を支配している、という設定に心からしびれたのだ。それにしてもこの『エデン』のカバー絵にはおそろしく気がそそられる。早川にしても創元にしてもSFのカバー絵に力を入れだしたのは何年くらい前のことだろうか。同じ早川のP・K・ディックの『高い城の男』文庫版などを引っぱり出してみると、じつにいいデザインとカバー装画ではあるが、抽象化の手法で描写されているので表紙を見て思わず買ってしまう、というほどのものでもない。奥付を見ると一九八四年になっていた。

表紙画を見てそのおどろおどろしいリアルさに思わず手にとり、そのまま買ってしまった記念すべき本に『終りなき戦い』（早川文庫）がある。ジョー・ホールドマンというぜんぜん知らない作家のものなのだが、どろどろの溶岩の海のようなところを機動戦士ガンダムのようなのが戦いながらすすんでくる。その上空に敵か味方かわからないが、あやしい宇宙船が一隻浮かんでいる、というシビレ構図なのだから「ウム」とうなりつつ思わず買ってしまいました、というやつなのだ。この本が出たのが『高い城の男』文庫化の翌年だ。もっといろんなサンプルを見る必要があるのだろうが、まあしかしおしなべてこのあたりから妙にリアルでなまめかしいハード・リアリズム調の表紙が沢山出回ってきたような気がする。

家に帰ってビールなどのんでいるうちに大みそかがあけ、正月になってしまった。それにしても一月元旦《がんたん》の新聞というのはなんとつまらないものであろうか。

「活字のムダ！」

と力なくそして声なく叫びつつぶらりと外に出た。風のない、音のない静かないい正月である。犬を散歩させ、よく晴れた空など眺めているうちにまたむずむずとしてきた。正月というのはどういうわけか本屋はあいていることが多いのだ。そこで自転車をひっぱり出し、軽くそこらを流して走り回った。

思ったとおり新青梅《おうめ》街道沿いの大きな郊外書店があいていた。中にはまばらな客。天井から必要以上に大きいボリュームで琴の音のテープなんぞが流されており、こいつが実に強引にうるさい。正月だから、それにふさわしいBGMつうと琴の音つうわけで、どうですすんごいでしょ！　とこの店のアルジが午前中からわめいている、というわけでこれはもうたまらないですな。目ざすもの見つからず約二分で退散。この店にかぎらず書店のBGMというやつ、たいがいがちょっとうるさすぎるようだ。

昨年（一九八八年）西武ライオンズが優勝したとき、西武系のある書店に入ったらこの「西武ライオンズのうた」というのがでっかい音でくりかえしくりかえしのべつ流されていてこれにもまいった。店の人たちはもう耳がマヒしちゃっていて平気な顔をしていたが、静かに本を捜そうと思っている人にはたまったものではないのだ。

西武系の人にはライオンズの優勝はおめでたいことなのだろうが、店にくる一般の客たちにはまったく関係ないのだ。これが西武系の野球用品専門店というようなところだったらまだいいけれど、とりあえず本屋だものなあ。

日本人は世界一音にドンカンな国民だといわれている。拡声器で無理やり強大増幅された凶器的な音にも無頓着《むとんちゃく》でいられる文明国としては珍しい人種らしいぜ。

家に帰って『エデン』を読み、ロバート・シェクリイの『宇宙市民』（早川文庫）を読んでごろごろしていた。シェクリイも好きな作家だがなにぶんにもいささか古すぎる、というところがあってともすると心は見はてぬ『怒りの神』への忘れられぬ思慕にうちふるえてしまうのであった。

一月六日の十時すぎに早川書房に電話した。「本を捜しているのですが」と言うと電話は編集部に回された。若い女性が出た。

「おたくで出されたのかどうかはっきりとはわからないのですが……」と前おきしてめあてのものを申しのべると、その女性は「『怒りの神』――ですね。少々おまちください」と言って受話器を置いた。

そのときだった。ぼくはとつぜんもうひとつの重大な事実に気がついたのである。石垣島で読んだ『悪夢機械』の解説の一文は、「――のちに『怒りの神』の一節としてほとんどそのまま使われている」と記されているだけでよく考えたらその本が邦訳されているとはヒトコトも書かれていなかったのである。

もし邦訳されていなかったらどうしよう。このオレのはげしく燃えあがってしまったココロをどうしたらいいのだろう！　ああ、どうしたらいいのだ！　とほとんど瞬間的に錯乱しそうになった。

期待と不安の数分がたって、再びさっきの女性の声がした。

「エートですねえ」

と、その女性は言った。

あったのだろうか、あったなら「ありました」と早く言ってくれ、早く早く……と、ぼくは身もだえた。

「その本は……」

やっぱりまだ翻訳されていないのだろうか、そんな残酷な……どっちなのだ……。

「うちではなくてサンリオさんで出しているそうです」

彼女はそう言った。

ああーよかった。早川になくても、とにかく本になって出ているのだ。

「あ、そうですか。どうもありがとうございました」

「いいえ」

おれも彼女も電話を切った。やすらかな安堵《あんど》がやってきた。よおし、事件のマトは絞られてきた。目ざす獲物の存在場所がはっきりしてきたのだ。それにしてもつまりは商売ガタキでもあるサンリオの本を紹介してくれた早川書房のあの女性はなかなか調べるのもスピーディでえらかった。きっと若くて美人にちがいないな、と思いつつ、再びまた「わっ」となった。

サンリオSF文庫といったら、つい数ヵ月前、発刊をとりやめ書店からそっくりひきあげてしまったばかりのものではないか。では即座にサンリオに電話してみるか、と思ったがそこでフト目黒考二の顔が目に浮かんだ。

「そうだこういうときはやつに聞くのが一番なのだ」

目黒はねむたげな声で電話に出た。

「そうだな、それなら神田《かんだ》かワセダの古本屋街で捜すのが一番てっとり早いよ。そのあたりをよく回っているやつがいるから頼んでおいてやろう。急ぐのか？」

「急ぐ！　いま読みたい、すぐ読みたい！」

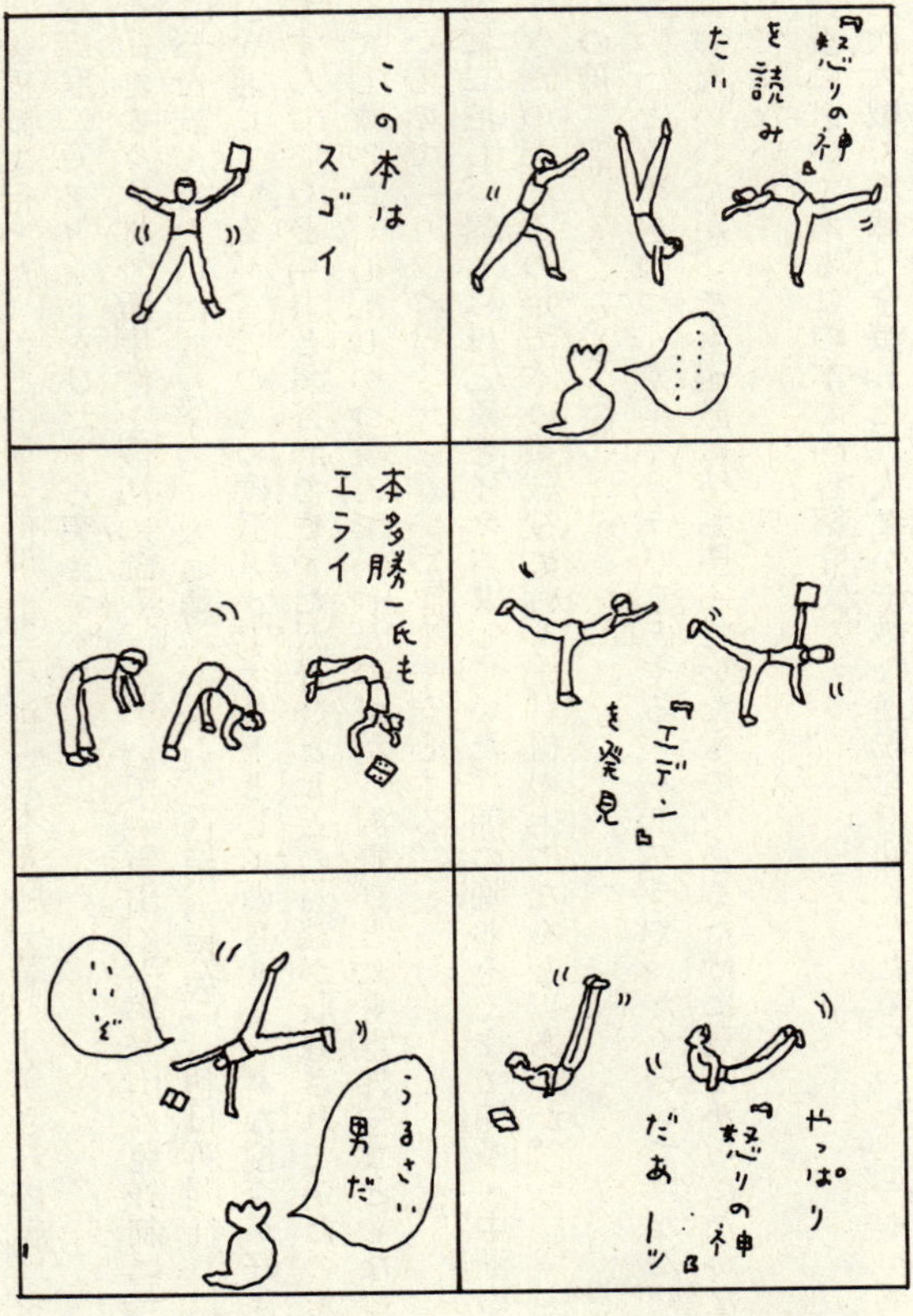
『怒りの神』を読みたい
……
この本はスゴイ
『エデン』を発見
本多勝一氏もエライ
やっぱり『怒りの神』だあーッ
うるさい男だ

おれはインラン・アブラ眼男となって叫んだ。

三日後福岡に行った。『貧困なる精神 第二〇集』（本多勝一著、すずさわ書店）を読みながら高度二万フィートをひたすら突きすすむ。

白神山地のブナ林分断事件を最初に読み、つづいて「雪山の引率登山は免許制に」というところを読んで大いにうなずく。本多勝一の本は『極限の民族』（朝日新聞社）以来かなり目を通しているが、この人の硬派ジャーナリトとしてのスリリングな視点が好きだ。読みすすんでいくと「山と溪谷」でやった沢野ひとしとの対談が収録されていたのでびっくりしてしまった。心配しつつ読んでいったのだが、沢野ひとしも意外やまともなことを言っているので「ウソつけ！」と言いつつやや安心する。

福岡に二泊し、帰りはほとんどイネムリしていた。前の晩おそくまで博多《はかた》・中洲《なかす》の酒をのみすぎたのだ。その足で本の雑誌社に行くと、机の上になんと、あった。

『怒りの神』（サンリオSF文庫）

「おおっ」とうめきつつ、素早くパラパラとやる。パラパラやったぐらいではなんだかわかりはしないのだが、でも過激に待ち望んでいたものであるだけに見るからになかなか面白そうではないか。

裏表紙に書いてあるこの本の内容紹介文。

「第三次大戦で地球は全滅した。人々が奇妙な逆説を信仰したためだった。エネルギー調査開発庁長官カールトン・ルフトオイフェルは……」

「ううむ」ではないか。

さっそく帰りの地下鉄で読み始めた。心はやる気持をおさえて読んでいくのだが、思った以上にむずかしい。まずファーストシーンの様子はなんとなくわかるのだが、そこでかわされる会話がなんだかいますこしわかりにくいのだ。だが悠長な古代劇を見ているようなかんじでもある。

五十頁まで読んで「ふうっ」とすこしため息をついた。思ったほどは面白くならない。二人の会話の世界がまだうまくイメージできないのだ。

パタンと本を閉じて窓の外をすこし眺める。まあしかしとにかく獲物は我が腕の中にあるのだ。ぼくは通りすぎるトンネルの闇の中にむかってややニヒルに、ややバラゴン化しつつそうつぶやいた。

家に帰り、カンビールを三本のみ、軽く夕食をとった。

それから仕事場のソファにすわり、さらに三十頁読みつなげた。まだ話は盛り上がる気配がない。なにかやたらに宗教的な背景事情がちらついて、それがどうも精神的にくたびれるのだ。

早くおかしな生き物みたいなのが出てこい。早くわけのわからない超変態成長をとげたスーパー平蜘蛛《ひらぐも》人間みたいなのが出てこい。

むかし読んだゼラズニイの長編に核戦争後のアメリカのハイウエイを車で走っていると突如道路をさえぎる万里の長城みたいなものに出っくわす。はてなんだろうと思っていろいろけっとばしたりしているうちに、やがてそれがゆっくり動いている、ということに気がつく。核戦争のあとの異常放射能によって超異常に超巨大化した蛇だった――などという情景があった。そのゼラズニイと、あの『ブレードランナー』のディックが共同で書いているのだからすくなくとももうこのへんでそろそろ異常に面白くならなければいかん！と思うのだが話は相変らず同じようにじわじわと平地を這《は》ってすすんでいくのである。どうしたものだろうか。はて、これから先のおれの運命はどうなっていくのだろうか。

海の季節よ早くこい

×月○日　航海記ものが出るとすぐさまミズテンで買ってしまう。子供のころ出会った「シンドバッド」の夢がずっと尾を引いているのだ。

岩波書店の『現代の冒険』（クリス・ボニントン著）は下巻の〝海もの〟から最初に読み出した。この中には手漕《てこ》ぎボートで太平洋を横断してしまう、というすさまじい話が出ている。

航海記の面白さは、つきつめれば海という常にその姿と感情を変化させている地球最大の怪物と、ちっぽけな人間の智力と体力の闘い、というところにあるのだろうか。この手漕ぎボートで太平洋を渡ってしまう、という話には本当にまったくおそれいってしまった。

手漕ぎボートといっても遊園地にあるようなちっぽけなのではなく、全長三三フィートのへさきとともに波よけのカバーのついた特注品だが、それでも太平洋の大波がきたらササ舟同様というさびしいフネだ。

このフェアファックスというイギリス人の冒険家はながいこと海とたたかっているからなのか時々神がかり的になって海にとびこみ、近づいてくる鮫《さめ》をナイフで口から尾まで一直線に切り裂いてしまう、などというおそろしいことをするのだ。

この話を聞いて「マイアミ・ヘラルド」という新聞の記者が「サメの腹は強靭すぎてナイフでは切れない筈《はず》だ」というようなことを記事に書いたらしい。フェアファックスは腹を立て、ウソかホントか試してみようと一万ポンドの賭《か》けを申し出た。ところが新聞はそれに応じなかったので、彼は実際にシュモクザメを切り裂くところを水中映画に撮ったのだ。シュモクザメというのは別名ハンマーヘッドシャークといって獰猛《どうもう》で知られている。

この海のターザンのような男がボートのへさきに立っている写真も載っているが、なんとなく海の狂気なんていう気配も感じられてなかなかいいのだ。こういう航海記を読むと彼らがたたかうものは海の嵐と飢餓や渇き、そして鮫というケースが一番多い。沢山の航海記を読んだけれど体ごと鮫とたたかってしまうという話はこれがはじめてだった。

×月○日　このところ沖縄に行くことが多いのだが離島などに行くとハブに出会わないだろうかと不安になったりする。それというのも沖縄の空港で『毒蛇の博物誌』（講談社）という本を見つけその中でハブに嚙《か》まれた人の写真を見てしまったからだ。猛烈な神経毒を持つハブは筋肉を溶かしてしまうので、肉がなくなって手足のホネが出たままになってしまったりするらしい。そんな体にはなりたくないのでついつい夜道を歩く足がとまってしまう、というわけなのだ。大体ハブは夜中に好んで歩き回るというところからすでに態度姿勢生活方針というものが悪質なのである。

この本の著者は杜祖健という台湾人の毒蛇研究家で、世界中の毒蛇を研究しているらしいのだが、フィリピンのガト島という海蛇の島に潜入していく話がおっそろしい。洞窟《どうくつ》の中に入っていくと前後左右一面がびっしりと蛇の山だった、という。

沖縄の海に潜るとたいてい一、二匹の海蛇に出会う。海蛇の毒はコブラの二十倍ともいわれており、血清もないので噛まれると助からないというからこいつに出会うといつもうんざりする。ところが、世の中はうまくできていて海蛇の口はオチョボ口で、ハブやコブラのように人間の体に無闇に噛みつくことができないらしい。しかしそうはいっても、これがまたひどく好奇心が強くて、くねくねしながらずんずんこっちへ向ってくるのを水の

中で見ているのはまことにいやなものだ。

気持悪ついでに夢枕獏の『奇譚草子』（講談社）の話も書こう。ここには軽いかんじで大コワ中コワ小コワの話がちりばめられているが、小学校の夜中の教室で女の子が一人でブランコをこいでいるという「二ねん三くみの夜のブランコの話」がぼくにはとってもこわかった。小学校の宿直の先生の話なのだが、ぼくも二十歳のときに千葉の工業高校で宿直のアルバイトをしていたことがあり、夜中に旧《ふる》い木造校舎を巡回していたときのことをモロに思いだしてしまった。しかしそのおかげでこの四月から「小説新潮」ではじまるシリーズもの小説の材料を思いだし第一回目をすんなり書くことができたのだった。

『われらをめぐる海』（早川文庫）の著者レイチェル・カーソンの『海辺 生命のふるさと』（平河出版社）が出たので「うわっ」と言いつつ買った。その日の夜、明日に迫った締切り原稿のことなど遠い七万光年の彼方に捨て去ってビールのみつつ読みはじめたのだが、どうにも生物学キマジメ概説調すぎて退屈なのだ。序章でやや「むむ？」となり第三章で「むむむっ」となった。イラストも入って実に造本もすばらしく本当に海辺の生き物たちの生態がリアルに正確に描かれているのだが、いまはこっちの受け入れ能力がかつて『われらを……』を読んだころとは大分異なってしまっているようでついに中途挫折《ざせつ》してしまった。

すこしさびしい気持であった。

×月〇日　沖縄で測量の仕事をしている吉岡彰太から本が送られてきた。『ロンサム・カヌーボーイ』新星図書販売の発売元となっているが自費出版らしい。吉岡は野田知佑氏への押しかけ弟子でぼくも一緒に九州の川をカヌーで下ったことがある。前々から沖縄をカヌーでひと回りしたい、と言っていたのだがついにやったらしい。プロではないから文章に少々まだるっこしいところがあったが、その体験の面白さで充分読ませた。後日那覇で吉岡に会ったのでどのくらい作ったのか聞いたら「五百部作って四百部いろんな知りあいにあげて百部書店に出た。そのうち売れたのは三十部ぐらいだろう」とネムタゲな顔をして言っていた。

全国を旅行していると、こういう自費出版ものを含めて地方の小出版社で出している本でものすごく面白いのを見つけることがある。知らない町に行くとすぐ地元の書店に行くのはそれがあるからで東京の連中は誰もこの本を知らないなと思うと思わず「フヒヒ」と笑ってしまうのだ。

×月○日　東京駅の栄松堂は昔サラリーマンをしていたころよく行っていた書店だが、先日名古屋へ日帰りで行ってくるときに少々時間があったので久しぶりにのぞいてみた。

以前自分がサラリーマンだったときは気がつかなかったけれど、場所柄サラリーマンの客が多い店でなんとなくタバコのヤニくさい。そしてサラリーマンの五十代くらいのおとうさんというのはなんとなくいつも意味もなくエラソーで、相変らずパラパラ読みしていた本をほん投げて戻すのがいる。自分が本を書いたり作ったりしているので、そんなふうに意味なく本にまでエラソーにする人を見るとホントに腹が立ってくるよ。

この店で六分間迷い、しかしついに『ミッシング スパイ』(アンソニー・フォレスト著、至誠堂)を買った。九百八十円の本だから考えてみるとレストランでカレー食ってコーヒーのめばすぐそのくらいいってしまうからどうってことないのだけれどこの本は半年ぐらい前に書店で見つけ手にとって眺め、パラパラやってはもとにもどし、また別の店で見つけ「おお……」とひくい声でつぶやき、すこし迷って「エエイー」とひくくつぶやいて通りすぎ……という思案橋ブルースを何度もやっていたのだ。

どうしてそんなにフン切りが悪いかというと、実はこの本、中身についてはあまり興味がなく表紙の絵とデザインだけがほしかったのだ。

スーパーリアリズムタッチで描かれているので、一瞬写真かなと思うリアルで、海と波打ちぎわを描いている。

その波が色調を違えて浜辺に打ちよせてくるさまと、何故かそこにうち捨てられてあるボート、そして二人ぶんの砂の足跡というのが思わせぶりでやたら素晴しいのである。どんな人が描いたのだろうと中をしらべたら「カバー絵は赤勘兵衛《かんべえ》」となっていた。まるでアカンベーではないか。ますますミステリアスで、気に入ってしまった。サブタイトルに「ジャスティス艦長物語」とあって、目黒考二に聞いたら「○○船長物語」という似たような海洋もののシリーズがいくつかあってこれらはみんな長大な人気シリーズものらしい。いつか中身を読むことがあるかもしれないが、とりあえずこいつは「絵」のつもりで自宅の机の横に飾った。

目黒考二はかつてSFものに狂っているときそのタイトルのあまりに思わせぶりなトキメキに内容とは関係なく『月をまわって地球まで』とかいう本を買ったことがある。内容はSFとも宇宙ものともまったく違っていたので、当時同じようにSFものに狂っていたぼくなどは「意味もなくまぎらわしいタイトルつけんなこいつ！」と怒ったりしたのだ。

×月○日　週末に山根一眞《かずま》の『ドキュメント東京のそうじ』（PHP）がやっと手に入った。何かの書評で知って「第三章　糞尿《ふんにょう》のそうじ」というのがとにかく読みたかったのだ。東京の人々の排泄物《はいせつぶつ》が房総沖に捨てられている、ということは知っていたが、世界に誇る最先端都市東京にもまだ膨大な数の汲《く》み取り便所が残っている、というこの本の記述におどろいた。下水道普及率一〇〇％の新宿区で一四六戸。現在まだ一〇〇％に満たない世田谷区では一万一五一〇戸。二十三区全体では一三万戸以上も汲み取り式のところがあるというのだ。

もうひとつ何かの書評で読みたくなり、書店注文で手に入れた『孤島生活ノート』（柴田勝弘著、論創社）は瀬戸大橋のすぐ近くにある人口四十のほぼ忘れられた場所「牛島」に筆者が移り住んだ生活記録だが、その書評のイメージにあったサバイバル生活の色あいはあまりなく、筆者が女の子のことばかりこだわっていろいろ書いているのでしだいにアホくさくなってしまった。いろんな友達が次々にでき、モスラという弟分が痔《じ》を悪くして入院し、手術したあと肛門《こうもん》に栓をする、という話が妙におかしい。肛門に栓をされた男はやがてオナラが体中にたまって苦しがり、ついに口からオナラのようなくさい息を吐き、翌日看護婦が栓を抜きとったらたまっていたオナラがどびゅうと吹きだし直撃された看護婦が死にそうにのたうち回ったというのが書いてある。マンガみたいな話だけれどきっとホントなんだろうと思った。

×月○日　乃木坂の小さな書店ですこし迷いつつ『ラペルーズ世界周航記・日本近海編』(小林忠雄　編訳、白水社)を買った。すこし迷ったのは定価が四千五百円だったからだ。地下鉄の中でさっそくパラパラやっていたらダッタン海域の話が沢山出てきたのでまあ損はしなかったな、と思った。北海道北部やアリューシャン列島の海を見てわかったのだが、北の海というのは巨大コンブなどの海草が異常に発達したところである。このラペルーズの船もボートでダッタン海の岸へ接近していくのだが海草にはばまれてにっちもさっちもいかない、という話が出てきて、その昔はこのあたりの海はおそらく本当に怪物じみて海草だらけだったのだろうな、と思った。満潮時に広大な入江と思われたところが潮が引くと海草の大草原になってしまった、といっているがぼくにはなんとなくそのありさまが想像できるのだ。ダッタンというのは「韃靼」と書き、中国東北部の民族が住んでいる。奇妙に存在感のあるひびきで前から好きなところだったが数年前にジャズ評論家の平岡正明氏が『韃靼人ふうのきんたまのにぎりかた』(仮面社)という本を出したことがあってぼくは即座に「やられた!」と思った。

なんだか実に男として安心感のあるいいタイトルではないか。ところがこの本はあまり売れなかったらしい。書店でこの本の題名をなかなか言えず、よしんば自分で見つけても女性などはなかなかレジへ持っていけなかったらしい。そーだろうなあ。しかし平岡さんはそのへんのことも最初から考慮ずみだったらしい。その心意気やよし、というやつなのだ。

今日はもうひとつコーフンすべき本を見つけた。本当は買ったのはぼくではなくて女房だったのだが、彼女よりも前に奪い読みしてしまった。『動物の不思議な感覚』（V・B・ドレッシャー著、時事通信社）というもので、昆虫の複眼の視覚世界とかイカが発光する意味、動物や昆虫に痛覚はあるのか、などという話がわかりやすく書かれている。

興味の問題にもよるのだろうが、ぼくにとってその面白さは本年度上半期最高のような気がする。

×月〇日　マンガ本かと思って手にとったらマンガではなくて、しかしマンガより面白かったのは『街のイマイチ君』（綱島理《り》友《とも》著、マガジンハウス）だった。若い都会人から見たこの世の中のオモシロビョーキ現象をルポしているのだがそれらを見つめる感覚がとてもいい。しかしこれを読んでわかったのだが、世の中はいま本当にビョーキぽくなっているのですね。たとえば話には聞いていたけれど清里《きよさと》のペンション村などを徘徊《はいかい》している人々およびそれを迎え容れている人々というのはこれを読むと精神年齢は幼児に近いキンキラの修羅場になっているらしい。たとえば喫茶店やレストランは牛の恰好《かっこう》をしていたり、キノコだったりミルクカップだったりしていて、そのうちの一軒に入ったら家の形をした「めにゅー」というのが出てきた。ハート形をした窓から中をのぞいてその部屋の中に書いてある品物を注文するらしいのだが、もう通常の用語では通用しない世界になっていて、コーヒーは「チッチ」ミルクは「サリー」紅茶は「たんぽぽ」ウィンナコーヒーは「雲になりたい気分」などと言わなければならないのだ。だからここでミルクコーヒーをたのむときは「ぼくはあのうチッチとサリーね」と言わなければならないし、パンチパーマの兄ちゃんも「チッチをブラックでね」などと言わねばならないのだ。誰がこういうことを考えているのか知らないけれど、それにしてもあそこへ行く中学生や高校生などの女の子たちは本当にこういう幼児の扱いをよろこんでいるのだろうか。

×月〇日　今月はもう一冊『青魚・下魚・安魚讃歌《さんか》』（高橋治《おさむ》著、朝日新聞社）が楽しくてよかった。酒が好きだからぼくはこの人の本当にうまいのは安魚にあり、という考えはよくわかる。三月の末に八丈島に行ったら新鮮なウマヅラハギが外道《げどう》だというので堤防に沢山捨てられていた。釣り人からこいつを貰《もら》って刺身で食ったが、ぼくはこいつはフグよりうまいと思う。げんに大阪あたりで安いてっちりやてっさ（フグ）を食わせる店はこのハギをフグと称して出しているらしい。

八丈では丁度カツオが獲れだしていた。友人の漁師山下和秀がとびきりうまいのを一本持ってきてくれたので仲間たちと島酒（ショーチュー）をやりながら一日潮風に吹かれていた。

波止堤防《なみどめ》を風よけにしてボブ・ラングレーの『北壁の死闘』（創元推理文庫）を読もうと思って黒布バッグの中にしのばせておいたのだが、気がついたらそのバッグは島酒に酔ったぼくの頭の枕になっていた。ミステリーまではまだ手が出ない春よ春なのであった。

ナマコもいつか月を見る

×月○日　昨夜、南青山の「なんとか」というチャイニーズレストランで打ち合わせがてらの食事をした。地下にあって南青山ふうにじつにしゃれているので、もう中華料理店などと呼ぶのはまかりならず、チャイニーズレストランといわねばならないのだ。

おごそかなタキシード姿でメニューを持ってくる人に「るせー！」と言いつつ（ホントは言わなかったけど）いくつかの料理とラオチューを注文した。間もなく出てきたフィンガーボールの中の水は水ではなくウーロン茶になっていた。タキシードいわく、その方が手についた油がよくとれるのでございます——とよ。「るせー！」と言いつつさらにラオチューをのんだ。

向い側の席に一流会社部長ふうと課長ふうが、ロングヘアーの一見美人ふうを二名つれて何かたべている。部長男、声がガサツで巨大で笑うとガハハとまことにうるさいのなんの。何を言って笑っているのかと思ったら話題は「札幌のみそラーメン」と「オギクボラーメン」はどっちがうまいか、というような話だった。信じられないおももちでさらにラオチューをのむ。店も人々も恰好《かっこう》ばかりどちらさんもものすごいが、日本人なんて所詮《しょせん》こんなものなのだと思いつつさらにラオチューをのむ。

本当に
タナベは
どうした
たしかに
今回は
タナベがわるい

その日は木曜日だった。「週刊文春」と「週刊新潮」と「週刊ファイト」と「週刊プロレス」の発売日だから一週間のうちでいつもいちばん電車にのりたい日だ。週刊誌を読む場所は電車の中がとにかく最適である。

「週刊文春」でやっている「おじさん改造講座」をいつも面白く読んでいるけれどあそこで一度「おじさんの大声」というのを分析してみてくれないだろうか。町を歩いているときも、あるいは仕事をしているときも、あるいは旅に出ているときも、とにかくがなりたてるようなぶっちゃきまくるようなおじさんの巨大声というのによく出会う。

そういうおれもおじさんだからあの「改造講座」をかなり傾向と対策や反省と安心の材料にしているけれど、おじさんから見るおじさん改造の要をいつもこの「巨大ガハハハ声」に感じるのだ。

×月○日　今日も羽田空港で電話していたら左右がこの爆裂型目玉赤筋どなり声の親父でいやまいったのなんの。「るせー」とつぶやいたぐらいじゃどーにもならないのだ。どちらも会社のエライひとふうだった。「おい、タナベはどうした。タナベを出しなさい。タナベは何やってんだすぐタナベを出しなさい！」

と、その麻混ストライプ脂肪太りふうはおれの耳の前でわめきまくるのだ。

「るせーから早くタナベ出ろ何やってんだタナベ！」

とおれも思ったね。

おれは酔っても絶対に巨大声は出さないかんな。むかし会社につとめてたとき、編集部に大声キクイリという男がいて、早いじぶんから大声はムナシイというのを知っていたからだ。

電話をすませ、22番ゲートから大阪行きのＪＡＬにのった。座ってやにわに『透明人間の告白』（Ｈ・Ｆ・セイント著、新潮社）をひろげる。目黒考二は十年に一度の面白本だと言っていたけど本当だ。

大阪へ行くまで書くべき短文原稿が一本あったけどこれこそ「るせー」だ。いや面白いのなんの。小説の面白さというのはつまりこういうことなのだということを、小説家の最末端ハシクレとして痛切に感じてしまった。八ポ二段組四百六十頁。四百字詰原稿にして何枚ぐらいになるのだろうか……。とフト目を休めるためにパタンと閉じてキャビンの天井眺めつつそんなことを思う。一千枚といったところだろうか。

っていいのだ。

とにかくこれだけのボリュームの面白本をたずさえた旅というのはA級のしあわせとい

×月○日　今月はもうひとつ超ド級の面白本と出会った。『ヴェガ号航海誌』（A・E・ノルデンシェルド著、フジ出版社）だ。上下巻でその厚さなんと八センチ。重量二キロというへヴィウエイト本なのだ。ロシアから出発した機帆船ヴェガ号がベーリング海峡をこえて日本までやってくる、という大昔の航海記だが、詳細克明なイラスト解説図がふんだんに入っていてぼくには息づまる面白さだった。値段が一万二千円と高いけれど、これだけの内容なのだから「るせーくないぜ」と思ったものな。

高額本はもう一冊『バイオテクノロジー』（E・アンテビ／D・フィッシュロック編、同文書院、一万円）を買った。これは雑誌「すばる」に書いているぼくの初の長編SF大作（!?）「アド・バード」の参考資料だ。この「アド・バード」は十五年ぐらい前からテーマとしてもっていた小説で、一年半ぐらいの連載になるようだ。すでに十二回分がおわり、いよいよ残り六回のクライマックスに入っていくのだが『透明人間……』の超オモシロ本と出会ってしまったので、「こんなおれのヨタ話、果していったいナンボのものか……」とついついイジケてしまいそうにもなるのであった。この小説の参考書としてもうひとつ『地球生命圏―ガイアの科学』（J・E・ラヴロック著、工作舎）の「サイバネテックス」の項を集中読みした。ぼくのその小説はサイバネテックスとバイオテクノロジーの合体した機械化生物および細胞操作変質による異進化生物の戦い、というこう書くと自分でもなんかよくわからん……という話になっていくのだが前途はまことにつらくくるしい。

×月○日　本はやっぱり自分の仕事にからめないものの方が絶対に面白い。『漂海民―月とナマコと珊瑚礁《さんごしょう》』（門田修著、河出書房新社）は札幌の紀伊國屋《きのくに》で見つけた。何年か前、この本が出たときに買うかどうか迷い、結局決めかねていて「そうだ買うべきだ！」と思ったときにはもう正確なタイトルも出版社もまったく思いだせず「本はやっぱり迷ったら買い、だな」という思いをつよくしたのである。

この本は著者の自然や人にむけるまなざしがやさしいので読んでいて気持がいい。ナマコに対してもやさしいのだ。

フィリピンから沖縄あたりの東シナ海を潜ると、いたるところで南海の巨大ナマコに出会う。日本ナマコのあのひどく地味で控え目で裏街道沈黙人生のような黒チビ姿を見ていて、突如東シナ海の、たとえば長さ五〇センチもあるような明るいブルーのむきだしトロピカル・デカブトナマコなどに出会うと、これは完全に水中カルチャーショックとなる。ナマコの外人なんだあ、と思う。

このショックをそのまま日本まで抱いてもってきて、その後ナマコ関係本を読みまくった記憶がある。ナマコというのは知れば知るほど面白い生き物で、たとえばその代表的な奇行は、「敵に追われると自分の腸や内臓」をオトリとして排出しつつ、おのれはナマコのヌケガラと化して逃げる、というあたりだろう。

ナマコを追ったサカナは排出されたオトリの腸や内臓をたべるのだろうが、そのときサカナは「逃げたナマコに未練はないが……」などと思いつつもしみじみあきれているのだろう。

しかし腸を失ったナマコの悲しみも考えてやらねばなるまい。急場だったからもうちょうがないんだ、と月を見ながら慟哭《どうこく》しているかもしれない。しかし思いがけずもくだらないダジャレをのべてしまった。

話は変るが、東海林《しょうじ》さだおさんが死んだら文藝春秋もしくは朝日新聞のどちらかが『東海林さだお賞』というのを設定すべきだろうと思う。「週刊朝日」の連載コラム「あれも食いたいこれも食いたい」はここ何年間かの週刊誌コラムのダントツぶっちぎり面白度を濃厚にしているし、『漫画文学全集（一・二巻）』（文藝春秋）の突如的マンガブンガク度にはいたるところで唸《うな》ってしまった。考えてみるとこの国には文学賞というのは沢山あるけれど漫画賞というのはマーケットや発行点数にくらべておどろくほど少ないのだ。加藤芳郎賞というのもゴロがよくていいなあ。

マンガ話ついでにいうと、山上たつひこの『原色日本行楽図鑑』（双葉社）は奇妙に面白かった。山上たつひこは『がきデカ』のあのあまりの顔人間キャラクターが好きになれずずっと読めなかったのだが、本当は面白いヒトなのですね。「わりいわりい」といいつつ新たな山上ものを捜しはじめている。

×月〇日　大阪の北大通にある本屋で『孤島の冒険』（N・ヴヌーコフ著、童心社）を見つけたのですぐさま買った。事故で無人島に流れつき、そこで四十七日間たった一人でサバイバル生活を強いられた少年の話で、実話にもとづいている、という紹介を何かの雑誌で読んでいたのだ。すぐに読みたいが、そうもいかないのだ。

大阪から大分までの旅のあいだ、ずっと暇さえあれば『透明人間の告白』を読み続ける。面白くてしょうがない。H・G・ウェルズの透明人間と今度のそれの大きな違いは、透明人間の生活感がいたるところに横溢《おういつ》していることだ。作者はこれを四年間かけて書いたというが、その小説の舞台となったいろいろな場所を、作者は単純に透明人間になったつもりで歩き回ったのだろうと思う。

大分空港で乗り捨てのレンタカーを借り、海沿いに大分市までずっと南下した。別府湾のトロンとしたねむたげな海の写真を撮るのが目的だが、空はドロンとした薄ぐもりで、ナマヌルイ空気がずーっとつきまとっていた。

大分での仕事が終るとすぐまた『透明人間の告白』の続きに入る。午前二時まで読んだが力つきてねてしまった。

バカ夏よ早く去れ

この一カ月、本は二冊しか読まなかった。八月の末に新潮社が主催する第一回日本推理サスペンス大賞の審査員の一人になっているので、その最終選考作品を読む、というノルマがあり、しかも応募作は五百枚とか六百枚とかみんな長いので、読むという労力はすっかりそっちの方にとられてしまったのだ。

自分が三十枚とか四十枚の小説を書くのにヒーヒー言っているので、よくまあ五百枚も書くなあ、と感心したりムカッとしたりしていた。

しかしそれにしてもバカ梅雨がようやく終ったと思ったら次にやってきたのはバカ夏ではないか。夏みかんの一種であのごつごつしたでっかいアマ夏ならうれしいけど、バカ夏というのは迷惑だ。スイカがちっともうまくないじゃないか。

セミも鳴かない。ふいに思いだしたけれど山下洋輔さんの例のピアニストシリーズのどこかにセミのことをがしがし書きつくしている章があって、夏になってセミの声を聞くたびにぼくはいつもその本のことを思いだし、一人ではげしく笑ってしまうのである。

「セミは絶対に狂っている。セミのあらゆる思想行動態度方向をとらまえてそれしか考えられない」というのがその論文の唯一にして強大無比の論旨で、読むと「そうだ！　本当にそうだとしか考えられない」と思ってしまうのだ。

ここでにわかに椅子を立ちあがりわがホンバコを約二十分かけて調べたらその本があった。『ピアニストに手を出すな！』（新潮社）である。あらゆる該当者はすぐさま走りまくっていって買うように。

もうひとつ、「オール讀物」八八年十月号の東海林さだおさんの連載「男の分別学」は「すわるおばさん」という話でこれも圧倒的絶対的に面白かった。

ある混みあう電車のなかに太ったオバサンが大荷物をかかえて入ってきて席にすわるまでの話だが、こうしたストロングな面白読物を手にすると、あらゆる文章を書く気力が失われてしまう。そこでこの一向にメリハリのないバカ夏の中で、終日ぼくはぐったりしていたのである。

気分がいいのはいつも朝だけであった。

ニューヨークの朝は早い、とコマーシャルで言っていたが、小平市の朝も早い。この夏は妻も子供もみんなそれぞれ別々に外国へ行ってしまったので、ぼくは連日「むむむ」と小さく唸《うな》りつつ午前六時半の目ざまし時計で起き、ドシャブリでないかぎり、近くの公園へ行って走っていた。

雑誌「ターザン」に単純感化されて、半年ほど前から早朝ハードトレーニングのヒトとなって今日に至っているのである。

これまでも断続的に時おりやっていたのだが、今度はややフリークに近いかっこうで、

ぼくの行動に定着してしまった。

約三十分びっちり勝負して帰ってくると、家に帰っても汗がさらに三十分は引かない。汗をだらだらよく冷えたムギ茶をのむとき「人生もいまのところまあいいぞ」というような気分になっていくのだ。

ここのところが実にいい。

半年間かかさず公園にかようと、けっこういろんなヒトと知り合いになるものだ。ぼくと同じように何のためにか必死に走りまくっている中年のおとーさん。おなじみニコニコゲートボールゲーム。ニコニコというのはそこの名で、実際にはニコニコなんかしてなくて「そこんとこ早くこの中でたたかなくちゃダメだよアダチさん!」なんてジジババたちが朝早くからかなり真剣に勝負してしまっているのだ。

犬を散歩させているオダンゴのようなおばさんはとても愛想がよくていつもふっくらとパンがハレツするようにして笑ってすれちがう。

ランニングに長半ズボンという独得のスタイルで、かといって走るというわけでもなく、犬の散歩というわけでもなく、片手で自分の大きなおなかをぴしゃぴしゃ叩《たた》きながらすれちがっていくおじさんというのにもよく出会う。早朝の公園は圧倒的に老人が多く、若いビボーの人妻ふうというのは少ないようだ。いや絶無である。

それにしても厚く重く雲のはりつめたバカ夏の昼というものはメリハリがなくて本当に困るもので、例年だと、午前中にエイヤッとその日の原稿仕事をしてしまい、午後は頃合を見て暑いさかりにヒルネの四十分もして、そうしてやや陽ざしのおとろえ気味になったところで都心に外出するか、あるいは出かけるのをやめて本を読んだりするか、ということになり、最終的には外に出たときでも家にいるときでも夕闇すこしでも迫れば「それじゃひとつつめたいビールでも……」とこうなっていくのである。それが平凡な、つつましい中にもしっかりしたものを持っている日本の正しい夏——なのであった。

けれどこの夏は、午後になるとさらに厚い雲が張り出し、ちょっと気でも許そうものなら午後からどっと天幕のやぶれるような雨が降り、あたりもぐっと冷えこんでくるのでやがてぐったりし、思わずタオルケットかかえてねむってしまったりすると、目がさめたときにはさらに薄暗く、雨シトシト降りになってなお降りやまず、見上げる時計は早くも午後四時にあとすこしで、顔に手をあてると少々熱っぽいような気分もし、なにか気がつかないうちに重い成人病にかかってしまったようなしめった気分がただよってきてしまうのでもあった。

そんなわけだからもうとても外出する気にもならず、背中を丸めたまま階下に降りていくと、ねむっている間にきたらしい四ッ葉牛乳の請求書が玄関のタタキにころがっていたりして、ふと気がつくと遠くでいまようやく柱時計が午後四時を告げていたりして、中途半端に空腹なのがやや腹立たしく、台所に行ってうろついてみたものの、ホントの夏ならヒヤソーメンでもつるっといきたいところだけれど、この雨がシトシトの中ではむしろ「おじや」かなんぞの方がほしいところで、あっちこっちの鍋《なべ》のフタなどあけてのぞいてため息ひとつ、というふうな状態になっていくのであった。

さてこのバカ夏の中に読んだ本の一冊は『大西洋漂流76日間』（スティーヴン・キャラハン著、早川書房）で、漂流ものが好きなぼくには久々の面白コーフン本であった。漂流ものはすべて実体験から語られているから、どんな小さなエピソードにも、それを体験した者にしか言いあらわせない真実の事実の重さ、というようなものがつたわってきて、ページを繰って読み進んでしまうのがもったいなくてつらかった。

記録者が漂流七十六日間で考えていたこととやったことはすべて「水」と「食料」をいかにして得るか、というもので、サバイバルといってもこれほど極限の課題はないわけで、読んでいる間中、主人公の喜びや悲しみにあわただしく同化していた。

記録者が漂流しているボートは、テント付のゴムボートだが、それを狙って鮫《さめ》やシイラが常に襲いかかってくるので、一刻も油断がならず、さらにあやまって穴をあけてしまったボートのチューブからいかに空気を洩《も》らさぬようにするか、という課題も加わり、とにかくもうずっとハラハラのしどおしなのである。

よろこびは、つきまとってくるシイラをとらまえて、これを解体し、干し魚など保存食料をつくりつつ、獲りたてのもっともうまい肝臓などをたべるときである、という話など、南の島で獲りたて鮫の肝臓のうまさをぼくも知っているので、そのあたりでは「ようしようし」などと思わず声をかけたくなってしまった。

最後のあたりで漁師に助けられ、まだ沢山つきまとっているシイラと別れを告げるところではふかくにも涙が出てしまった。テーマがテーマなので誰にも面白いとはいえないかもしれないが、海好きの人にぜひすすめたい。

もう一冊もぼくの好きなテーマだった。

本が呼んでいる——ということはたしかにあるようで、その日国立《くにたち》の増田書店に入ったとたん、「こっちよーん」というひそやかにあまい声に呼ばれ、ふらふらと平台陳列の近くまで吸い寄せられてしまった。

ぼくを呼んでいた本は『鳥屋《とや》の梯子《はしご》と人生はそも短くて糞まみれ』(アラン・ダンデス著、平凡社)であった。こしまきに「糞たれよ果てしなく尽きることなく／私のケツを舐め給え、すっかりきれいに清潔に」とまことに魅力的な文章が書いてある。二千二百円と安くはないが、パラパラと二、三頁眺めてすぐ買いましたね。

これはドイツにおける糞文化の本で、家に帰ってきて、ビールをのみつつ素早く面白そうなところだけ読んでしまった。これで、『トイレの文化史』(ロジェ＝アンリ・ゲラン著、筑摩書房)『トイレットペーパーの文化史』(西岡秀雄、論創社)『糞尿と生活文化』(李家《りのいえ》正文《まさふみ》著、泰流社)『ウィタ・フンニョアリス』(安岡章太郎編、講談社)に続く糞もの本が増えたことになる。

世界のいろんな国でいろんな便所に入り、いろんな糞のやりかたというのを体験しているうちに、糞を語っている本が妙に気になるようになり、以来目についたら買ってしまうことにしている。

安岡章太郎編のものは糞便にまつわるスグレモノ文のアンソロジーで、このテーマは歴史も民族もへだたりなく人間共通の大関心事として強固に大きく存在してきたわけだから誰の話を読んでもおもしろい。

これらの本を棚に収めて眺めながら、どうも「文化」という文字が多いのが気になった。片一方に食文化があるのだからもう一方もとまどうことなく糞文化ということになるのだろうが、文化という大ざっぱな概念文字でこの世界がくくられてしまうのは少々キレイゴトすぎるのではあるまいか、とも思うのだ。

ところでこの本は、サブタイトルに「ドイツ民衆文化再考」とあって、やはりドイツの糞文化を考察する、という大命題があり、それにこだわっていくとやや退屈でもある。

圧巻はアウシュビッツにおけるユダヤ人に対する糞便処理管理のすさまじさで、背景が背景だけに糞まみれでも単純に笑うことはできず、いやはやドイツの糞は本当に大変なんだなあと思った。

『大西洋漂流76日間』を読んでいてなんとなく身につまされたのは、この秋から行くタクラマカン砂漠のことが頭にあったからで、いまのところの計画では砂漠に入ると一ヵ月間ほど一人一日二リットルの水が配給され、それだけで行進していく、と聞いていたからだ。暑いとき、ぼくはとくによく水をのむので、うーむそいつは少々困ったな、と思っている。

その意味でもこの夏カッと晴れて狂ったように暑くなれば、その練習でもできるのにな、と思っていたのだが、このしめったバカ夏の中ではむしろあつい番茶のほうがうまかったりして、まったく困った日々なのであった。

フルエル買い物フルエル話

以前、中身とは関係なくその装丁画の素晴しさで『ミッシング スパイ』という本を買ってしまった、という話を書いた。絵を描いたのは赤勘兵衛というナゾの人物だったが、このあいだ『シャドー81』（L・ネイハム著、新潮文庫）の表紙装画も同じ勘兵衛氏であることを発見、思わず「むう……」とゴルゴ13ふうに唸《うな》ってしまったよ。『シャドー81』の表紙絵はブルーをバックに鋭いV字形をした二条の飛行機雲が走っている、という非常にすっきりとした、しかも本を読むとその単純な構図の深い意味がどおーんと力強くわかってくる、というしくみになっていて、こいつを読んだ当時も大いに気になっていたからやはりこの人はタダ者ではなかったのだ。

気になる装画家にもう一人「たむらしげる」がいる。一番はじめに見たのは何かの雑誌のさし絵だった。巨大なブリキのロボットふうが、両目をサーチライトにして、ずがんずがんと迫ってくるという絵であった。さらに夜ふけの町を黄色い路面電車がやってくる、というこれも闇の使い方が抜群にうまいファンタジックな一枚を見つけた。

強烈な印象だったので、沢野ひとしにその絵のいくつかを見せた。それから十七分間ほどぼくがあまりにも激しく「すばらしいのだ、おまえが描くバカ絵の七百倍ぐらいの夢と技量を持った天才的イラストレーターだ！」と叫ぶものだからやつはさびしくうなずくまだった。

たむらしげるが、絵だけではなく、やさしいブラッドベリの気配をもった幻想絵物語作家でもある、というのを知ったのはその後しばらくして彼の『水晶狩り』（河出書房新社）という絵物語を見つけたときだった。

この本を見つけたときぼくは長い外国旅行が二つつながっていて、身の内が完全にイラついていた。沢山の人と会う日が続いたのでヒトヅカレが激しくて、少々荒れた気分で夜は酒ばかりのんでいたのだ。ねむる前にこの本を読んで「もしかするとこの〝たむらしげる〟という人は現代の宮沢賢治かもしれない」とフト思ったものだ。イラついた気分がこの本で確実にやわらかくなったからだ。

その思いは『フープ博士の月への旅』と『スモール・プラネット』（いずれも青林堂）でより強固なものになった。

そうしてまあその後ずっとヒソカなファンでいたのだが、一九八七年に「小説新潮」が大幅に誌面と表紙の模様替えをしたとき、その変身第一号目の表紙が他ならぬこのたむらしげる描くものであった。ヒソカなファンというのは不思議なものでこのときぼくはなんとはなしに「しまった」と思ってしまった。

小説雑誌という、どちらかというと形骸《けいがい》化された中年的雑誌の顔に彼のものがファンファーレまじりで登場する、というのはとてもうれしいのだったが、同時に「やれやれとう

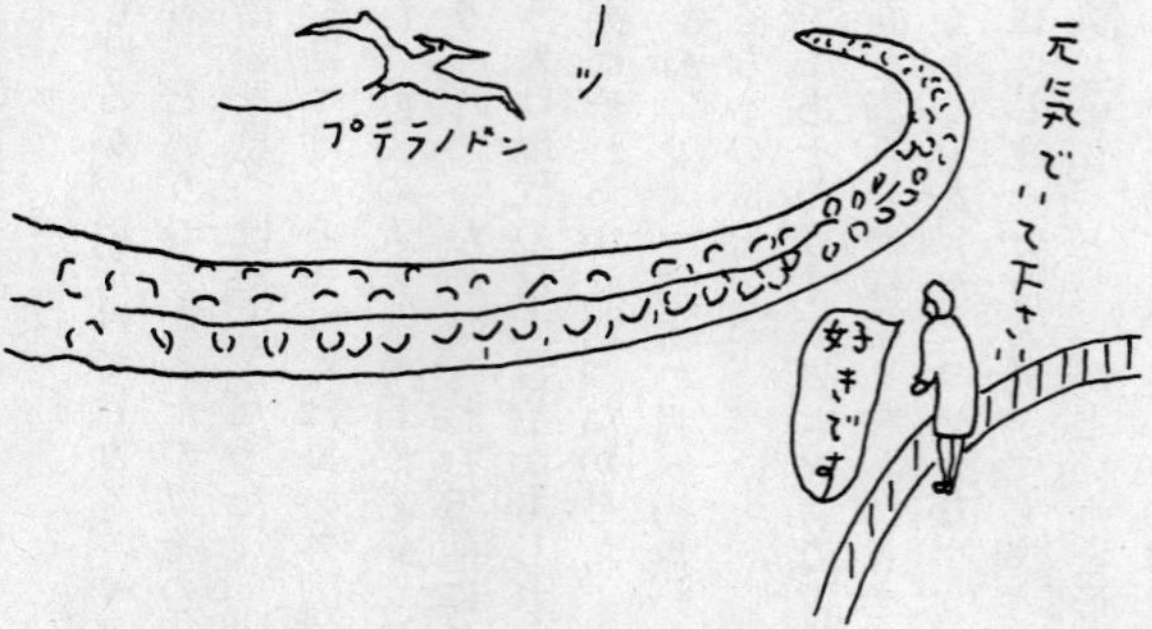
クェーッ
プテラノドン
元気でいて下さい
好きです

とう大人たちに見つかってしまったな」という気分もあったからだ。「絵」にからんでもうひとつコーフンした話がある。「BE―PAL」のブックガイド欄に三十字ほどの説明でちょこっと出ていた『巨大生物図鑑』（デビッド・ピーターズ著、偕成社）を新宿の書店で見つけたのだ。三十字の説明を見てこれはすぐ買わねばなるまい、と思っていたのだが、近くの二、三の書店を捜しただけでは見つからなかった。新宿の書店に児童書のコーナーがあり、そこにひっそりと置いてあった。

実物を見てココロがフルエた。なんとなく想像していた期待を裏切らず、まったくこの本は素晴しい内容だった。

本の題名そのままに地球上の巨大な生物がいろいろ出てくるのだが、きわめてリアルに描かれたこれらの生物のかたわらをいつも人間が走っていたり、泳いでいたりして、その

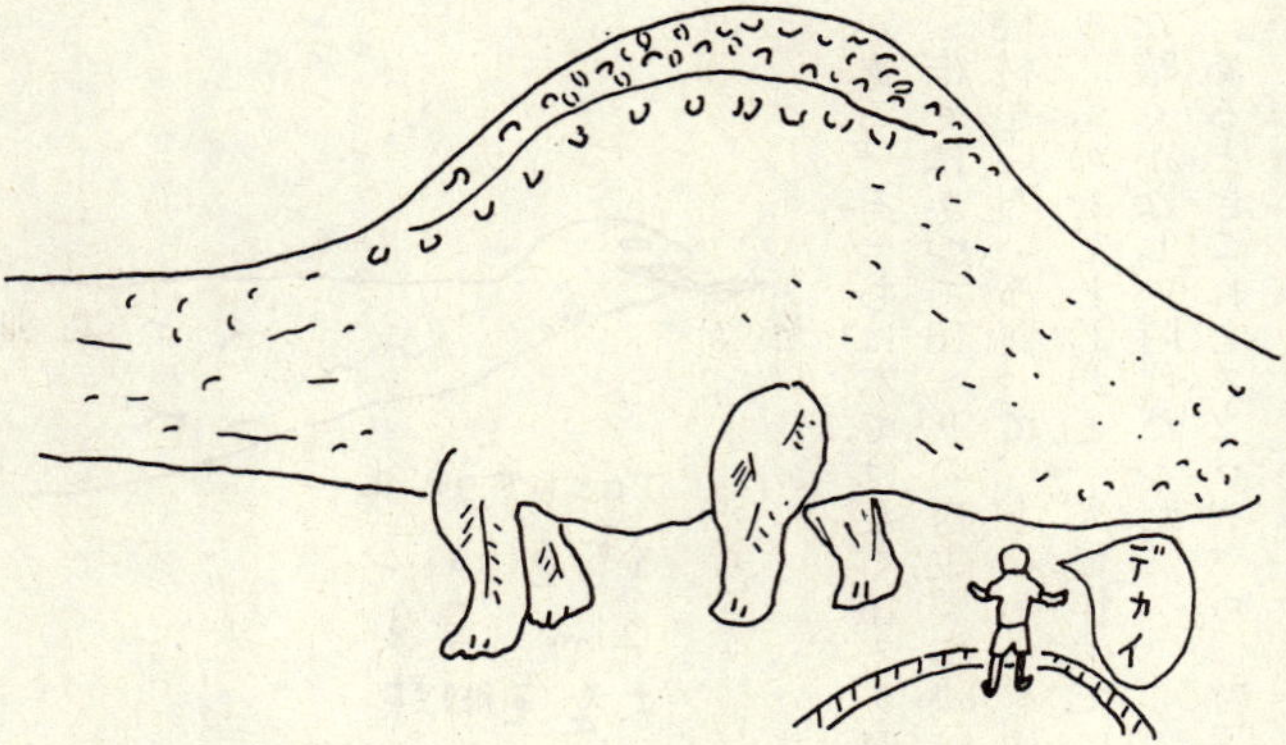

巨大生物の巨大さを人間とリアルに対比できるようになっている。簡単なことだが、作者のこの思いつきはコロンブスのタマゴのようなもので、この本の一頁ずつはそれによってひどく衝撃力を持ち、感動的でさえあった。
ぼくはこの中で、インドリコテリウムという、これまで地球上にあらわれたもっとも大きな哺乳類《ほにゅう》のそのあまりのウスラデカさぶりにア然とし、全長一七メートル、体重二三トンのオオザメに戦慄《せんりつ》した。さらに三億五千万年前のデボン紀ごろまで生息していたという全長二・七メートルの平べったいウミサソリのおぞましさに「うげげ化」し、三億五千万年前に生きていなかったことをしあわせに思ったりした。
ノーマルな人間と大きさを素直に対比させてやる、という表現はこんなふうに見るものを自分の生活感の中に持ちこむことができる

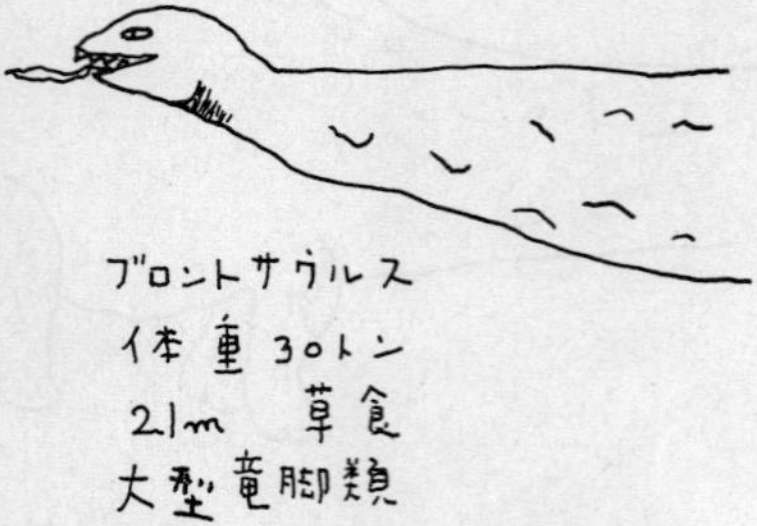

ので思いがけなくも単純に楽しいのだ。

恐竜の中で最大のものはブラキオサウルスで、その大きさは全長三〇メートル、体重一三六トンといわれても「おおそうか」と思うものの、そいつが目の前にあらわれた光景というのはなかなか想像できないものである。しかしこの本は、そういった空想をイマジネーションの中で具体的にしてくれる。子供だけに楽しませておくのは勿体《もったい》ない本なのである。こういう本を書店はどうして単純に児童書の売場にしか置かないのだろうか。図鑑だから子供ものの売場へ――という発想でおしまいなのかな。

今日はもうひとつ買い物でフルエてしまったものがある。そっちは本ではなく16ミリの映画撮影機だ。

ぼくはかつて16ミリの自主製作映画に狂っていたことがある。プロフェッショナル用の機材をいろいろ買って、どこからも頼まれもしないのにNHK特集のようにドキュメンタリーものをじわじわと一人で作っていたのだ。思えば毎日密室の夢にうなされていたような暗くかなしい時代だった。

あるときこれをスッパリやめ、当時でいえば一財産ぐらいにはなるそのための機材一式をそっくり売り払ってしまった。

それから十年。危険なのでもう16ミリ映画の周辺には一切近づくまいと思っていたのだが、先日、新宿歌舞伎町で対談の仕事があり、その帰りについつい新宿コマ劇場の下の中古カメラ屋をのぞいてしまった。むかしここにはアメリカの兵隊などが小遣い稼ぎのために16ミリの映画機材を売りにきたりしていたらしく、思いがけないメカが出ていたりするのだ。

そしてその日ウインドウごしにぼくは久しぶりに見てしまった。フランス製のクラシックスタイルの16ミリ撮影機《PATHE16》。「ううっ」と思わず喉《のど》の奥が唸りましたね。約五分、ウインドウのガラスごしにじっとあついまなざしで見つめてしまった。かつて狂気のころ、同じく16ミリ専門店銀座サクラヤのウインドウで一度見て以来きっちり十年ぶりの再会だった。

「ううっ」と一人で静かに唸りつつ、なおも眺めていると、店の親父が「どう、なかなかいい形でしょう。名機だもの」などと言うではないか。

「さわってみる?」

「ううっ」

と、ぼくは喉の奥で唸ったままだ。親父はぼくのビョーキを知らないのである。しかし親父にそう言われ、ぼくの顔と両手は勝手に動いていた。

アメ玉を前にした大正時代の五分刈坊主のように陶然とうなずき、両手は夢遊病者のように前に出ていた。

十年ぶりにぼくの手の中にずしりと身をまかせた《PATHE16》は、あやしくそこで身をくねらせ、「さわるのはちょっとだけよ」と、シナをつくった。

三日迷って、ぼくはそいつを買ってしまった。十八万円のところを一万円まけて十七万円。

新宿の仕事場に戻り、こいつを机の上にのせて、

「えらいものを買ってしまった」

と、そこでため息をついてしまった。

カメラが手に入ったら、次はズームレンズ、フィルム、映写機、編集機、と事態はあの十年前のズブズブのドロ沼にむかってまっしぐらにいくしかないのだ。

ややふるえる指先でターザン編集部のサワダに電話した。同じ映画図者の彼とはどこかのキャンプ地で「いつかまた映画でもつくろうか……」などと星を見ながら話をしていたのである。幸か不幸かサワダは会社にいた。

「おいサワダ、ついについに、トウちゃんは16ミリのカメラを買ってしまったよ。本日ただいま！」

「どひやあ、どおうん、どぼう！」

サワダはバカ音を口から出し、

「やりましたね。ではやりましょう！」

と明るい声で言った。

あれから十日目。ぼくはアンジュニューというブランドの十倍ズームレンズを捜して、東京中を歩いている。

青春がまたはじまりそうだ。

夜霧のうつろ眼改革案

長い旅というのは、出てしまえばもうこっちのものだ、という、ヒラキナオリみたいなのがあって、それをめあてでいろいろ直前の準備をする。この直前の準備というのがけっこう心理的に重いもので、どうしてかなあと考えていた。

理由のひとつがわかった。

それは買い物をしなければならない、ということだった。

買い物――は好きな人とキライな人とどっちでもいいというヒトにわけられるようだ。

(なんでもそうか?)

ぼくはどうも最苦手で、何かほしいものを捜す、というのはけっこううれしいのだが、いざ買うという段になって、店の人と「これ下さい」とか「いくらですか」とか「アレないですか」とか「コレがいいですよ」というなのヤリトリが面倒なのである。ぐったり疲れてしまうのだ。

以前サラリーマンをしていたころ、デパートなどに行って自分の服を買うなどというと大変な勇気と決断が要った。

スーツなどはどうしても自分で行かねばならず、そういう日は息をととのえマナジリ吊り上げて突進する、というような気分でもあった。

デパートの紳士服売場へ突進しても、別にそこで激しいたたかいがあるわけではないがとにかく自分に必要なものが手に入るまでの手続き全般というのはくたびれるもので、無事すべてのトリヒキが成立したあとなど階段下のベンチに「どっ」とへたりこんでしまうこともあった。

そのころ無人のデパートというのがあったらどんなにいいだろう、などということを考えたことがあった。無人のデパートをひと回りしてほしいものを見つくろい、あとで精算する、というわけだが、いま考えると、スーパーマーケットがまさしくこの世界なのだった。しかしそのわりにはスーパーにあまり行ったりしないのはどうしてなのだろうか、といま一瞬思ったのだが、答えも一瞬のうちに出てきた。

スーパーで売っている肉とかラーメンとかカンヅメというのはあまりアレコレ迷って買うものでないから、結局どうってことがないのである。

近ごろはどこへ行っても三〇〇メートルおきぐらいにあるコンビニエンスストアになると売っているものはもっと単純化されて、駅のキヨスクとたいして変らないくらいの無感動商品ばかりだから、あれはもう自動販売機と同じようなものになっているような気がする。

けれどこういう便利店での買い物もどういうわけか非常に疲れるのでキライだ。

どうしてなのだろう、としばし真剣に考えたりしたのだが、やっぱりこれも最後にレジで行なうトリヒキがうっとうしいのである。

あんなものをトリヒキといえるか、という人がいるかもしれないからもっと簡単にヤリトリとしてもいい。

コンビニエンスストアのレジには大体三種類のヒトがいる。
①制服を着てメガネをかけた、いかにも仕事してるふうの色白のオニーさん。
②パートのオバサン。
③パートの若い女。
この三種類の中で一番いいのは①で次が②で、最低最悪最疲労元凶であるのが③だ。

どうしてなのかなと考えてみた。(今日はよく考える日だけど)
①はおそらく社員なのだ。たった一人の店長なのかもしれない。自分の店の売上げのためにその態度はいきおいテキパキとなる。
②はパートのオバちゃんだから時としてものすごいアブドーラ・ザ・ブッチャー級のがいたりするけれど、まあおしなべてふつうの目つきと態度で要するに可もなく不可もなくというケースが多い。
③がなぜダメなのか、というと、これはまずアルバイトでとにかくそこにいるんだあたしは、早くおわりにしてトシオとレストランメルシーに行って何かたべるんだあたしは、もう足もいたいしコンタクト合わなくて眼もいたいし、時給は前の服屋のアルバイトのときより安いしヤスイはうるさいし屁《へ》はしたいしまだ客の列は切れないしもうヤダつかれて

ヤダあたしは……ということを常にいちどきに目の前の客に語ってしまっているからなのだろう。

それでも店長のヤスイがうるさいから一応品物渡すときうつろな眼のまま「どうもありがとうございます」などとは言うのだが、マニュアル通りにただもうキカイのようにして言っているだけだからおよそその言葉と無関係のまったくどうしようもないブッチョーヅラになり、客もまったく無表情無感覚でそれを聞いている、ということになって、女の人

はさらにますますキカイコトバ人間になっていってしまうのだろう。

旅の仕度のためにここ数日、コマゴマした日用品を買いに近所のそういうコンビニエンスストアに三軒ほど行ったら、全部そういう女の子だったので、やっぱりぼくはたいそう疲れてしまった。

そうしてさっきヒゲソリを買いに行った店でレジに立っているとき思ったのだけれど、これからはみんなしょーもないセールストーク喋《しゃべ》らせるのはやめて、帽子の前面に電動パネルのようなしかけをつくり、そこに「ありがとうございました」とか「おまたせしました」などという文字を書き、二、三秒おきにそいつがパッと頭の上にとび出し、まさしく品物を渡すタイミングと一致したときなど女の人と客が無表情にパッと顔を見合わせたりする、というのもブキミ的でいいのではないだろうか。

ともあれやっと旅の仕度はおわった。それじゃあいっちょう西のサバクへ行ってくっからよお。

胸さわぎのするガリバーの朝

七月十九日の毎日新聞朝刊をネボケマナコで見ていたら「うっ」となった。二段見出しの小さな記事だったがなんと『ブロディ殺される』と出ているではないか。

ブルーザー・ブロディというのはスタン・ハンセンと並んで日本にやってくる外人レスラーのトップだった。唯一の外見的弱点である細い足首とスネを隠すために毛皮つきのブーツを履き、太いチェーンをふり回しながら「あうあうあう」と狂ったアシカのような意味不明の叫び声をあげて入場してくると、プロレス会場の正しいプロレスファンは全員でよろこんで同じように「あうあうあう」と合唱した。

野獣レスラーといわれたが大学出のインテリで、ひどくプライドが高かった。新聞記事にはプエルトリコの試合場で控室にいるところを同じレスラー仲間に刺された、と出ていた。

ブロディの試合ぶりは、強いけれどいかにも神経質で、単調で、あまり好きではなかったが、かつて一度夜更けに酒場で会ったこともあり、なんとなく他のレスラーより親しみを感じていた。

もう一人アブドーラ・ザ・ブッチャーにもインタビューの仕事で会ったことがあり、こういう非日常的世界に存在する人々というのは精神的なエイリアンのようでもあり、一度でも会うとずっと気になっているものなのだ。

それからもうひとつ、ブロディの死がいたく気になったのは、その一ヵ月ぐらい前に、やはりアメリカのプロレスラーで太っちょのアドリアン・アドニスが交通事故で死んでいたからだ。アドニスは最初巨大な革ジャンをコスチュームにして登場し、リングの暴走族として売りだした。それがいつの間にか路線変更し、ここしばらくはピンクのヒラヒラネグリジェのようなリングコスチュームをつけ、オカマレスラーと化していた。

日本のプロレスにはオカマレスラーというやや倒錯気味の役柄づくりは成立していないが、アメリカや中南米には結構この手の怪奇派がいて、ぼくもメキシコのソチミルコという場末のリングでオカマのタッグチームを見たことがある。二人ともケバケバの厚化粧をして、尻《しり》をくねらせながらいやらしく闘っていた。危くなると、会場から「ベーブベーブ!」という合唱があがり、それは「キスをしろ、キスをしろ」と言っているのだった。つまり、攻めてきた相手レスラーにキスをしてしまうと、相手は気持わるがって攻撃の手をついゆるめてしまうので、そのスキに反撃する、というわけなのだ。

アドリアン・アドニスはアメリカでオカマ化したが、つい最近日本に来たときは減量してまたもとのフツーレスラーに戻っていた。

プロレスラーも人間だから、事にぶつかったり、刺されたりすれば死んでしまうわけだ

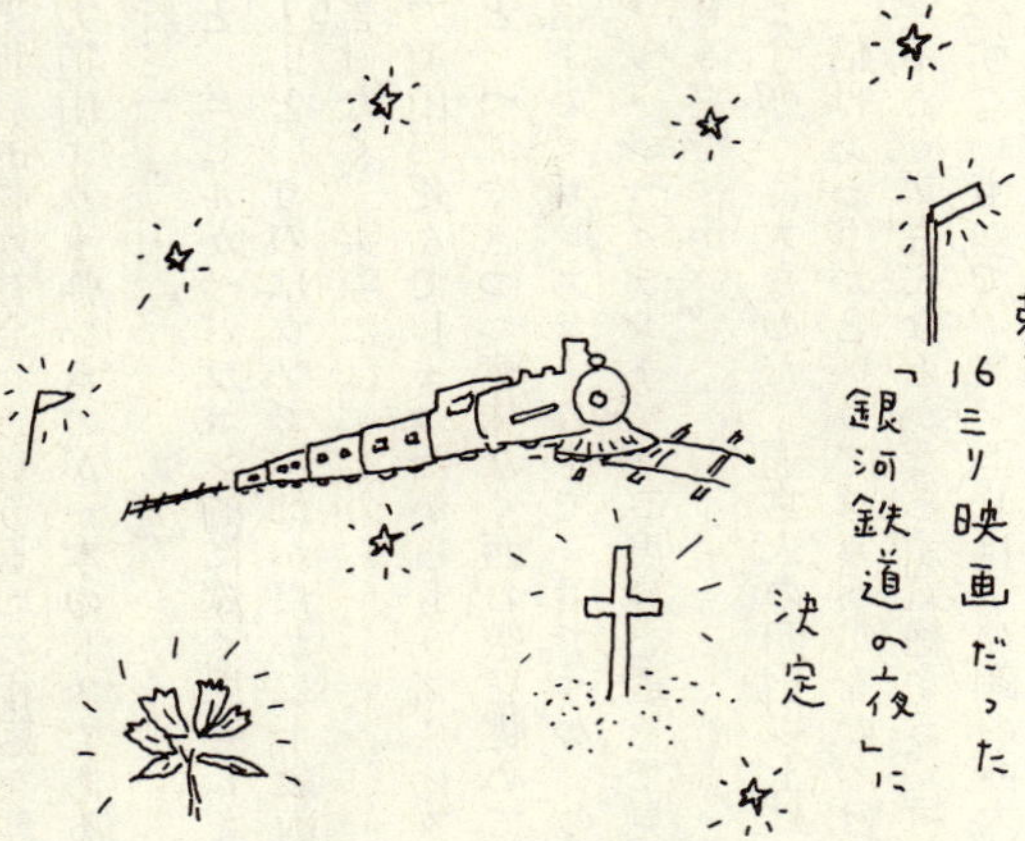
夢は
16ミリ映画だった
「銀河鉄道の夜」に
決定

けれど、これまで我々の見せられてきたショウマンシップの世界におけるかれらがあまりに人間ばなれして強かったので、ブロディのように人間的にあっけなく死んでしまうというのはどうもにわかに納得しかねるところがある。

　昭和三十年代の末期に力道山が赤坂のクラブで刺されたとき、ぼくは十九歳だったが、最初はあまりおどろかなかった。天皇と同じくらいの知名度を持つこの世界で一番強い——と思っていた男が、たかが東京やくざのドス一刺しぐらいでどうだというのだ、というふうなかんじでまるでおどろかなかったのだ。

　だから数日して、この刺し傷が原因で腹膜炎をおこして死んでしまった、というニュースを聞いたときのおどろきたるやなかった。

もしかするとぼくはこのとき無意識のうちに生まれてはじめて「精神主義」と「ハードな下世話的物理社会」というものの相剋《そうこく》を理解したのかもしれない。

「力道山よりも強いものが一本のドスであるとしたら、自分はドスになるべきではないのか……」

と、ニヒルかつバラゴン的に深く思考してしまったのである。

——というのはウソで、たかだか二十歳前後のセーネンがそんなわけ知りのことを考える筈《はず》はなく、実際には、

「力道山が死んでしまったからもうプロレスはおわりだあ。しかしはらへったよ」

と、つぶやきつつ意味なく西の空を眺めていたのでありますね。

目下のプロレスラーの中で一番でっかいのが身長二二三センチ体重二三〇キロのアンドレ・ザ・ジャイアントで、二度ほど近くで見たことがあるけれど、これはしかし本当にしみじみとでっかい。

まず顔が巨大なのだ。通常人の四倍以上はあるだろう。この巨大顔のうえにさらにそれの二倍はあろうかというアフロヘアをのっけているので、街角でいきなりハチ合わせしたりするとバアさんなどかならず気絶する。村松友視《ともみ》兄ィの分析によると、プロというのはものすごいもので、アンドレはこの顔の巨大さをさらに強調するために、髪の毛がモーレツ拡大するアフロヘアにしている——というのだが全体のバランスからいうとたしかにうなずける。

はじめてアンドレの実物を見たとき、ぼくは単純に「ガリバー」を連想したくらいなのだ。

ジョージ・ルーカスの『ウィロー』という映画には、小さな人々が沢山出てくる。このスチール写真を見ているうちに、ぼくはまたアンドレを思いだしてしまった。『ウィロー』に出てくる小さな人々とアンドレをうまく組み合わせたらアニメーションやSFXの世界を実写で映像化できるかもしれないな、と思ったのである。

『ガリヴァ旅行記』（J・スウィフト著、新潮文庫）の中でなんといっても一番面白いのは小人国の海岸へ漂着したときの風景で、まあたいていの人は、この状況をさまざまな絵本で眺めているだろう。

ぼくはとくにガリバーの長い髪の毛をそのままあっちこっちに引っ張って海岸の杭《くい》にしばりつけている、というところにいたく感動した。

なるほどあんなふうに髪の毛を数本ずつたばねて杭に結びつけられたらとても痛くて頭をあげることはできないだろうな、と実に素直に納得したのである。

あの風景をアンドレ・ザ・ジャイアントを主人公にして記録映画ふうに撮影してみたい、というのがいまのぼくの夢である。

話はあっちこっちへとんでしまうが、三カ月がかりで捜していた16ミリシネカメラ用のアンジェニュー十倍レンズがついに手に入り、ぼくの16ミリ個人映画の基本機材はついに全部揃ったのだ。

とりあえず百万円映画をつくろう、と思っているのだが、このところずっと撮るべき世界を捜していた。十五年前に16ミリ映画狂いをしていたころは「ドキュメンタリーこそわが命」と思っていたから、岩波映画かNHK特集か、というようなものばっかり考えていた。

しかしいまはこのガリバーの映画である。タイトルは『ガリバーの朝』。

どんな内容かというと、もうぼくの頭の中にはちゃんとすべてのシノプシスおよびシィークエンスという映画的ヨコモジの中身はできあがっているのだ。

画面は粒子の粗いモノクロ。ポルトガルもしくは南フランスもしくは千葉県九十九里のさびれた波の荒い黒土海岸がロケ地。（九十九里になりそうだなあ）

映画『スターウォーズ』の何作目だかに出てきた砂漠のネズミ男みたいな黒い頭巾《ずきん》服をまとったのが何人か画面の隅を動く。不穏でおどろきに満ちてただならぬ気配。ネズミ男たちのむこうにアンドレ扮《ふん》するガリバーのあおむけになった巨体が見える。波の音と海鳥の鳴き叫ぶ声。重く垂れこめた雲。

画面はガリバーがネズミ男たちによってがんじがらめに海岸に張りつけられていくところをただもう黙って追っていく。

すっかり地面に張りつけられたガリバーが、やがて苦悶《くもん》の表情の中からゆっくり目をさます。緊張するネズミ男たち。荒れくるう波。風の音。

うーむ、いいではないか。

ぼくの映画はただしここで終るのである。なんだようやくはじまったばかりじゃないか、と下品ながらがら声を張りあげる人がいるかもしれないが、そういう人には入場料三百五十円をおかえししてすぐさま帰してしまう。ここで終る映画でいいのである。とにかくガリバーの朝なのだ。重く悲しく苦しい朝なのである。

――そういう映画を私はつくりたい、と切に思うのだ。

機材は揃った。フィルムを買う金もある。問題があるとしたらただひとつ。この映画をつくるにあたって、その出演者は世界にただ一人、アンドレ・ザ・ジャイアントしかいない――ということであろう。

アンドレはフランス人で、その昔、国際プロレスという団体が存在していたころモンスター・ロシモフというリングネームで何度か来日していた。アンドレはブロディとはまた違った意味で、気位が高く何かというとすぐワーキャーとさわぐ日本人が大嫌いだ、と公言してはばからないので、いかに主役といってもこんなガリバー役を申しでたらそのガンダムのような足でぶっとばされてしまうという危険性がある。

金を積んだらどうか、ということも考えられるが、製作費百万円ではどだいむずかしい相談なのだ。

残された最後の手段は、彼が来日している間にどこかでスイミン薬をのませて睡っている間に海岸に運んで撮影してしまう。という手があるけれどあきらかに現実的ではなく、もしそういうアクションが可能だったら、その一部始終をフィルムにおさめていった方がずっと面白いのではないか、という仲間うちからの意見が出て、ぼくはたちまちまたぐったりしてしまうのだった。

クソとクソいまいましい話

なんてことだ。またクソを食う夢を見た。大ナベのチャーハンふうのゴハンの中に少々ひからびて固めの細長いクソをコックがでっかい包丁でブチブチ切って放りこんでいる。「あああ、やだな、またクソ入りチャーハンか。あんまり食いたくないけどでもしょうがないんだろうな」と、思っているあたりで目がさめた。

タクラマカン砂漠のキャンプ旅の五日目だか六日目だかのことだ。ぼくのテントの中はぐっと冷え込んでいて、シュラフからいつの間にか出ている肩と腕が寒かった。隣の中国隊の大テントの方からゴワゴワゴワというすさまじいイビキが聞こえていた。

ぼくは頭の横のあたりにころがっていた水筒からつめたい水をひと口のみ、いまのクソ入りチャーハンが夢であったのをよろこんだ。

それからクソを食う夢を見たのはこれで三度目のことだな、とぼんやり考えた。どっちにしてもひどい夢なので一回目のも二回目のも鮮烈に憶《おぼ》えている。

一回目なんかは特にひどかった。

中華ドンブリふうのゴハンの上にこねまわしてかためたかんじのハンバーグふうのオウド色のクソをのせてあるのがテーブルの上に置いてあり、ぼくの周りにいる人がすでにそいつを食っていた。

「やだな。でもしょうがないんだろうな。そういうふうになっているんだろうからしょうがないんだろうな」

と思いつつも、やっぱり決心がつきかねてそのクソドンブリの前で「じわっ」と汗ばんでいる、というような夢だった。

二回目のは一種の香辛料としてうっすらとハムの上に人糞《じんぷん》を塗ってあるんですよここあたりのサンドイッチは、と隣にいる見知らぬ男が説明していて、すでにぼくはそいつをあらかた食っているところだった。

そのとき「けっこううまいけるな」

などと考えていたような気がする。

記憶にあるだけで三回もクソを食う夢を見る、というのは、やはり自分の精神のどこかがすこしおかしいのかもしれないな、と思っている。

異常性格者の一種にカニバリズム（人肉嗜好《しこう》）というのがあるから、ぼくの体の内側にはひそかに人糞嗜好があるのかもしれない。うぎゃ。これはまずいぞ。ヒトに言ってはいかんぞ、と一瞬思ったりしたが、よく考えると、これらの夢を見る前に、たいていひどい食い物体験が関与していることがあって、なんとなくその因果関係がわかっているからまあ大丈夫だろうと思っている。

クソ入りチャーハンの夢の動機は、おそらくその二、三日前にキャンプで食ったザーサイ汁が原因だろうと思う。

タクラマカン砂漠を走破して、楼蘭《ろうらん》という歴史の聖域のようなところへ行く朝日新聞の探検隊の一員として旅をしていたのだが、めしは中国隊がすべてつくっていた。

総勢百人あまりの人間のめしは、すべて軍隊方式でまかなわれていたが、基本はいつも直径一メートルぐらいの大ナベに汁とめしがどがんとつくられ、めしの上に汁をかけて食う、というものだった。

ザーサイ汁は、バケツ二、三杯のカンヅメの肉とわずかの野菜をバケツ一杯ぐらいのザーサイで味つけして水でとかして煮る、というものだったが、でき上がった状態を見て、ぼくは即座に「あっ、これは肥溜《こえだめ》だあ」と思った。

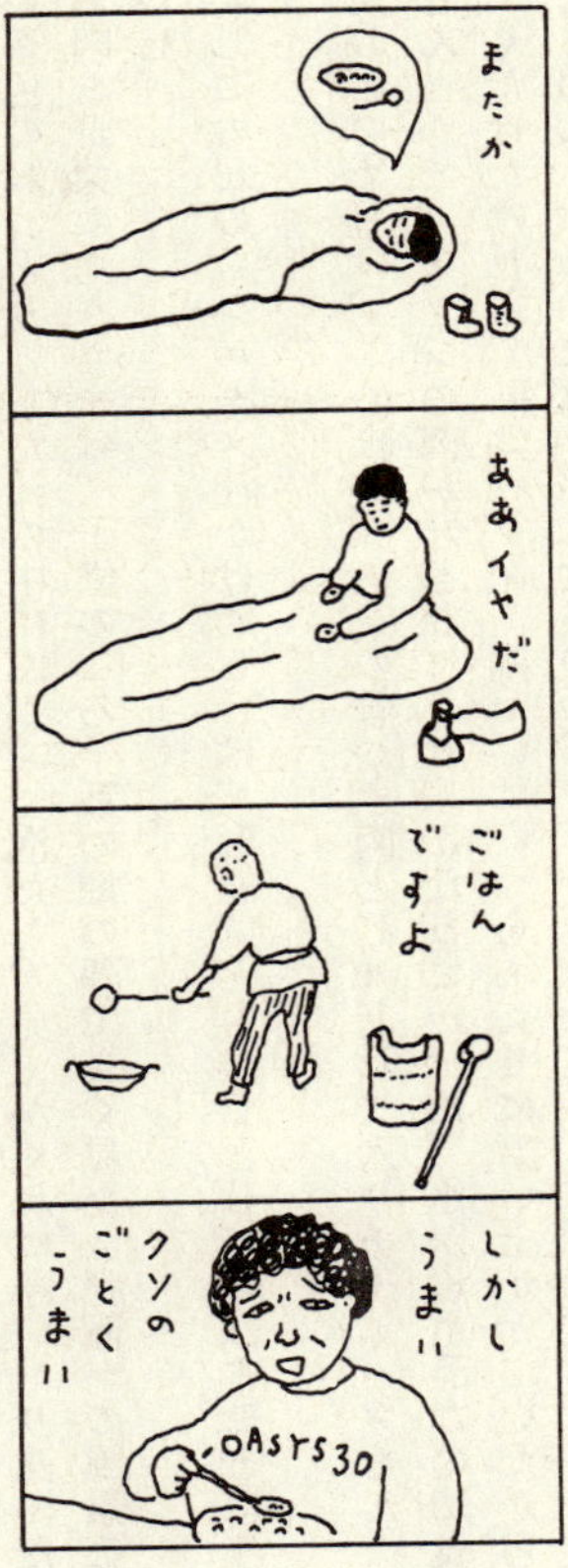

濃い茶色のねっとりとした汁の中にぶつぶつ泡だち、見えかくれに浮いたり沈んだりしている肉と野菜のありさまは、子供のころ千葉の畑の隅でよく見た「肥溜」の風景そのものだった。

しかしこの日の「コエダメ汁かけめし」は、形態はともかくとして味はまことにうまかった。

砂漠の旅のめしは、このほかヒツジの骨つき肉どしゃどしゃ入りチャーハンとか、ヒツジうどんとかで、ヒツジの肉が好きなぼくはみんなうまかった。水が貴重品なので食器は砂でふくだけだけれど、砂はパウダーみたいにいつもあたりに舞い上がっていたからいま思うとこの大ナベの中にはいつも大量の砂ボコリもまじっていたはずだ。

ヒツジは生きたまま トラックにのせられて我々と旅をし、どんどん食われていった。冷蔵庫がないから、生きたまま連れ歩くのがもっとも新鮮な保存法なのだ。ヒツジもしかし本能的におのれの運命を知るらしく、夜更けに月の下でひくくかぼそく鳴く声があわれでもあった。

ともあれ、その夜見たクソ入りチャーハンの夢の動機がたぶんその肥溜ふうザーサイ汁にあるようだな、ということがわかって、ぼくはややホッとした。

一カ月ちょっとでその旅は終った。帰りの飛行機はJALだったので、ザルソバが出てきた。スチュワーデスの何人かが、新聞でその砂漠行のことを知っていて、とくに気を使ってくれたらしく、ひそかに三人前も持ってきてくれた。機内食のザルソバだからたかがしれているけれど、そういう味にとことん飢えていたからこの思いやりがとてもうれしかった。

活字にも飢えているだろうと思ったらしく週刊誌もごっそり持ってきてくれた。でも、一カ月ほど砂と風と星と太陽の中で生活していると、何かいろんなことがごちゃごちゃ書いてある週刊誌などというのはちょっとどうでもいいや、というような気分にもなっている。

でも、ねむれないままにパラパラやっていると「週刊宝石」に木村晋介のインタビュー記事が出ていた。二十代のころぼくと一緒に共同生活していたときの話なんかが語られていた。次にひらいた「週刊朝日」には〝いやはや隊〟の風間深志が出ていた。なつかしいヒゲヅラでニカニカ笑っている。

「おおそうかそうか、みんなやってるな」と思いつつ次にパラパラやった「週刊新潮」になんてこった、ぼくの写真が出ていた。小さなゴシップ欄のような記事だ。

「やや?!」と思いつつ素早く目を通すと、それは十月からはじまった新しいテレビ番組の話だった。

日本テレビをキー局にして日曜の朝八時から『椎名誠と怪しい探検隊』という三十分のおあそびドキュメンタリーをやることになり、出発前にいくつか録画していたのだ。すっかり忘れていたが、もうそれがスタートしていたわけで、「おお、そうだったんだあ」と思った。

記事はあまりかんじのいいものではなかった。というよりもむしろ悪意をもってからかう、というたぐいのもので「ああいやだな」とソボクに思った。

「第一回目から主役のはずの椎名が出ていない。探検隊ごっこよりももっと本格的な砂漠の話が舞いこんできたのでそっちへ行ってしまったらしい」なんて書いてある。

一年がかりの準備を必要とした旅がそんな簡単に二、三週間前に舞いこんできて「じゃそっちへ行くことにする」なんていう話があるわけないじゃないか。

第一回目の無人島はぼくが提案したテーマだしもちろんぼくが行く予定だった。砂漠へ行く前に一番好きな海をじっくり体にとりこんでおこう、と思ったのだ。

ところがテレビ局の準備が整わず、ぼくの申し入れていたスケジュールから大きく動いてしまった。砂漠出発の直前なのだ。直前はいくつかの連載原稿の締切りである。

最後の小説は「小説新潮」に書く四十枚の短編だった。それを書くために無人島へ行くのを断念した。かわりに野田知佑師匠に隊長になってもらった。

「小説新潮」も「週刊新潮」も同じ新潮社から出ている。

手ぎわよくスピーディに小説を書けなかったぼくが最大の原因ではあるけれど、このなんとも皮肉でうすらむなしい新潮社の「からかい」がぼくはかなしかった。

海に行けないので「小説新潮」には「うねり」という海と波をテーマにした小説を書いた。男と女が海でボートに乗り、漂流する、という話だ。

ところで話はさらにドラマチックにすすんでいく。事実は小説よりも奇なりでしかも皮肉だ。

この小さな漂流の話を書いているとき、夜中に電話が入った。そのテレビ番組を作っている担当者の声がややあせっていた。

無人島にそれぞれカヌーでむかった野田知佑、岡田昇、ローリー・イネステーラーの三人が行方不明になってしまった。いま、海上保安庁に緊急依頼して海上を捜してもらっている。

という内容だった。

漂流の小説を書いているときに漂流の連絡が入ったのだ。ぼくはすぐに海の様子を聞いた。波はそれほど高くはない、という。

間もなくいろんな方面の人々からガンガン電話が入りはじめた。テレビのニュースがその〝事件〟を告げたからだ。

かつて瀬戸内海の無人島のハシゴ旅をしたこともあったし、野田、岡田、ローリーのシーカヤックの実力をよく知っていたので、行方不明になったとしてもソーナンとかどうとかいったことは九九％以上の確率でありえない、と思っていた。野田、岡田の剛腕コンビが冬の二、三メートル波濤《はとう》の知床《しれとこ》半島をカヌーで一周したときのことや、ローリーが日本から韓国の釜山《プサン》まで行ったりしていることを知っていたからだ。ガンガンくる電話に言った。

「なんでもないよ。さわいでいるのはマスコミと海上保安庁だけだよ」

果して一時間後、全員無事の連絡が入った。近くの島に上陸し、夜があけて明るくなったらまたフネを出して戻ろうとねころがっている段階のところだったらしい。

漂流の原因もやがてわかった。

いわゆる、普段我々がやっている〝自分たちの旅〟だったら考えられない、テレビがらみの仕事のためにおこったバカげた理由だった。

野田さんは東京へ帰ってきて苦笑してこう言っていた。

「あれが漂流なんていうのだったらオレのやっているユーコンやマッケンジーの旅は、毎日が大遭難、大事件だよ。ああバカバカしい」

要するにテレビも活字ジャーナリズムもむきだしの自然の中の旅をあまりにも知らなすぎるのだ。

辺境の旅では時によって一日何も食えないことがある。平和日本のジャーナリズムはそんな話を聞くときっと〝餓死寸前〟とわめきまわるだろう。

「週刊新潮」のそのゴシップ記事は、漂流ニュースのことにも触れてやっぱりからかっていた。「怪しい探検隊」だから前途も怪しくなってきた……と。

かつてヤラセのエンターテインメントとして話題の水曜スペシャル「川口浩探検隊」を引きあいに出し、それと同じようなものがはじまった、と考えているらしいのだ。

「怪しい探検隊」というタイトルはいかにも怪しい気配がするからからかいやすいのだろう。そのタイトルがぼくの書いている一連の同シリーズ本に由来している、などということは愛読者以外は知らないだろうからそれも仕方がないだろう。

このテレビの出演依頼を受けたとき、ぼくは制作側にこう言った。

「怪しい探検隊（＝いやはや隊）はアソビの集団です。ただしメンバーの個人個人はみんなその道のトップレベルのプロです。だからといってそのプロの部分ではいいかげんにテレビの中で使われたくない。今度の話を引き受けようと思ったのは、テレビというメディアでみんなで遊んでやろう、と思ったからです。だからフィールドは、たとえばカナダの大河よりは埼玉県あたりの小川。たとえばグレートバリアリーフよりは千葉の海の水たまり。アクアラングよりはシュノーケル。ザイルよりはアラナワ。そして絶対にヤラセはしない。そういうことでならやりましょう」

けっこうきびしかった砂漠の旅をおえて日本に帰るやわらかい気分の中に「週刊新潮」のその小さなクソみたいなゴシップ記事は、またオレはあの偏狭で猥雑《わいざつ》な日本に帰っていくのだ、という身がまえを容赦なくさせた。

クモが這いでる旅の宿

いつか近い将来に、沢野ひとしと新しい雑誌を出そう、という話《プラン》があって、三ヵ月に一度ぐらい、突如思いだしたように「そうだ。例の雑誌そろそろ本気で考えような」と、どちらかが言う。

「そうだ。そろそろやらないとな。ったくふざけんじゃねえよ」とどちらかがなぜか怒ったように言う。

　ここ一年、こういう会話をくり返しているのだが、いつも会話はここまでで、次に出てくるべき「ではいつ、どういうふうに」という話にまでは一向にすすまない。当然ながらたぶんこれは当分実現しないような気もする。

　作ったら相当に面白いものになるだろう、という自信はあるのだが、ぼくと沢野の二人だけでは「いつか出せる筈《はず》だ」「作ったら相当面白くなるはずだ」で永久におわってしまうような気がする。

　その雑誌は「本の雑誌」の別冊として出すつもりなので、ここに発行人の目黒考二が加わってくれればかなり真剣に実現の方向が見えてくるのだが、実際に動きだすとすべての労力と責任が目黒本人にかかってくる、ということを彼は本能的に知ってしまっているので彼はできるだけこの話に近づこうとしないフシがある。

　企画はすばらしいのである。

『旅と酒』の雑誌なのである。

　いま世の中に沢山あるキレイキレイうつくしいおいしいたのしい、のキラキラキラインチキ旅雑誌ではなくて、もっとホンネのまあつまり本の雑誌的なやつですね。そういうものを考えているのです。

「いるのです」なんて、言葉つきが変ってしまった。

　たとえばそれの創刊号のトップ記事は『ガムテープの真実』というものにしたい。すこし長い旅行になると、パッキングをはじめとして、荷物の応急修理からゴミ処理まで、ガムテープというのは本当にすぐれて役に立つ。できれば内外のガムテープの使い手を集めて座談会もひらきたいが、期待を破ってつまらないことを喋《しゃべ》りまくるのが一人でもいたら即座にガムテープのサルグツワをかませてしまうというのも考慮済みなのである。

　特集は『雲を追う旅』なんていいのう。『私の雲体験』『雲に乗りに行こう』『旅におけるよい雲わるい雲』『雲は天才だろうか』などなどいろいろ話は沢山ありそうだ。

　旅における酒の話はもっぱらさまざまな人々の体験話で構成したい。たとえば、
　ある日、身のまわりのものを適当にバッグに放りこみ、気ままに乗ったのが東北本線で、夕方近くに気ままにおりて、駅前にフラリとやってきたバスに乗って、ついた終着点に野天風呂《ぶろ》のある温泉があり、シシナベをサカナにぬるめの燗《かん》をのんでいると、年の頃は二十

七、八の細オモテの美人が『あのぅ……。とってもぶしつけなんですけれど、すこしおじゃましてもいいかしら、あたしさびしくてさびしくて……』などと言いながら、こたつに入ってきておしゃくしたりさされたりしているうちに、いつか夜も十時をすぎて、障子をあけるといつの間にか外は雪だったりして『あら雪ですね。どうりで肩のあたりがさむいと思ったら……』なんて女が流し目きらりとつぶやいたりして、そのうちに気がつくと、女がつつーっと肩よせてきたりして、おやどうしたんだい？　ウッフンいいじゃありませんか。うんまあそうだね……なんてさらにサカズキをさしつさされつしているうちにいつか夜も更けてきて……。

なんていうような話、あるわけないけど、でもあったとしたらどんどん書いたりしてたちまちカカアに殴られたりして、まあつまりああしたりこうしたりしていろんな旅情話を並べていきたいわけですね。

それからまた旅というのは最終的には、景色のよしあしよりも、宿か食い物のよしあしで勝負がきまる、というのが真実だから、ひどい宿はこの雑誌でキチンと告発したい。

ぼくがいままで泊った宿で最悪ベスト①は奈良の「ホテル○○」で、この最凶最悪の記録は言語につくしがたいすさまじさで、いまだに破られていない。ではどれほどすごいかというと……。

なんて話はすぐさま読みたいでしょう。

それから旅の雑誌などで全国有名旅館二十選なんてのに出てくる豪華旅館もいきなりひ

どいのがけっこうあって、たとえば北陸あたりの紹介だと筆頭クラスでかならず出てくるのに能登半島の和倉《わくら》温泉の加賀屋というのがある。いまから七、八年前のことだがここに家族で泊った。ここはでっかい旅館で入ったとたんにそのケンラン豪華に圧倒されるのだが、圧巻は夕食時である。まあ久しぶりの一家団らんで、テーブルの上には、どおーんと御馳走《ごちそう》があって、子供なども「うわーっ」とか「すげえ、アワビが動いているう」などと叫び、父ちゃんも床の間を背にして「そうだよ。それがイキがいいということだよ」など

としたり顔でうなずき、（これでまあなんだ、うちもまあ一応ヒトナミのことしてんだかんな……）などとしずかに笑っていたのだった。

すると突然、フスマのむこうで「ごめんくださいまし」などという凛《りん》とした声がした。「はい」と言う間もなくするするとフスマがあいて、そこにあらわれたのはなにやら厚化粧の中年女性。

部屋をゆっくり左右に見回すと、やおら両手をタタミにつき「本日はようこそおいで下さいました……」というようなことを言いはじめたわけだ。その立ち居ふるまいときたら、まるで時代劇みたいなのでぼくも妻も子供もすっかり圧倒されてし

まい、妻などはそれまで座っていた座布団をずりおりて「はあどうも、はあはあ……」などと思わず同じように両手をついてすぐさま時代劇化し、町人又五郎とそのオッカアのようになってしまった。

間もなくその突如の挨拶《あいさつ》人が、この旅館の女主人（つまりオカミサン）であることがわかった。

女主人はそのあと流れるようにとうとうと「よくきてくれました。何もありませんがゆっくりくつろいで下さい」というようなことを言いぼくも妻も再び「はあどうも、はあはあそれはどうもありがとうごぜいますだ」などとやっているうちにたおやかに、そしてあくまでもあざとくきらびやかに去っていったのであった。その場は全面的に時代劇みたいになってしまっているのでぼくは妙にあがってしまっていて、気がついたら水戸黄門を見送っているようなあんばいになっていた。丁度ぼくはモノカキになって二、三年のころで、世の中にいくらか顔が知られかかっているころだったから、かたわらでずっと呆然《ぼうぜん》としている女房に「やっぱりこういうところはさすがだろう。ああしておれみたいなのにもきちんと挨拶にきてくれるのだからこういう老舗《しにせ》というのはやはりどこか違うというわけだな。それにしてもけっこうオレも有名になったものだろう。お前たちもすこしは父をソンケイしなければいけないよ」などとほざいていたのであった。

それから数年たったあるとき、何かの週刊誌でこの旅館の女主人がカラーグラビアに出ているのを見てしまった。その記事の紹介を読んで「うーむ」と思った。

〈この旅館の女主人は毎日かかさず宿泊のお客さまのところに挨拶して回るのをつとめとしているのです。なかなかできないことです〉

「ははーん、そうだったのか……」と思いましたね。しかしぼくはそのあと考えてしまった。たしかに一般的にいうとそれは大変すばらしいことだと思われることかもしれない。

しかしぼくはそのときこう思ったのだ。もしかすると、ああしてきれいな恰好《かっこう》をして各部屋を挨拶して回るのがこの人の趣味なのではあるまいか——。

数年前の情景が目にうかんだ。あのときぼくと家族たちはあの女主人のふいの登場にドキドキし、あとはもうひたすら「はあはあ、どうも」とやっていたわけだけれど、そのときの流暢《りゅうちょう》なオカミのしゃべりはきっちり記号化され様式化されたものであった。言っている大層な言葉の割にはちっとも感情がこもっていない、ということを、そのときぼくはたしかに感じてしまったのは事実なのだ。そしてそのために、なんだか時代劇の一場面のように思えてしまったのだろう。

いま考えるに夕食を前に静かにやさしくくつろいでいたあのときの家族のひさかたぶりのヨロコビの気配はなかなかに気分よく、やわらかい家族だけのくつろぎの空間や時間は何ものにも中断されたくなかった。

コンビニエンスストアの店頭で仏頂面で口先だけ「ありがとうございまあす」と言ったって心のこもっていないマニュアル言葉を話す若い娘たちと同じように、こういう形式のおしつけはいかにも有名旅館の誤ったサービスそのもののような気がしてならない。

別に危害を加えるわけでなく、思えばささやかで微細な話であるのかもしれないが、しかしその一方で時の流れというものはすさまじく、もう子供はすっかり大きくなって、家族旅行に行きたいなどとは、金輪際言いそうにもなくなってしまった。やはりあのときの「家族のやさしい気配」というのはあやういほどに一瞬のもので、そのひとつひとつが大事だったのだなあーと、いまつくづく思うのだ。つまり旅の宿は一瞬一瞬が勝負なのである。——と、まあこの目下のマボロシの旅雑誌には、たとえばそんなことのいくつかも書いていけたりしたらいいな、などと思うのである。

ところでぼくはいま福岡のホテルでこの原稿を書いている。別に意図しているわけではないのだが毎年秋になると、ぼくはおろかな日本列島わっせわっせのジグザグ男と化して、北から南まであわただしく動き回ることが多くなる。はからずも今年もそうなってしまって、この一週間東北から九州までじわじわと蠕動《ぜんどう》歩行状態で動き回っている。何をしているかというと山にのぼったり、川にもぐったり、穴を掘ったり、カニをくったり、海水をのんだりしているわけで、旅の宿もいろいろちがう。

秋田ではその土地の山の友達に招かれて、ぼくをサカナにとにかくいっぺえ飲む会、という発作的な大集会があって山の中の町営山荘のようなところに泊った。

ぼくは与えられた寝部屋で原稿を書いていたのだが、部屋のあっちこっちでたえず小さくカサコソコソという音がしているのに気がついた。

あれなんだろう、と思ったら間もなく押し入れのあたりからカマドコオロギとか、カメムシとか小グモ大グモとか、細長毛むくじゃら虫などといったものがゾロゾロ出てきた。最初は「ややや……」と思ったが虫たちは虫たちの用事があるらしく、ぼくを全員で攻めまくる、ということもなく、それぞれ隅の方に行ったり廊下の方へ出ていったりしていたのでそのままにしておいた。

それから秋田を南下して四国にわたり四万十《しまんと》川の近くの宿に泊った。ここではいつも川下りなどをいろいろ世話になる野村のじいさんが「久しぶりだがや。元気にしちょるっとか」と言ってあらわれた。

野村のじいさんはカニ獲りの名人で、このときも川ガニのでっかいやつを沢山ゆでてくれて、いやそのうまいことうまいこと。宿から出て川原で火をたき、久しぶりの四万十川の風を背中に受けながらひとしきり川の話をした。

来週はさらに東シナ海を南下していく予定だが、次の旅の宿では果してどんなものがあらわれてくるのだろうか。

まあ希望をいえば、虫のゾロゾロとかキラキラ目立ちすぎる女主人とか野村のじいさんとかではなく、あの例の年の頃なら二十七、八の細オモテの美人などというのが「あたしなんだかさびしくてさびしくて……」などと言いつつゾロゾロ出てきたりしてくれるとうれしいのだが。

ハカイダーに心がふるえた

羽田空港のモノレール駅に小さな売店式の書店があって、なにかの旅の帰りがけによく立ち寄ることがある。

雑誌ラックのうしろ側に単行本の棚もあるが、小さな店だからその品揃えはどうということはない。ひとつだけ面白いのは、場所柄を反映して、航空ものの本が充実していることだ。ごくごく単純に時おり船の本とかヒコーキの本などを読みたくなるので、この棚を見るのもたのしみのひとつにしている。

そうして、つい先日『翼人の掟《おきて》』（G・マーティン／L・タトル著）という本を見つけた。集英社発行のハードカバーのSFで一九八二年の発行になっている。

もともとぼくはSFがとても好きだったのだけれど、一時期なんだか妙にコムズカシイSFが出回ったころ、いったんSF本とオサラバしてしまった。この本の発行されたあたりがまさしくそうで、そんなものが出ているとはまったく知らなかったのである。

カバーの内容説明文を読むと、物語は地球以外のある惑星で、そこは水惑星といっていいぐらい海ばかりの世界で、人々は小さな島にバラバラになって暮らしている。

遠い昔のあるとき、巨大な宇宙船が落ちたことがあり、その惑星の住民は、宇宙船の残《ざん》骸《がい》であるとてつもなく薄い皮膜のような金属を利用して羽根をこしらえ、それを使って鳥のように空を飛ぶ術を心得ている――。

つまりこのSFは多島の水惑星を舞台にした人工鳥人の話なのだ。

その書店のあるじがどう思ったのかわからないが、こういう鳥人SFが「航空関係」の棚に入っている、というのが楽しいではないか。が、まあとにかくこの内容説明を見て「うわー。おもしろそー」とうめきつつ、すぐさま買ったね。そうしてモノレールの中で本のうしろの方にくっついている同系シリーズのSF本を見てさらにまた「うわーっ」と思いましたね。だってJ・G・バラードのアメリカを舞台にしたシリアスな地球破滅ものとか、『人間狩り』というタイトルのフィリップ・K・ディックの短編集などが並んでいるのだもの、これはあの黄金の六〇年代SFそのものの世界ではないか。

これらを即座に読みたくなったのだが、なにしろこれらはみんな七年前の刊行である。書店に行ってもきっとカケラもないだろう。

そこで発行元の集英社のY君に電話した。在庫があるかどうか見つけてほしい、と思ったのだ。

話をするとY君は「うわあ〜〜」とおかしな声を出した。ぼくのオドロキと期待に満ちた「うわあー」ではなく、妙なことに若干の悲痛な気配のこもった「うわあ〜〜」なのである。

「あれはあれは、かつて自分が自信をもって企画し、力をこめてつくったシリーズなので

す」

とY君は言った。そうしてすこし声をおとし、

「しかし惜しむらくは時期がすこし早すぎたようで、ほとんど売れなかったのです。だからつまりその自分の古い傷口をふいに指さされたようで……」

と、Y君は続けて言った。

Y君はぼくの知っている編集者の中ではとても優秀な男で、数々のヒット本をつくっている。

「そうか、Y君にもそういう苦しい思い出の本があったんだ……」

と、ぼくは言った。

「そりゃそうですよ」

と、Y君は、しかし実になつかしそうな声で言った。

『翼人の掟』はシチュエーションの面白さよ

りも、登場人物たちの葛藤《かっとう》にポイントを置いたむしろ人間くさい話で、この本を最初に手にしたときに抱いた期待のものとは大分中身は違っていたが、クラシックなSF的ときめきがあってまあまあ面白かった。

間もなくY君が同シリーズの在庫がある分をプレゼントしてくれた。バラードの破滅ものは予告タイトルの「ハロー、アメリカ」とは違って『22世紀のコロンブス』というものになっていた。

地球に何かがおこって、遠い未来に何かとてつもないハルマゲドンとかメタモルフォーゼとかおどろおどろの状況になっていってしまう、という話が大好きなので早速九州の旅行へそいつを持っていった。九州から福井に行かねばならず、大阪にいったん戻って列車で福井に向ったが、ああなんてこった、その列車の中に読みかけのそいつを忘れてきてしまったのだ。またY君に「もう一冊！」と言うのもなんだか悪いし、かといって買うにも本屋にはないし、実際のところ買い直して読むほど面白くはなっていなかったので「まあいいや」とつぶやきつつ思いきってロス・マクドナルドの『さむけ』（早川文庫）に切りかえてしまった。

しかしそれでもなんとなくモノ淋《さび》しくて、その日の夜に『SFマガジン』の新年号を買った。SFマガジンを買うなんて久しぶりのことなのだ。新年号はヒューゴー賞とネビュラ賞の受賞作を発表する号で、思えば十年ぐらい前はどきどきしてこの特集号を読んだものだ。

そうしてモノはついでとばかりSF文庫の棚をじっくり眺めていたらラリイ・ニーヴンの『スモーク・リング』(早川文庫)というのを発見した。

内容説明を見ると「濃密な空気の世界なので、そこを人間たちは滑空することができる……」などと書いてあるではないか。しかもカバーのイラストがなんとなくオールディスの『地球の長い午後』(早川文庫)を彷彿《ほうふつ》とさせるではありませんか。

また「うわーっ」と言いつつすぐ買いましたね。まだ読んでいないけれど、こういうお楽しみの気配を存分に含んだ本を見つけたときというのは本当にこころがあたたかい。

かつて自分が読んだSFの中ではこの『地球の長い午後』が最高である、とぼくは思っている。そうしてこういう話の新たな傑作を求めて、これまでずっと書店のSF棚を眺めてきたのだ。

だからそれとすこしでも似たようなSFがあると「うわあ」と言いつつすぐ買ってしまう。読むとしかしたいていは「うーむ……」だけれどね。

ついでにいうとぼくのSFオールタイムベストテンの第二位はスタニスワフ・レムの『砂漠の惑星』(早川文庫)だろうと思う。これは機械が自分で思考し、自分を生産し戦いを挑んでいく話で、いやはやこれも息もつかせぬ面白SFだった。

それにしてもSFというのは、どうして昔のものがいつまでも面白いのだろう。

途中でけっこう長い間SFものを見限ってしまって、最新の面白SFというのを徹底的に追求しているわけではないから大きなことは言えないのだが、少なくともギブスンの

『ニューロマンサー』（早川文庫）を業界あげて絶賛しているあたりで「あ、こりゃだめだ」と思ってしまったのであり、あとでひそかに聞くと、ぼくと同じ程度に六〇年代SFにひたってきた連中が、似たような感想を異口同音にしているので、これは単なる無知的少数意見でもないような気がするのだ。

話はここでいきなりぐわんと変るけれど、昨日ぼくは『人造人間キカイダー』（講談社）という子供むけの本を見つけ、また思わず「うわー」となってしまった。

ウルトラマンのころから夕方ごろやっている子供むけの面白怪獣の出てくるテレビが好きでよく見ていたのだが、SFの空白期間と同じようにこの「キカイダーシリーズ」のテレビはそっくり見落としていた。

ぼくの買ったのは、いわばテレビに出てきた正義と悪怪獣のオールスター集のようなもので、千八百円もするのだけれど、パラパラ見ているだけで充分その値段分は楽しんでしまった。

正義の主役はキカイダーであるが、悪の主役はハカイダーである、ということを知ってからがぜんうれしくなった。さらに研究していくと（といってもどんどんページをすすめていくだけだけど）悪の側だけど完全なワルモノでもなく心の隅に若干の良心の葛藤を抱いているのにワルダーというのもいて、もうたまらないのだ。かと思うとピンクを基調にした体に、ハート形の頭をしたビジンダーというのもいた。これはあきらかに正義の女ロボットなのでありこれらのネーミングの意表をついたわかりやすさと素直さにページをめくるぼくはたちまちウレシイダーのヒトになってしまったのであった。

怪獣ロボットの方もおそろしくキャラクター豊富でもう面白いのなんの。

百以上あるオソロシ軍団の中でもとくにアカ地雷ガマ、白骨ムササビ、コムソウドクロ、公害ナマズ、インクスミイカ、キモノドクガなどは一目で気に入ってしまった。

この本の発見に気をよくしたぼくはこのキカイダーがすでに最近の子供たちにとっては過去の古きよきキャラクターになってしまっている、ということをやがて知るところとなり、さらにおどろきつつ、では最近の子供たちの熱中戦闘キャラクターは何だろう、ということににわかなあつい興味をもった。そこで書店に行くと『テレビランド』と『テレビマガジン』といった雑誌がそれらのもっともホットな情報を満載しているのを知り、思わず買ってしまった。そうしてわかったのは、現代の最強戦闘マシンは恐竜にさまざまなミサイルやレーザー砲を装備したものである、ということだった。なあるほど、と思いましたね。

そこには沢山のそういったキャラクターが出ていて、ブロントサウルスやテラノドンがガンダムのモビルスーツのように強大な殺戮《さつりく》メカを装備している姿はまさに地上最強という気がした。

しかし少々気になったのはここにはもう例のあのハカイダーやワルダーのもっていた世界のなにがなしものがなしいおもしろさ、といったものはなくて、完全にムキダシの戦闘マシンに徹している、というあたりだった。

思えばぼくたちの子供のころはゴジラの世界だった。ゴジラが海の中からずかんずかんと東京タワーめざして迫ってくるところは本当に迫力があったしおそろしかったが、いまはあの強大無敵なゴジラも恐竜マシンにハリネズミのように装備されたミサイルの一発で簡単にやられてしまうはずである。

ゴジラはその後アンギラスやモスラなどさまざまな強敵と戦っていたが、いま思うとあれはいずれも名勝負で、その真剣な戦いぶりはその昔の「力道山対シャープ兄弟」のときのようななつかしいすがすがしさに満ちている。だからそれにくらべて「ビッグバンベイダー対猪木」というまがまがしさはまさしくこれも現代なのだろう。

UWFがいますさまじい人気を集めるのは、つまりそのゴジラ回帰なのではあるまいか、とふと思ったりするのだけれど、今月の「今月のお話」は全体にどうも専門レベルに入りこみすぎて女の子の諸君などにはよくわからなかったかもしれないね。

寒い夜には大型本

変型大判の本を続けて三冊買った。

『新恐竜』（ドゥーガル・ディクソン著、太田出版）『過去カラ来タ未来』（アイザック・アシモフ著、パーソナルメディア）『人類の挑戦』（C・D・B・ブライアン著、教育社）

こういう本は冬の寒い日に、こたつに入ってみかんなどたべながらパラパラやるのにかぎる。

三冊のうち『新恐竜』は何かの書評で知って目的買いしたものだが、あと二冊は偶然書店で見つけた。

『過去カラ来タ未来』を見つけたときはうれしかった。これは十九世紀の本に当時のイラストレーターが西暦二〇〇〇年の未来を想像して描いた風景が沢山並んでいて、それをアシモフが解説する、というつくりになっている。

カラーの絵はどれもチェコの銅版画を思わせるくすんだセピア調で、実に味わい深そうなのだ。しかも解説がSF作家でエキセントリックな科学評論家のアシモフなのだからたまらない。うれしい気分でパラパラやってみましたね。

ところが、かんじんのアシモフの解説部分がちっとも面白くない。かつて早川のアイザック・アシモフ空想自然科学シリーズにあったような気分のいいエスプリや思わずうーむと唸《うな》ってしまう鋭い分析もなく、ただもう十九世紀のイラストレーターたちの描く絵の中の科学的な間違いをくどくどとつっついているだけで、まったく興ざめなのだ。

果して本当にあのアイザック・アシモフの解説なのだろうか、もしかすると「アイザック・アヒモフ」なんて一字違いのインチキ男がやっているのではないか、と思ったほどである。よく見たがたしかにアシモフだった。こしまきには石ノ森章太郎監訳とでっかく出ている。したがって「ああやっぱりそうでしたか」と言いつつひきさがるしかなかったのだが、それにしても現代のSF作家が十九世紀のイラストレーターの描く未来を非科学的な部分でぐじぐじ攻めてもしょうがないではないか。

この本のカバー見返しには「未来を想い描くパーソナルメディアの本」というタイトルのもとに他の二冊の同社発行の本が紹介されている。そこには『2000年から3000年まで』というタイトルの、なかなか魅力的な本のことが書かれている。簡単な内容説明文のところには「31世紀の歴史家が過ごし1000年を振り返る超未来史」などと書いてあって、よし、そういうのすぐ読みたい！　と思うのであるが、この本が果してもう出版されているものなのか、あるいは単なる近刊予告なのか、その情報だけではなんとも判断がつかないのである。二重の意味でじつにイライラする本であった。

そこでコーヒーを一杯飲み、気をとりなおして『新恐竜』の方に移った。こちらは楠田《くすだ》枝里子《えりこ》訳となっている。さっきのアシモフの解説の本が石ノ森章太郎監訳だったが、近ごろは、こうやって有名人が訳にたずさわる、というのを売り物にしている本が増えている。しかしそういうやり方はどれほど効果のあるものなんだろう、と時々素朴に思うことがある。何かいかにもとってつけたように意外な人が訳にたずさわっていると、ぼくはかえってそれがうさんくさく思えて敬遠してしまうことがよくある。訳本はＣＭじゃないのだから妙な媚《こび》はいらないのだ、といつも思っているからである。

それからまた「監訳」というのがクセモノなのだ。数年前、ある出版社から翻訳の依頼を受けたことがある。ぼくはおどろいた。翻訳なんてまったくできません――とびっくりして答えた。

するとその男いわく、実はもうこの本は翻訳されて日本語の原稿ができているのです。これに目を通してもらって気になるところがあったらチェックしてもらうだけでいいのです。あとは名前を貸していただければ……。

その男はそういって薬売りのセールスマンのように小腰をかがめ、両手をすりすりしてみせた。

考えてみたらこういうやり方は原著者に対してずいぶん失礼な話ではないか、と思った。誤解されると困るので書いておくが、かといっていまここに取りあげた二冊をどうこう言っているわけではない。そういう話もある、ということを書きたかっただけなのだ。

さて『新恐竜』の方は面白かった。これはもう頁をめくるたびにあらわれてくる「絶滅しなかったらこうなっていたかもしれない――」と思われる奇妙な格好をした恐竜にただもう圧倒される。

世の中には恐竜ファンというのがけっこういるそうで、ぼくなどもたしかにその一人のような気がする。

体重五〇トンのブロントサウルス（雷竜）なんてのがいたら、たとえそれが南米のはずれの動物園に一匹しかいない、というのでもとにかくぼくは必死で見に行ってしまうような気がする。

だってそうでしょう。体重五〇トンの生物ですよ。

この本を見ていると、次から次へと出てくる時代に順応した異形の恐竜たちの格好が見事で、恐竜が死滅してしまったことが本当に残念に思えてくる。

もっとも感動したのはトロンブルというなんとも不思議な生物で、解説文には「体高3m、翼はなく、木の幹のような巨大な足をもち、水浸しとなった夏のツンドラを大きな群れをつくって移動する」と書いてある。ツンドラを行くその群れの姿を目をつぶって想像すると、なんだかそういう世界のSFでも書きたくなってくるではないか。

なかにはしかしホラー映画にでも出てきそうな気味の悪い変態進化恐竜も出てきて、やっぱり恐竜は絶滅してよかった、とつくづく思ったりもするのだ。

序文を読んだら、この本の作者ドゥーガル・ディクソンは『アフターマン――人類滅亡後の地球を支配する動物たち』という本を書いている、ということがわかった。そっちの方もぜひ読みたいのだが、これもこれだけではどこで出ているものなのかわからないのがもどかしい。

ところでこの二冊の本を読んでいて思ったのは「絵と写真」の可能性の問題である。写真と印刷の技術がこれだけ進むと、写真はもう地球と生物のあらゆる部分に入りこんでいて、人間の内部から宇宙に浮かぶ地球の姿まで正確に記録されてしまって、写真に記録できないものはもう何もないような状況にもなってきた。

以前、何かの雑誌でダニの百万倍の写真を見て思わず「うぎゃ」とのけぞってしまったことがある。百万倍のダニの正面写真はこれまで見たどの怪物の絵よりも気味が悪かった。このときつくづく空想より現実の方がはるかに超越しているのだなあ、と思ったものである。

その感覚は、「冒険と発見の100年」というサブタイトルのついた『人類の挑戦』をパラパラやっていたときにまた新たなものとなった。この本はナショナル・ジオグラフィック協会（全米地理学協会）の創立百年を記念して出版されたものだ。冒頭にカエルとコーモリの写真が出ている。コーモリがつばさを広げて大きな口をあけ、石の上にすくんで座っているカエルにいままさに嚙《か》みつこう、としている瞬間をとらえたものだ。

ヒトはおそらくこの写真を見たとき、命とか、地球とか、生きるとか、運命とかいったいろいろなことを考えるだろう。そうしてこの写真に何の説明文もついていないことでもわかるように、余計なごたくはもういらないのだ。

この本はこんなふうに見る者に感動や感慨といったものをそっくりゆだねた沢山の写真

に満ちていて、眺め終ると（写真だけを）なんだかとにかくぐったりしてしまう。そうしてそれは百年という〝時間の事実〟からくりだされた力によってぐったりしてしまうものらしい、ということにやがて気づくことになるのだ。

パラパラ絵や写真を眺め、ところどころ興味のあるところだけ関連本文を読んでいく、という怠惰なやり方でも三冊眺め終るのに三時間もかかってしまった。

ぼくはこたつから出て「うんとこしょう」というあまり気合の入っていないのびをして

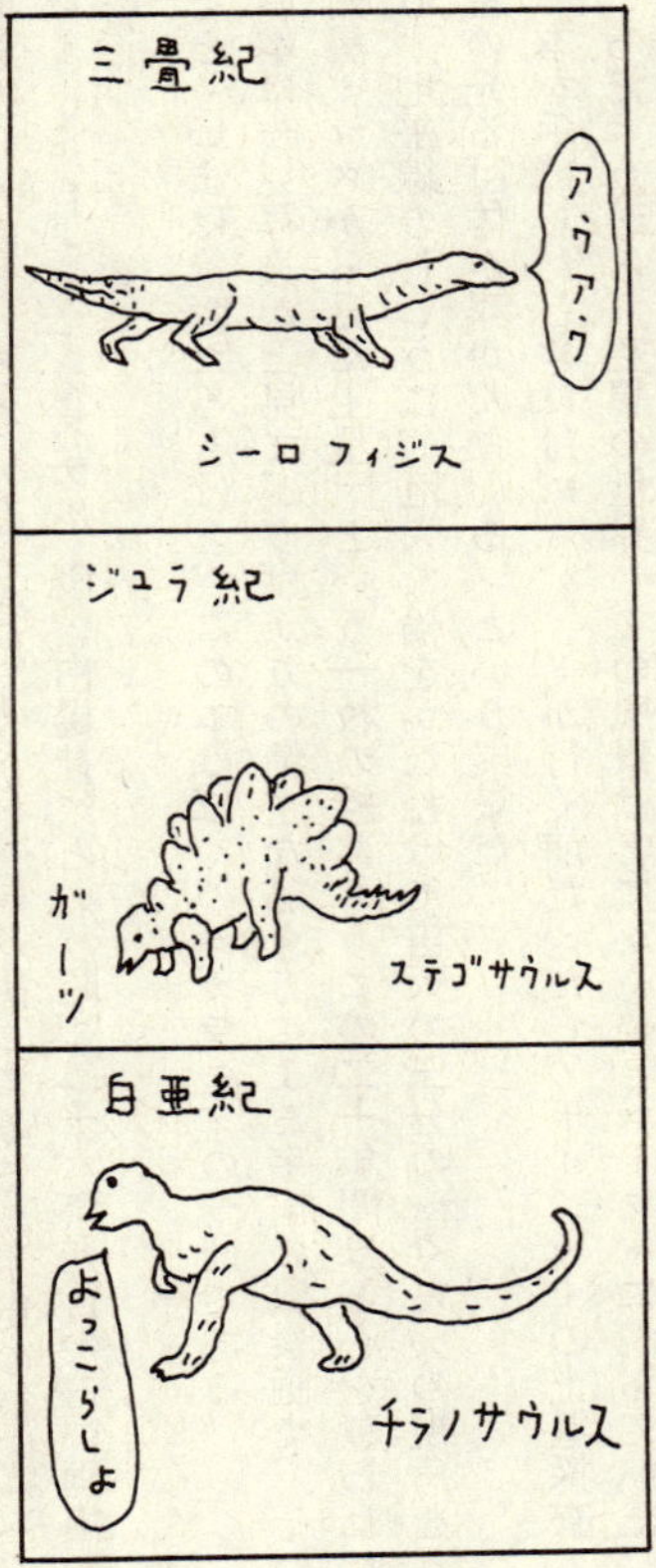

絵と写真の可能性について、さらにまだ考えていた。

本棚を捜して回り、こういうときによくひっぱり出してみる『宇宙の征服』（ウィリー・レイ 文／L・ボーンステル 画、白揚社）という昭和二十六年発行の古い画集をさがした。

おそらくいまは絶版だろうけど、この本はぼくのタカラモノの一冊である。

この本は一見写真かと見まがうばかりの精密な描き方による宇宙の風景画で、その中でも「衛星ミマスから見た土星」という一枚の絵にもうこの二十年間ほど心を奪われたままでいる。地平線のむこうに、巨大な輪をかたむけて宙天の三分の一ぐらいの視角をうずめて土星の光る巨体が浮かんでいる、という風景だ。

この本を手にしたときは月にロケットが行く前だったし、ボイジャーの土星探査も夢物語のころだったから、空想の世界のその風景はとにかく夢とコーフンに満ちていた。しかしこの風景もやがてすぐに本物の写真にとってかわられるときがくるのだろう。ナショナル・ジオグラフィックの２００年などという本が出るころにはもう古典的写真となっているかもしれない。そうして二十一世紀のアシモフのような人が、その空想画の科学的インチキについてバトウしているのかもしれない。夢に急迫する科学というのはやっぱりすこしかなしいね。

ぶちぶちつぶやくイワシのカンヅメ男

作家が集中してモノを書くときに、旅館やホテルにとじこもることを、業界用語でカンヅメという。

モノカキになる前、はじめてこの言葉を聞いたとき、単純にはあなるほど「缶詰」か、と思った。だいぶあとになって正しくは「館詰め」であるということを知り、そうだろうなと思った。缶詰じゃ、イワシやサバみたいだものな。

〝館詰め〟にしても業界用語だから正しい用語用法といってもたかがしれている。なんとなく時代に流されるようにしてサラリーマンから作家になりつつあったころ、このカンヅメというのを味わいたくて、紀州の白浜の旅館に一週間とじこもったことがある。世の中に四、五冊の本を出したころのことである。まだモノカキ兼業サラリーマンのころで、会社から一週間の休暇をもらって行ったのだ。

どうして紀州あたりまで行ったのかうまく思いだせないのだが、たぶん「どうせなら海の見えるところで書きたい」などとイッチョマエなことをほざいていたのだろうと思う。

出版社の怪人ガニマタ男がぼくと同行した。「そうだそうだ。海の見えるところならいいところがありまっせ」と、そのガニマタ男がまるで温泉宿の客引きみたいなことを言ってぼくをそこに連れていったのだ。

季節は夏のおわり、といったころで、大きい旅館のわりには客は殆《ほとん》どいなくて、ぼくはうれしくなり、念願通り海の見える部屋に入った。だけどほかに殆ど客がいないので、宿の人も殆どヤル気がなくもったいないからといってクーラーもとめてしまっていた。

夏のおわりの紀州はまだ相当に暑い。旅館の方もさすがにそれでは申しわけないと思ったのか扇風機を持ってきたが、午後になると西陽のさす部屋なので、せっかくの扇風機もただもういたずらに室内の熱気をかき回すだけなのだ。旅館側は西陽の入らない反対側の部屋をしきりにすすめるのだが、そっちへ行くと、部屋の窓からは道と近くの工場しか見えなくて、それじゃあなんのために「海の見える宿でカンヅメ」というテーマをもってこんな遠くまでやってきたかわからなくなってしまうから、ぼくは頑強に断り、西陽の中で終日汗をだらだら流していた。

出版社のガニマタ男がカンヅメの地に「紀州」をすすめたとき、ぼくは心の中でひそかに川端康成を思いうかべてしまったのだ。『雪国』であり『伊豆《いず》の踊り子』である。

作家が何か深い心のこもった物語を書くために見知らぬ温泉旅館へ行き、そこで逗留《とうりゅう》している間に美しい娘と出会い、切なくも淡い恋をして別れる、という話はじつに魅力的だ。紀州と聞いたとき、即座にひそかに「紀州の踊り子」を連想したとして誰が責められるであろうか。(誰も責めないかもしれないが……！)

しかし作家になってあこがれのカンヅメを初体験したぼくは、ひそかに思い描いていた世界と現実とのどうしようもないへだたりにア然とした。海は見える部屋だけれど、終日だらだら汗を流し、ひるめしは旅館は出してくれないので近くのラーメン屋に行き、夜は二百人ぐらい入れるでっかいグランドホールとかいうところのまん中へんにその日泊っている五、六人の客がちょこちょこっと集められ、冷凍もののエビやサシミを出され、毎日同じ出しものの「フィリピンショー」というのを見せられ、ぐったりして部屋に帰ってくる、という毎日だったのである。宿の近くですれちがうなにやら美しくも哀しげな美少女なんてのは皆無で、なにやらたくましげな骨格をした農家のおかみさんとはよくすれちがった。そして〝紀州の踊り子〟はいたが口紅をべったりつけていつもくさい臭いのするタバコを吸っているあやしげなダンサーだった。

　このときぼくは苦しい状況ながらも五十枚くらいは書いたような気がする。なにしろ〝館詰め〟になるとその費用はすべて出版社が払ってくれるのだから、仕事ができないとひどく追いつめられたような気になり、ガニマタ男に追いかけられる悪夢を見たりするのだ。

　この体験があったので、二度目のカンヅメは都心の超高層ホテルにした。そのころはもうサラリーマンをやめて専業になっていた。都心でも四十階近くの部屋になると晴れた日は遠くに東京湾が見えた。別にそうまでして「海の見えるところ」にこだわった訳ではないが、結果的にはそれが気分的にうまく作用したようだった。都市ホテルは空調もよく管理されているし、食べものも館内に豊富だしルームサービスもあるし、ビールはいつもひえているし、住環境としてはまことに具合がよかった。

問題は都心すぎるということで、毎日のように昔の仲間が面白がってやってきて、作家のカンヅメというのを見物し、酒をのんで騒いでいくことだった。もっともそれは、ぼく自身が面白がって「おーい何かうまいものをもってこいよ」などとあっちこっちに電話していたからで、原因はこっちの方にあった。

でも深夜にはじつによく書いた。このころは作家になりたてなので、昼寝て深夜書くというのが正しいスタイルなのだろうと単純に思いこんでいた。

その後、カンヅメというと都市ホテルにしていたが、仕事量が増えてくると、一定期間一社だけの仕事をしている、という訳にもいかず、うっかりしていると数社の原稿締切りに追われる、という状況になってくる。そうなるとA社の費用でカンヅメになっていながら、やっている仕事はB社のやC社のだったりして、どうにも寝ざめが悪かったりするので、この方式も問題があった。

それから、初期のころいかにもプロっぽくてあこがれていたこのカンヅメというのは、たまたまもぐっているところが都市ホテルというだけで、中での生活は単調で味気ないものである、ということにやがて気づいてくるのである。出版社によってはあっちこっちに作家をカンヅメにして担当者が時間を見てひと回りし、生産量をチェックする、というようなことをしているようでこうなるとまったくブロイラーだ。

そのうちぼくはカンヅメされることがいやになり、自分の家で書くスタイルに戻っていった。

けれど三百枚や四百枚の「書きおろし」ということになると、家でのやり方では苦しい場合がある。電話がよくかかってくるわ、ひっきりなしにチリガミコーカンがくるわ、スピーカーを使ったモノ売りがくるわ、宅配便がくるわ、セールスマンがくるわ、そのたびに犬がやかましく吠《ほ》えるわ、隣のおやじはお経をあげるわ、ネコはうなるわ、ババアはころんで悪態をつくわで、もうとても長編世界のイントロダクションに感情没入させる暇がないのだ。

そういうときはやはり外界の刺激をすべて絶ったカンヅメ方式がモノをいう。

去年の二月、ある出版社の書きおろしのイントロ部分を書くために、千葉の鴨川《かもがわ》にあるリゾートホテルにとじこもったことがある。外房の荒波が部屋の真正面に見える。

季節はずれの閑散ぶりもかえって気が休まってよかったし、フロアショーを見ながら夕食ということもなかったので、三日間で百枚という実にいいピッチで仕事をすることができたのだった。ぼくの能力では一日三十枚というのが限度であるからこのときはこれまでのぼくのカンヅメ史上最大の生産高をあげたわけである。外房総を通るルートをこころやかにハンドルをにぎって帰ってきた途中で菜の花畑を見つけ、間引きされていたひとかかえほどもある菜の花を積んできた。千葉のひと足早い春を持って帰るのだとそのとき思った。

このごろぼくは原稿がたてこんでくると自主カンヅメをするようになった。つまり出版社のおぜん立てではなく、自分でこもって内側からピッタリフタをして「うーむ」などと唸《うな》るという方式である。

これだとどこの会社の原稿を書いてもいいし、もし力およばずその期間一枚も書けなくても別に誰はばかることもないのだ。

作家の中にはこの自主カンヅメ方式をとっている人がけっこう多いらしい。友人のSF作家は新宿のホテルに月の半分くらいはこもっているから、そこは半分その人の家になっているのである。そういうやり方もあるのだなあ、と知ってぼくも自主カンヅメ方式をとりはじめたのである。

都市ホテルのカンヅメでぼくが一番つらいのは窓があけられないことだ。ぼくはかなりの閉所恐怖症で、狭いところに長時間とじこめられているのが一番つらい。だからさっきのSF作家のように二週間も続けて都市の密室にいることはできないのだ。その意味では海べりで、窓もあるリゾートホテルが一番いいのだが問題はやはり遠いことだ。なんとか都市ホテルとリゾートホテルの両方の長所を兼備したところはないだろうか、と思っていたのだが、それがついに見つかったのである。

いま、この原稿を書いているところがそれである。千葉県浦安《うらやす》。東京湾を一望のもとに見わたせる地上十二階のベランダでいまこれを書いている。なかなかいい具合なのだ。千葉県といっても東京のすぐそばだし、何か急ぎの品物がほしくなってもすぐに持ってきてもらえる。海が見え、窓があき、外資系ホテルなので従業員も教育がいきとどいててきぱきしている。

それにしても四日前ここにきたとき、ぼくはおどろいてしまった。なんとなく週刊誌などですこしずつ知っていたのだがいつの間にかこの浦安周辺は一変していた。埋めたて地の海ぞいに巨大ホテルが林立しているのである。それもヒルトンとかシェラトンとか有名なホテルばっかりである。ぼくは夕方近く車でこのあたりに入ってきたのだが、夕陽をバックにしたそのビル群はちょっとした未来都市の気配だった。

ようし、ここならいいぞ。やっといい場所を見つけたぞ、とぼくは大いに満足した。ところが何でも体験しなければわからない状態というものがある。ここで仕事をはじめて数日してわかったのは泊り客がどうもイヤラシイのばっかりだな、ということであった。若いカップルが異常に多いのである。つづいてやかましくどたどた動き回るおばさんの集団。そしてやはりいつも数人連れのガハガハおじさんたちである。

若いカップルはこのホテルのいたるところで「くっちゃりねっちり」している。すがすがしくない。どうしてなのか考えたがまたよくわからないのだ。

こういう若いカップルをメインの客にしているからなのか館内のレストランなどのメニューも気どって高いのが多く、ぼくなどメニューを見ただけではどんな料理なのかわからないのが多い。アントレとかペーストリーとかシリアルとかいうのは食べものゾーンを分類する用語なんだけど、オレにはさっぱりわからん。

ここにやってくる客を見ているとばんばんにふくらんだディズニーランドの巨大ビニールバッグをいくつもぶら下げているどこか遠くからきた人が圧倒的に多いようなのだが、アントレとかシリアルとかいわれてすぐわかってしまうのだろうか。

スパゲティミートソースとか、オムライスとか、カツドンとかチャーシューメンなどというわかりやすいのがこの館内中どこの店を捜してもない、というのがぼくはやっぱりよくわからないのだった。

一番笑ったのはルームサービスの「お二人だけのキャンドルディナー」シャンパンつき三万円コースというやつだった。そのメニューの料理名は前菜の「最初のランデブー」につづいて「テンタート／差し向い」「アンブラッセ／抱擁」「パーフェクト・モーメント／今夜は最高」「レーヴリー／夢心地」などと書いてあった。ちなみに「抱擁」というのが何をさしているのかというとメインディッシュのことで「牛ヒレと仔牛《こうし》のメダリヨン」などと書いてある。しかし「メダリヨン」って何だ？

――と、まあこのホテルは立地も状況もシステムもまことによいのだが、館内全体に漂うこのスケコマシ様の甘ったるさがなんともまいっちゃうのである。

ああ、そうか。こういうホテルにはぼくのようなものが入ってきてはいけないのかもしれないな、とカンヅメ四日間、まだあまり書きすすめなくて苛々《いらいら》ブチブチ文句いっている弱り目のイワシのカンヅメ男はいまやっと気がついたのであった。

なんてこったの日々だった

翻訳小説やアメリカの映画で、登場人物が時おり口にする「なんてこった!」っていうセリフが好きなんだけれど、通常の日本語の会話にはあまりない言い回しなので使いたくてもほとんど使えるチャンスがない。

日本人の一般的会話でこれを言うとしたら「なんていうことだ」というようなものになるのだろうか。関西弁で言うとどうなのかな。「なんやねん」とは意味が違うんだろうな。九州の「なんばしよっとね」はたぶん「何していたんだ」っていう意味だからこれも別だし、アフリカのアンダブルガガ語では「チョロモッカハビラハビラア」というのはわかっているのだけれど日本の関西弁の同義語がもうわからないというのはかなしいね。そういえば「悲しい色やねん」というコトバがあったなあ。しかしまったく関係ない話だなあ。なんてこった。

小説などでよく見るけれど会話にはあまり使わないようなコトバにもうひとつ「ややや」というのがあるよな。前にテレビのシリーズでやった『椎名誠とあやしい探検隊』のメンバーは「いやはや隊」というあまりよく意味のわからない集団名の人々が順番に登場しているのだが、この「いやはや」というのは「いやはや大変ですなあ」などというときに使ういやはやだ。同じようなコトバに「やれやれ」というのがあるから「やれやれ隊」でもいいのだけれど、それだけ取り出してしまうとかえって妙に元気がよく聞こえてしまったりして、いやはや日本語というのは本当にむずかしい。

ところで本日はこの「やれやれ」の日だ。

やれやれ、漸《ようや》く週刊誌の連載が終ったと思ったらもう「本の雑誌」の原稿締切りなのだ。

「おーし、もうこうなったら月刊にしようぜ」と言ったのはぼくなのだが、月刊にすると本当にすぐ締切りになってしまうのだ。「月刊誌に連載書いているけれどどういうわけか原稿締切りが三ヵ月にいっぺんなんですよねえ。それでいてちゃんと毎月自分のが載っているので楽でいいです」なんていう月刊誌はないものだろうか。それにしても週刊誌の連載というのは大変だった。なにしろ一週間ごとに原稿締切りがきてしまうのだ。（あたり前だな）

半年前から自宅にもFAXが入っているので、日曜日の午前中あたりから原稿を書き、夕方ごろにこれで「じーじーじー」と送る。ぼくの家のFAXは原稿を送るときに苦しそうにうめくように「じーじーじー」という音をたてる。「この機械はどうしてこんなに苦しそうにじーじーというのだ」と妻が聞くので「字を送っているからじーじーじーというのだ。当然じゃないか」と信じられないくらい鋭い回答をしたら妻は感動してどこかへ行ってしまった。

原稿の校正もFAXで送られてくる。赤字を入れてそれを戻すのもFAXだ。その週刊誌のスタッフとは連載開始前に二、三度会ったけれどもあとはすべてこの苦しげな機械でのやりとりですんでいる。だから、なんとなくその週刊誌の辺境地通信員になったような気もする。

イラストの沢野が過日こんなことを言っていた。

「一回こっきりの仕事依頼というのもけっこうあるんだ。FAXでお願いの手紙がきて、原稿もFAXでいいというのでやや呆然《ぼうぜん》としつつFAXで送る。FAXだから『生原稿』は手元に残る。相手の人と一度も顔を合わせずにお仕事一件おわりというわけだが、手元の生原稿見つつ、さらにまた呆然とするよな……」

わずらわしい性格の編集者などの場合、このFAXがあると会う必要がないのでとても有難いけれど、最初から最後までFAXのやりとりで一度も相手の会社のニンゲンと顔も合わせなければ話もしない、というのも少々ブキミであるね。相手が顔を見られたくないと思えばそのようなシステムで仕事ができるのだから、たとえば一目みてギャッとのけぞる凶眼トカゲ眼会社の人々だってこの方法で充分仕事ができるわけだ。

タクラマカン砂漠へ行ったとき、朝日新聞社の持っていった特別電子武装車は、砂漠のまん中からインド洋上の静止衛星インテルサットに電波をぶつけ、日本との電話回線をこしらえた。電話ができればFAXも可能なわけで、そこからなんと日本まで原稿を送ることもできるのだ。

こんなふうにニンゲン側の進歩と成長を無視したかたちで、人間をとりまく電子技術がどんどん進んでいくと、それを使う側とのギャップがさらにひろがるばかりで、最新型オフィスのおとうさんたちはいろいろ大変だろうな、とつくづく思う。

ＯＬにＦＡＸを送る手続きを頼み、ＯＬが送った原稿を返しにきたら「キミ、あれは今日中にむこうに着くんだろうね」と心配そうに聞いているおとうさんがけっこういるそうだ。笑ってはいけない。ＦＡＸを送る手続きをしてきたＯＬだって、機械の操作とその機能を理解しているだけで、どうして紙の文字が電話回路を通ってむこうで再現されるかそのしくみなどまるでわかっちゃいないのだ。

考えてみると、いま我々の日々は、ここまではわかるけれどそこから先はどうなってるのかわからない、というナゾ的機能にとり囲まれつつある。目下のそのＦＡＸだって、電

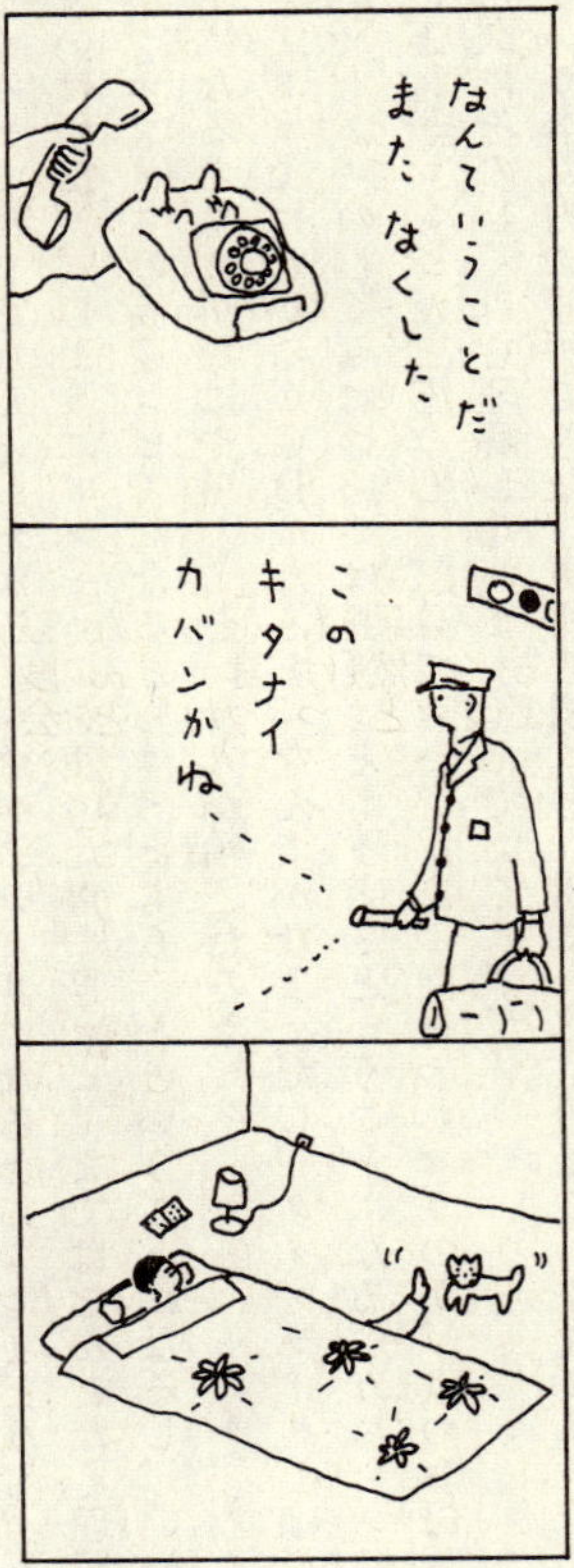
なんていうことだ
またなくした
このキタナイカバンかね

話のしくみまではまあなんとかわかるが、ファクシミリになるとちょっとどうも、という人が多いはずだ。同じようにアンモニアを使った青やきコピーまではなんとなく理屈はわかるが、オフィスの高速コピーになるとちょっともう……ということになるし、いわんやカラーになるとなにがなにやら……という人が殆《ほとん》どだろう。

レコードまではわかるがCDになると「なんでかな？」だし、タイプライターは説明できるがワープロのしくみについてはちょっともう……ということになる。ガスレンジはわかるけど電子レンジだとどうして三分でゴハンがあったまっちゃうのか、世のお母さんたちは永久にそのしくみを理解しないまま死んでいくはずだ。

こういう本質的に理解できない便利機械にとり囲まれて生活していく我々は果して本当にシアワセといえるのだろうか、というようなことについて、考えていくのもつかれることだからここで話はまたかわる。

本当は早くこっちの方の話を書きたかったのだけれど、週刊誌連載の最終原稿を送ってホッとこころがゆるんだあまりのファクシミリ疑惑となってそっちの方の話を書いてしまった。早くこの原稿を書いてFAXで本の雑誌社へ送り、「ヤレヤレ」と言いつつ夕方からビールをのみたいものだ。

それに今日はもうひとつ「ホッ」としたことがある。三年ぶりに健康診断したのだけれどとりあえず「無罪放免」だった。砂漠から帰ってきて四キロやせたままだし、いろいろここんところ無理な行動をしているから内心そろそろヤバイかな、と思っていたのだが主治医の中沢先生も「ややや意外だなぁ」と思うほどの勝利だった。

それにしても二月からの一ヵ月間は大変だった。どう大変かをひとことで言うとまったく「なんてこったの日々」だったのである。

まず三年ぶりにヘントーセンエンで寝こんでしまった。熱が高かったのでビデオの映画も本もあまり楽しめなかった。ちょうど大葬の礼のころで、外はつめたい雨が降り続いており、ベッドの上から終日雨の空を見上げながら「ふっはふっは」と力のない呼吸をしていた。それでも週刊誌の連載はFAX通信で「締切りは明日ですよ」とか「締切りは今日中ですよ」とかいってやってくる。解熱剤で三八度まで下げ、こたつの中でフルエながら書いた。どんなに熱があろうとも血などがダラダラ流れていたとしても作家に意識のあるうちはアナをあけられないという古めかしい〝作家訓〟のようなものを以前ある人からさんざん聞かされたことがある。まだモノカキになって間もないころで、どこかの飲み屋で「作家なんて気楽なもんだ」とつい言ってしまったのだ。ぼくがなりたてのモノカキなどとは知らずにその人はコーカク泡をとばして言ったのだ。

たしか笹沢左保を例にあげて言っていた。

「あの人は熱が四二度もありほとんど意識を失いつつ連載をもっていた。エライもんだ！」

と。それを聞きながら四二度の熱にうなされながら書いた小説を読まされる側も大変だな、と思ったりしたがその人には言わなかった。またどやされそうだったからである。

ぼくの熱はそれよりもひくいけれど、こんな「ふっはふっは」という死にそうな息を吐いている人の書いている砂漠探検の話を読まされるのも気の毒だな、とつくづく思った。

結局一週間そっくり寝こんでしまった。なおって三日目、久しぶりに新宿で目黒考二と酒をのんだ。うれしくなってビール三本、バーボンウイスキーを三分の二ほどのんで「さのよいよい」などとつぶやきつつ帰ったら、サイフを落としてしまった。けっこうフルエルぐらいの現金とクレジットカードが入っていたのでぐったりした。そいつは出てこなかった。

それから一週間後、新しいサイフをバッグに入れて仙台に仕事に行った。帰りがけ上野駅で『フグはなぜ毒で死なないか』(吉葉繁雄著、講談社)という本を買い、西武線でずっと読んでいた。千葉県の海辺の町でヒルが異常発生した話が出ていた。草むらの中に入ると、三十秒もしないうちにおびただしい数のヒルが「褐色のマッチ棒を筆者に向けて斜めに立てかけたような恰好で、伸ばした全身を揺らせながら方向を定めては、尺取り虫よりも敏捷に近寄ってくる。まるでオカルト映画の画面にいるような光景を……」というあたりを読んでいるうちにいきなり駅についた。ぼくは世の中でヒルが一番きらいだ。きらいだがそういうおそろしい話を読むのは好きだ。好きだが読むとオソロシイ。オソロシイが好きだ。ウヒァー、ウヒァーなどと思っているうちにアミダナにおいておいたバッグをそっくり忘れて降りてしまった。「なんてこった!」

うろたえる頭で思いうかべると、バッグの中には今度はスケジュールノートとアドレスノート、五〜六万円入りのサイフ、三〜四冊の仕事に必要な本、取材ノート、それにああ本当に、なんてこった！　五枚まで書いてある週刊誌の連載原稿が入っているのだ。

「たのみます、おねげーでございますだ」と両手をこする前で、西武鉄道の若い無表情なその男の応対のなんとまあ面倒くさそうでスローモーで横柄な態度がゆらゆら揺れる。七〜八年前のまだ凶眼化しやすいころの自分だったらその段階で早くも逆上し、我を忘れてつかみかかっていっただろうが、いまはもうただただ「一刻も早く、一刻も早く」と願うばかりだ。その男はきわめて事務的に一度電話したあと「ないですな。明日池袋のココに電話しなさい」と相変らずの無表情で言った。その段階でこの男では五万年かかっても見つけられないだろうとわかったので、やや目線を強くし、助役をひっぱり出した。JRが分割化し、サービスがよくなった分だけこういう私鉄が旧国鉄化しているかんじだ。助役はさすがに大人だった。夜更けまであちこち連絡をとってくれて、ついに拝島《はいじま》駅というとんでもない場所に保管してあるのをつきとめてくれた。有難かった。心からよろこぶと同時に、あの若い無表情駅員の言うままになっていたら結局行方不明のままなのだろうな、と思った。

翌日、クルマをすっとばし、拝島駅に取りに行った。受けとりの用紙に自分の名前を書き、ハンコを押すのをじっと見ていた駅員が「作家みたいな名前ですね。そういう人がいるでしょう」と子供のようにカン高い声で言った。まあとにかくバッグが手元に戻れば何がどうあってもいい。ぼくは上海あたりの食堂のおやじのように、曖昧《あいまい》な笑いを浮かべながら「いやはやいやはや」と呟《つぶや》きつつ駅の事務所を出た。

ばかおとっつあんにはなりたくない

いやはやまったく無意味にエラソーなおとっつあんというのは目ざわりなもので、なかなか原稿が書けない。

いまぼくは所定の締切り日を二日もすぎてまだ書けずにいる原稿をかかえ、羽田発札幌行のヒコーキの中にいる。

書こうと思うテーマはいくつかあって、家から羽田にくる間、久しぶりの通勤ラッシュの人混みにもまれながら、書くべき話をあれこれ考えていたのだ。テーマはふたつにしぼられた。うんよし。AコースBコースどちらでもいけそうだ。このごろしょっ中なのでヒコーキの中で原稿を書くのは慣れっこになっている。ヒコーキというのは固定された場所と限定されたテーブルの前で、うろうろ逃げることもできないから、あきらめて原稿にむかうしかないからだ。

そうして着いた座席のひとつ通路をへだてた隣にそのエラソーおやじがいた。年の頃は五十代半ば、濃紺のダブルのスーツにストライプのワイシャツ。オメガの時計をつけて仲々のオシャレのようだ。その日の座席はスーパーシートだった。典型的な管理職の出張、というかんじだ。六月の北海道だからゴルフかもしれない。

このおっさん、席に着くやいなや口をへの字にまげて「オイ!」と言った。早くも無意味なエライエライ光線とハタ迷惑なエライエライ臭気を放散発射しはじめたのだ。「オイ、ヨミウリ持ってこんか!」とおとっつあんは開口一発ゴーマンな声で言った。はじめぼくの方を向いて言ったのでびっくりした。こんなスカンクおやじにいきなりいばられて「ヨミウリ」を持っていくほどぼくはやさしいヒトではない。「ん?」と思っていたら通りかかったスチュワーデスにむかってなのであった。そうだろうなあ……。

間もなくおしぼりやコーヒーのサービスになった。スチュワーデスが大きなトレイにのせてそれを持ってくるとおやじは「なんだぁ!」と言わんばかりにじつにいまいましげに顔をあげ、その若い娘を睨《にら》みつけた。そんなことでいちいち睨むなっつーの、とぼくはヒトゴトながら隣でハラハラする。

おとっつあんは差しだされたコーヒーを乱暴に片手で払いのけるしぐさをした。「何かほかのものをお持ちしましょうか?」とスチュワーデスが言った。おやじはそれをまったく無視した。聞こえても返事をしないというやつだ。スチュワーデスは困った顔をした。「いいからいいからこんなばかおやじ相手にしないでいいからいいから、ほかにも客は沢山いるんだし……」

とぼくは隣でいらだたしく思う。

そのあたりでテーブルの上に原稿用紙をひろげた。さあ、もうこんなばかおやじにかまっていないでそろそろ本気で書きださなくっちゃ。

おやじは靴をぬぎ、足のせ台の上に両足を「どん！」と乱暴にのせた。ぶわんとムレ足のにおいがただよってくる。見ると思ったとおり、こういうばかおやじが出張のときにかならずはく黒い薄い靴下だ。それからタンのからんだような咳《せき》をげほげほやったあと、うわっ！なんということだ！おしぼりの中にそいつをべちゃっと吐いた。

「おっさん、そういうみにくく、きたないまねはやめろよ」ともうちょっとで言いそうになったけれど、そうなると口論になったりして、ぼくの原稿はこの貴重な時間まったく絶望的なものになる。かろうじてムカツキ気分を押さえた。スチュワーデスがそれを回収しにくるとき、このばかおやじの猛毒青痰《あおたん》が彼女の手にくっつかないように祈るだけだ。

原稿用紙をひろげたのはいいが、いまのトドメの吐きタンに心が乱れてしまって、どうしても原稿を書くことができない。羽田にむかうときに考えていたふたつの話のどっちでいくか、ということもなんだかまるでわからなくなってしまった。

仕方がないので、目下の隣のできごとを書くことにした。ぼくの単純スポンジ型脳細胞連合は、こういうくたびれる光景を見るとそれとはまったく別のことを思考していくことができなくなってくるのだ。

フト思ったのは、自分も生き永らえていくとしたらやがて否応《いやおう》なくこのおとっつあんぐらいの歳になっていくのだろうが、絶対にこんなふうにハタ目にもうるさく不愉快なゴーマン親父にはなるまい、ということであった。見苦しくなく静かに美しく死んでいこう、と思った。

オイ
恐竜の本はないのか
そんな
ものは
ないのか
そうか

思いつつフト気づくと、ついこの間ぼくは四十五歳になったばかりだ。以前から四十五歳というのは男としてなかなかいい歳の頃合ではないか、と思っていた。なんとなくこのあたりがスペンサーの気分ではないかと思っていたからである。漸《ようや》く大人の男になれるような気もしていた。

三十九歳と四十五歳にあこがれていたのだ。三十九歳がすぎ、四十二歳になったときはなんだかイヤだった。四十二は男のヤクドシだ。植村直己さんもその歳で死んでしまった。植村直己さんより自分が歳上になっていくというのがどうも申しわけないような気がした。

四十二歳のときにウェールズ生まれの作家C・W・ニコルさんと話をしていてニコルさんが何気なく言った言葉が心に残った。やっぱり歳の話だった。

「ぼくはまだ四十六歳ですよ！」

と、ニコルさんは言ったのだ。それはとても新鮮な響きがあったし、そう言うニコルさんの顔が生きていく自信にあふれていて美しかった。

日本人はこういうときすぐに「もう四十六だからなあ」というような言い方をする。そうしてゲホゲホと力のない咳などするのだ。

「もう」と「まだ」では自分の生きていく行き先への意欲が随分ちがう。だからニコルさんの「まだ……」という言い方を聞いたとき、そうか、自分もこの「まだ」の思考で生きていこう、とそのとき思った。

「おい」

と、隣のおやじがまたエラソーにいきなり何か言っている。スチュワーデスがそばを通りかかったのだ。

「おい！」

と、ばかおやじは顔をしかめ、ふんぞりかえってもう一度言った。束ね髪をした二十二、三歳のどこかにまだ幼さの残るスチュワーデスが、やわらかい微笑を浮かべて「はい」とあわてて答えた。

「おい、コーチャあるか」

と、ばかおやじがむきだしのダミ声で言った。このおやじはどこまでもどこまでもわしはエライんだかんねと言下に誇示していたいらしい。服装や態度からみて従業員四、五十人ぐらいの中小企業の経営幹部といったところだろう。この程度の会社の幹部というのがとにかく一番エラソーにしたがるのだ、ということをぼくは体験的に知っている。

かつてぼくもサラリーマンだった。サラリーマンを十四年もやっていたのだ。

サラリーマンというのはけっこう面白いもので、企業の中で、与えられる自分の役割をどうこなしていくか、あるいはそこから自分がどう主役級にのしあがっていくか——などということを、さながら『人生会社劇場』のようにして、戦い、体験することができるのだ。これはフリーとして毎日一人で自由にやっていく〝自由〟のよさと匹敵するぐらいスリリングで魅力的な世界だ。人間関係がからむから時として面倒くさくて疲れるけれど、でも面白さはバッグンなのである。

ぼくがサラリーマンをやめたのは三十五歳のときであった。いまから十年前である。あもうアレから十年たったのか、とフト感慨深げに思う。

フリーのモノカキになり、いろんなところにワッセワッセと出かけていってはいろんなヒトに会った。会社というのは面白いけれど閉ざされた〝人生劇場〟であるのに対して、世の中はもっとむきだしでホンモノの義理と人情や生と死の〝人生劇場〟がいっぱいひしめいていることを知った。だからそいつはもっと面白かった。会社の中だけで通用するハッタリやおべんちゃらがすべてマンガである、ということにも気づいた。

そうなのだ。隣にいるばかおやじがその「マンガ」なのだ。こいつはたぶん自分の会社でもいつもこうして無意味に四六時中イバリまくっているのだろう。自分の力のおよぶ自分の小さな世界でそうしているのだ。まだ子供みたいな新入りの女子社員に「おい、コーチャあるか!」とそっくりかえって言っているのだ。電車の中なんかにもよくいるものなあ。エラそうに車内を見回しているのだけれど、とりあえず車内の人々はその人の部下じゃないから、いたずらにエバりまくることもできず、仕方なく一人でじっといまいましげにしているばかおとっつあん、というのをよく見るものなあ。

サラリーマンをやめて一番よかったと思うのは、もうこれでくだらない上司の言うことをきかずにすむなあ、ということでもあった。自分の人生を大事にしようとすこしずつ思いはじめたとき、会社の世界しか頭と体の中にない上司と波風なくつきあっていくことのむなしさを、すこしずつ知ってしまったのだ。

それにしてもまったく本当に隣のばかおやじというのは迷惑である。今度は「んがあー、んがあー」とうるさく鼾《いびき》を鳴らしながら寝てしまった。まったくこいつはねむってまでもうるさいのだ。スチュワーデスがやってきて、毛布をかけてやっている。いいのいいの、これはばかおとっつあんなんだから、そんなのよりムシロでもかぶせておきなさい。

このおとっつあんの部下というのも、むなしい人生だろうな。

サラリーマンをやめたぼくは三十七歳のときに野田知佑氏と会った。野田さんはダム湖の中の島に住んでいて、まるでタフな仙人のようであった。しかしこのときの野田さんの年齢が四十五歳であったのだ。山の中の風に吹かれ、湖の上をミズスマシのようにカヌーですいすい走っていく野田さんの姿は、ついこの間までサラリーマンだったぼくからみると、信じられないくらいの自由人であった。ああそうか、こういうふうにして生きている人がいるのだ、と思い、目からウロコがばらばらおちていくような気がした。

考えてみると、野田さんと同じ年齢の人がサラリーマンのころのぼくの上司だった。野田さんは風や川やうまい酒やたき火の話を熱っぽく語るのに、その上司はチンギン格差とか経営効率とか企業参画意識などについて熱っぽく語った。酒をのみに行くとともにかく会社のことしか話をしなかった。当初はその上司を信頼していたので四十五歳ぐらいの人の人生というのはそういうものなのだろう、と思っていたのだが、そんなことはなかったのだ。どんな立場、状況にいる人でも、風や海や空の彼方のことに常に思いをはせていてもよかったのだ。いま考えると多感な時代に随分損をしたと思う。会社の仕事が終って酒をのみながらまた会社の話をする人生なんてのをあのまま続けていたら隣のばかおとっつあんのようになってしまうところだった。

三十五歳でその世界から脱出したのはギリギリあやういところだったような気がする。ぼくは「んがあー、んがあー」とねむってまでうるさい隣のおとっつあんをヨコ目で眺めながら珍しく静かな気持になって、すこし人生のことを考えてしまった。

するとそのとき突然あたまの上で「があがあがあ」という巨大なひびわれ声が聞こえてきた。

このジャンボ機の機長がいつものあの無意味な「機長あいさつ」というのをはじめたのだ。このあいさつというのもどういうわけかたいてい品のないおとっつあんのシワがれ声が多い。しかも喋《しゃべ》る声と増幅装置が大きくききすぎてうまく聞きとれないことが多い。その日もそうだった。「ガーガーがあがあがあがー。エーこちらは機長のナニガシです」とたんに「んがあ」のばかおやじが目をさましてしまった。おやじはいっときキョトンとし、それから自分がねむってしまっていたことに気づいた。知らぬまにかけられている毛布をいまいましそうにハネのけ、いまいましそうに安全ベルトをはずすと機のうしろ側に歩いていった。きっと便所にでも行ったのだろう。戻ってくると、また何かとんでもなく目ざわりなエラソー公害をまきちらしそうだ。また原稿が書けなくなるではないか。どうしてこのヒコーキは寝ているばかおとっつあんを起こすなどという最悪のことをしてしまったのだろう。隣にいる身にもなってくれえー。

黙って自分の頭を叩きましょうね

庭の桜の花もあらかた散ってしまった。花のかわりにいつの間にか薄緑色のみずみずしい若葉が生えてきていて吹きわたる風に身をひるがえし、ゆらゆらと踊って光る。気分のいい風だ。前の晩に雨が降っていたからなのか、太陽の日ざしが強い。

正午までの三時間、何もすることがなかったから、本とデッキチェアを持って二階のベランダに出た。足を投げ出し、すこしあおむけになるようにして早川ポケミスのアル中探偵マット・スカダー・シリーズの二作目を読みはじめる。十頁も読まないうちにねむくなってしまった。投げ出した足の先をすり抜けていく風がおそろしくここちよい。

うとうとしかかったとき、遠くからチリガミコーカン車のバカわめき声が聞こえてきた。選挙の演説カーがつけているような高性能スピーカーを使っているらしく、おそろしく大きな音だ。例によって「エーまいどおなじみのチリガミコーカンです……」とやっている。中年親父の声で言っていることがいやにくどい。

「いらなくなった古新聞古雑誌ボロキレなど、ご不用の物はありませんか。何でもけっこうです。お声をかけてくだされぱこちらからいただきにあがります……」

チリガミコーカンの主要語を総動員させている。さらにそいつはこんなことも言いはじめた。

「この機会にお部屋のそうじ片づけをされたらいかがでしょうか。部屋をすっかりきれいにして快適にすごしましょう」

ん？　なんだこの親父、と思ったね。

ほかのチリガミコーカンとの差をつけるために、バカ親父が考えたのだろう。テレビのCMの悪影響も感じられる。バカデカボリュームのスピーカーから流れてくるこれらのセリフはエンドレステープに録音されているから、何度もくりかえされている。くりかえしつつ徐々にここちよくくぐりぬけていった風にのってこのバカ親父の声はどんどん巨大になっていく。間もなくおれの家の二、三軒むこうで止まったらしく、あたりをゆるがす絶叫状態となってそこで何度も何度も同じことをくりかえしはじめた。スピーカーの音をとめずに新聞か何かをくくったり運んだりしているのだろう。そのあいだずっとその親父のガマガエル声で「部屋を片づけろ」だの「快適な暮らしをしてみろ」だのとわめかれ続けているのである。庭の二匹の犬がコーフンしてすさまじい声で鳴きはじめた。空には入間《いるま》の自衛隊基地にむかうらしくヘリコプターが何機かあらわれ、バラバラとすさまじい音をたてて飛んでいく。

さっきまでのやさしくたおやかなくつろぎの場はとたんに戦場みたいな騒ぎになってしまった。

日本人ほど音に鈍感な民族はいないという。色や匂いにはけっこう鋭い感度を持っているのだが、街とか身の周りのバカデカ音無意味音迷惑音に対しておそろしく寛大無反応である。

それをいいことにしてここ数年、スピーカーとエンドレステープを使った物売りがやたらに街を走り回るようになった。人々がそれに対して何も言わないから、その音も言っている内容も好き放題だ。

日曜日の朝かならずやってくる小型トラックのサオダケ売りは、調子の狂った民謡みたいなおかしなフシをつけて、やっぱりボリュームいっぱいの音でうれしそうに絶叫しながら走ってくる。このおっさんの言っていることも凄《すご》いのなんの。

「サオやサオダケやあ。旗ザオ物干しザオなんでも揃ってまあす。ご町内のみなさま、どうぞおさそいあわせの上、お求めにおいで下さいませえ〜」

この最後の「ませえ〜」というのがじつにやーらしくハネ上がる。そう言っているのは五十四、五のハッカイみたいなおっさんである。そのおっさんが「下さいませえ〜」と朝から叫んでいるということだけでもすでにこの日曜日のまどろみはひどいものになってしまっているのだ。

さらに「おさそいあわせの上……」というセリフもすごいではないか。くりかえすけど日曜日の朝八時とか九時なのである。サオダケ屋が来たというので「あらお隣の奥さま。ご一緒にサオダケ買いに行きませんか」「そーですわねえ、じゃお向いさんもどうですか」「まあそれじゃうちも二、三本……」などと言ってご近所の皆さまがさそいあってサオダケを買いに行くとでもいうのだろうか。

聞いたところによると、このハッカイ親父は自分の健康のために朝早く起きてサオダケ売りの車をあっちこっち走らせ回っているのだそうでサオダケはとくに売れても売れなくてもいいんだそうである。

自分の健康のためならどこかそのへんの公園などを勝手に走り回っていてくれればいいと思うのだけれど、この親父の言うことにはそれじゃヒトのためにならないからサオダケを売っているんだと。まったく迷惑なおっさんなのだ。あの「部屋の片づけをして快適な生活をしましょう」とわめいているチリガミコーカンもそうだが、世の中はこんなふうになにか大もとのところで間違えてしまっているおせっかい野郎というのが大勢いてじつに困るのだ。

話は少し変るが雑誌「BE―PAL」の五月号で野田知佑さんが吉原宜克《よしかつ》という人と怒りの対談をしていて、それを読んだとき、つくづくハラが立った。

この吉原という人は「日本セーフティカヌー協会」というほんのすこし前にできた協会の会長とかいう人で、なんというかじつにこれがまた迷惑なおせっかい親父なのだ。

このところカヌーの事故で命を落とす人が増えているのでその人たちの命を守ろう、ということでつくられた協会です、とこの人は説明している。その主旨はまあ結構なんだけれどそのために何をやるかというと、まずカヌーの指導者の講習会とその検定会で、ゆくゆくはそれを制度化したいと考えているようだ。いまはまだ小さい規模だがやがて全国的

なものにしていきたい、とこの人は言っている。
カヌーの指導者をあっちこっちにつくり、それを権威にしていくとどうなるか。カヌーの自動車免許教習所みたいなものがその先に見えてくる。こういうことを民間人が言い出すのを国や政府は待っているのだ。まったくバカな話である。カヌーを免許制にして車検のような利権の構図をこしらえやすくしておとく人さまどうぞわしらをきびしく管理してくださえ、という日本人の大好きな取締られ指向がムキだしではないか。カヌーで気分よく川と遊んでいる人にとってまったく迷惑な話である。
野田さんに教えられて、カヌーの自由な川の旅を知った。カヌーに特有の浮遊感と解放感は何ものにもかえがたい。誰にも干渉されずに、自分の意志と判断でアメンボのように自由に動いていける旅のかたちはカヌーぐらいしかないだろう。そうやって自由に進んでいるところに、いきなりスピーカーを持ってきて「あぶないから気をつけましょう、命を守りましょう！」とこの男は叫びたがっているのだ。どうしてもそうしたければ、自分たちだけでそういうサークルをつくって自分たちだけ取締ったり取締られていてもらいたい。〝協会〟などというえらそうなものを勝手につくらないでもらいたいのだ。

「カヌーサークルに入りました」とか「カヌー教室に入学しました」というような読者からの手紙をこのごろよくもらう。

ぼくのところにそういう手紙をくれるのは、テレビシリーズ『怪しい探検隊』の影響もあるだろうが、たしかに世の中は確実にカヌーブームになってきているのだ。

手紙の中で語られている話が面白い。どこのカヌー教室も教えるやつが実にうるさいかんじなのだ。日本人というのは一億総コジュートみたいなところがあるから、その気持はなんとなくわかる。みんな嬉々《きき》としてこうるさくたいそうエラソーに教えている。

ある女性の手紙にはカヌー教室一日目のことを詳細に書いていた。

白とブルーの派手なヘルメットをかぶったその男は一時間の教習時間中、彼女のカヌーの隣にぴったりとくっついて、やれ右手の角度がいけないとか背中がうしろに三度かたむきすぎだとか目線がゆれているだとかとにかくずーっと喋りづくめであっちこっちの注意が続き、その人は言われることにいちいちおたついて結局何をしていいんだかさっぱりわからないまま時間がすぎてしまった——と。

ぼくがはじめてカヌーに乗ったのはいまから九年前のことだ。まだ川のカヌー下りなど珍しいころで、その珍しいことを野田知佑さんがやっていた。それに興味をもってたずねていったら、初対面から二分後にはもうカヌーに乗っていた。

そのとき野田さんが注意すべきことで言ったのは「グラグラしてひっくりかえりそうだったら背中を反らせるといいよ。ひっくりかえりたかったら別にいいけどね」ということだった。二回目に会ったときはもう一緒に川を下っていた。勿論《もちろん》何度も沈《ちん》（ひっくりかえること）をしたがそれをくりかえしていくにつれてますます面白くなり自信もついていった。はじめから百まんべんのうるさいごたくはいらないのである。

「BE—PAL」の対談を読んですぐ怒りにカッカしてこれを書きだしたので、吉原という人を悪しざまに書いてしまったが、この人はたぶん真面目な人なのだろう。だからウイスキーやビールをのんで殆《ほとん》どヨッパライと化して川を下っている我々を見てとりあえず最初にこういう人をなんとかしたい、と考えたりして「ああいう手合がいるから……」などと思っているのだろうが、心臓マヒで死んでもそれはそれでおれたちの〝勝手に死ぬ自由〟なのである。そしてまた何かのときにきびしい状況になったとき、この協会というのが助けでもしてくれるのか、という疑問がある。第一協会の人がアウトドアの修羅場でどのくらいの技術をもっているのか大変疑問だ。

「部屋を片づけましょう」なんていうおせっかいとちがって「命を守るために……」などということになるとご大層な大義名分がつくので話はやっかいだ。でも「危いからこうしなさい」というおせっかいほど何につけてもハタ迷惑なことはない。

以前、こんな風景を見た。秩父《ちちぶ》の山奥だった。田んぼのまん中の小学校からあぜ道を子供が帰ってくるのだが、この子供たちがみんな白いヘルメットをかぶっていた。異様な光景だった。「どうしてそんなものかぶっているの?」と聞いたら少女は「学校のきまりだもん」。

秩父の秋である。ましてや田んぼのあぜ道をどうしてヘルメットをかぶって歩かなければならないのだ。その日はずっと気持のいい風が吹いていた。せっかくの季節のうつろいや吹いている風の気配をそんなヘルメットかぶりの頭にしてしまっては何も感じられないじゃないか。一番情緒の繊細に育つときに「あぶないから」ということでヘルメットをかぶせてしまう大人たちのおせっかいを、ぼくはこのときも悲しく憤っていた。

全国を旅行しているとわかるのだが、田舎に行くほどこの小・中学生のヘルメット姿が多い。自転車などで倒れると危いから、というのが理由だそうだが、俊敏なこのころの子供の運動神経は倒れたらとっさによけて頭など単純にぶつけたりしないものだ。むしろヘルメットなどかぶったほうが、自然の方向感覚が狂ってあぶない。

「危いから」というのでヘルメットをかぶることをきめたPTAの運動神経がマイナス化したおっかあや警察のハラデカおやじなどは自転車で倒れるとあぶないだろう。ヘルメットをかぶった方がいいのはこういうおせっかいの大人たちの方なのである。

ガニメデ語まであと一歩

このごろどんどん自分の書く字が読みにくく、そして汚なくなっていく。そんなことを書くと、じゃあ昔はまるできれいな字を書いていたように思うだろうが、そうだったのだ。以前は自分で申しのべるのもなんだが、味のある実にいい字を書いていたのだ。

それはサラリーマンになって雑誌をつくっていたころまで続いていた。

このあいだ古い写真を捜すために屋根裏部屋に入ってごそごそやっているとき、そのころの写真ファイルの下にまぎれこんでいた当時の原稿が出てきた。それをひろげたとき、自分の文字のあまりのうまさに思わず息が乱れるほどだった。

むかし立派だったり美しかったり力強かったものを、それらがすっかり衰えてしまったころに回想ふうに見るのは何にしてもつらいものである。けれどどうして「文字」なのだろう、とフト思うのだ。歳をとって目が悪くなったり髪が抜ける、などというのはわかるが文字がひたすらヘタクソになっていく、という退化の例はあまり聞いたことがないような気がする。幸いなことにぼくは今日までのところ視力も落ちず髪も薄くなる気配はないからそういう退化のエネルギーが文字の方にいったのだろうか。どうもそのへんのメカニズムがよくわからない。

ぼくの書く原稿用紙の文字の形もちがったが、もうひとつむかしの原稿といまの原稿で大きくちがうのはそこで使っている筆記具である。うまかった当時のものは太い万年筆の文字だ。当時ぼくはモンブランの太文字用のものを使っていた。モノカキになると誰でも一度は使うというペンである。軸が太く、書き味も存在感に満ちてダイナミックでなめらかで、書き疲れしなくてなかなかよい。難点はインクが大量に出るので、どんどん書いていくとインクの乾くのが間にあわず、手にもどんどんくっついてしまう、ということだ。書いた原稿の文字がどんどん手のひらでこすれゆがんでいく、ということぐらいイラだたしいことはない。とくにぼくはひとたび原稿を書きだすと書くスピードがどんどん速くなっていくので、どんどんこすれていくのだ。

そこで「こんちくしょう！」と叫びつつペン屋さんに行ってインクの出る量をすこしセーブしてもらったが、今度は書いている途中で時おりインクが出なくなったりして、こっちの方がもっとイラつくようになる。そこでペン先を小文字とか細文字用のものに変えたりしていろいろと傾向に対策していった。

ペリカンとかパーカーといった別ブランドのペンも試した。インクもいろんなものを使ってみた。それらの中には結構いい具合のものもあって、ひところはウォーターマンのカートリッヂ式というペンを愛用していた。ぼくはよく旅行しているので飛行機の中で書くことが多い。ところがこの種のペンは気圧の変化に弱く、飛行機が上昇すると確実にインクがぼたぼたあふれ出して、まったく使いものにならなくなってしまうのだ。

そういう悪戦苦闘の末にあるときフト手にしたのが一本百円のペンテルスーパーボウルという細文字ペンだった。これで書くと軸が細いので握りはつかれるのだが、書いた文字が手にこすれない、というのがなによりありがたい。そうしていつの間にかぼくはこの百円ペンを十本ずつぐらい買ってカバンの中に放りこんでおくようになった。それはいままで続いているのだが、この細ペンで書いていくとまあ自分でもびっくりするほど文字はみるみるヘタクソ化し、ほとんど小学生が書いているのと変らないくらいになっていってしまった。

その半面、書くスピードがあがった。三十枚、四十枚の小説だったら一気に一晩でワーッと書いていってしまう。のってきたときの最速枚数は平均で一時間に三枚〜四枚だろうか。こうなってくると、インクがこすれるので乾くまで待っている、というのは狂気の忍耐だ。ぼくは書いていくと次から次へと文章やストーリーが思いうかんでくる、というタイプなので、そんなことをしていると、思いついたことがインクの乾き待ちの間にどんどんどこかよそのほうにモレて出ていってしまいそうで気が気ではないのだ。

だからこのすさまじいランボーヘタ文字原稿を前に担当編集者はみんなころげ回って苦しんでいるようだが、富士の高嶺《たかね》の白雪文字のようなキレイキレイな文字だけれどいつも締切り十四日おくれとかいうのよりはまだいいでしょう……と明るいヒキツリ笑いをまぜながら、ぼくは強引に弁解するのだ。

ところが、考えてみるにこの程度の状態ではまだよかったのである。

妙に行き詰ってながいこと書けずにいた四枚の短文の、書くべきことを漸《ようや》く書いたときのことだ。こいつも頭にパッと浮かんだのをとらえて一気にワーッと三十分ぐらいで書いてしまったのだが、文字通りの書きなぐりだから、いくらなんでもそれでは編集者に渡せないと思い、翌朝読み返してみた。その異常的シーナ的くずし文字をチェックし、読めるように手を入れておこうと思ったのだ。

ところが、であった。なんとおどろいたことに、その原稿はあまりにものすごいスピードで書いたために、もうそこで書かれている文字は日本国国語文字の形をなしておらず、書いた本人にも何が書かれているのかよくわからないのだ。

自分の書いた文字がうまく判読できない、というのはあまりにもかなしい。思わず「ワーッ」と叫んで夜ふけの町をどこまでも走っていきたくなってしまった。ぼくの頭は昨夜もややバーボンに犯されてはいたが、それでも一応はちゃんとモノを考えられる状態だった。平静にそしてダイナミックに書きつらねていった自分の原稿が、どこか遠い異国語のような文字で書きつらねられているそれを見ていささか戦慄《せんりつ》した。

読めない、といっても自分の書いたものである。時間をかけて解読していけばなんとか第三者に意味のつたわるものに修復できそうであったが、そんな作業をしつつ、その日自分の未来にフトした危惧《きぐ》を抱いたのであった。

こんなようなことがさらに続いていって、ある日机の上に置いてあるぼくの原稿が、書いた本人にもまったく絶望的に理解することのできない、人類の書き示したものでないような字句言語書体で埋めつくされているとしたらどうであろうか。

つまりぼくの文字がヘタクソ退化しているのではなく、異次元語に転化していた、ということに、その日はじめて気がついたのだ。人生は何ごとも気がついたときというのはもうおそいのだ。その日からぼくの書く文字はもう自分でも何を書いているのかさっぱりわからないアルファケンタウリ文字になっていた、ということもあり得るではないか。

そんなことになってしまったらおれの作家生命はどうなってしまうのだろう。「スピードとひきかえに文字を売ってしまった男」などと噂されるかもしれないのだ。そのことの重大な意味に気づき再び「ワーッ!」と叫んだりしているうちに、やがて喋《しゃべ》る言語もアルファケンタウリ化し「チョロモッカトペラトペラ」(腹へったとてもとても)とか「マニヤロペシハンダアハンダア?」(クソはすんだぞ紅茶はまだか?)などと言いだしたりしたらどーすんだ。

それからのことである。ぼくの目の前に「ワープロ」という文字が急速にチラチラしはじめた。日ごろから新しい文化や流行《はや》りものに意外なくらい警戒的なのでこのワープロも果してどれほどのものかね、とこれまではすかいからシニカルかつアイロニックに眺めていたのだが、やつらがしだいに日本的電子タイプライターとしての実力を誇示してくるにつれて徐々に気持が乱れはじめた。

たまに同業の作家諸氏と顔を合わせたりするとき、その会話に自分もついにワープロやりだしましてねー的発言が出てくるようになった。文芸誌編集者に聞いたらもう作家の半

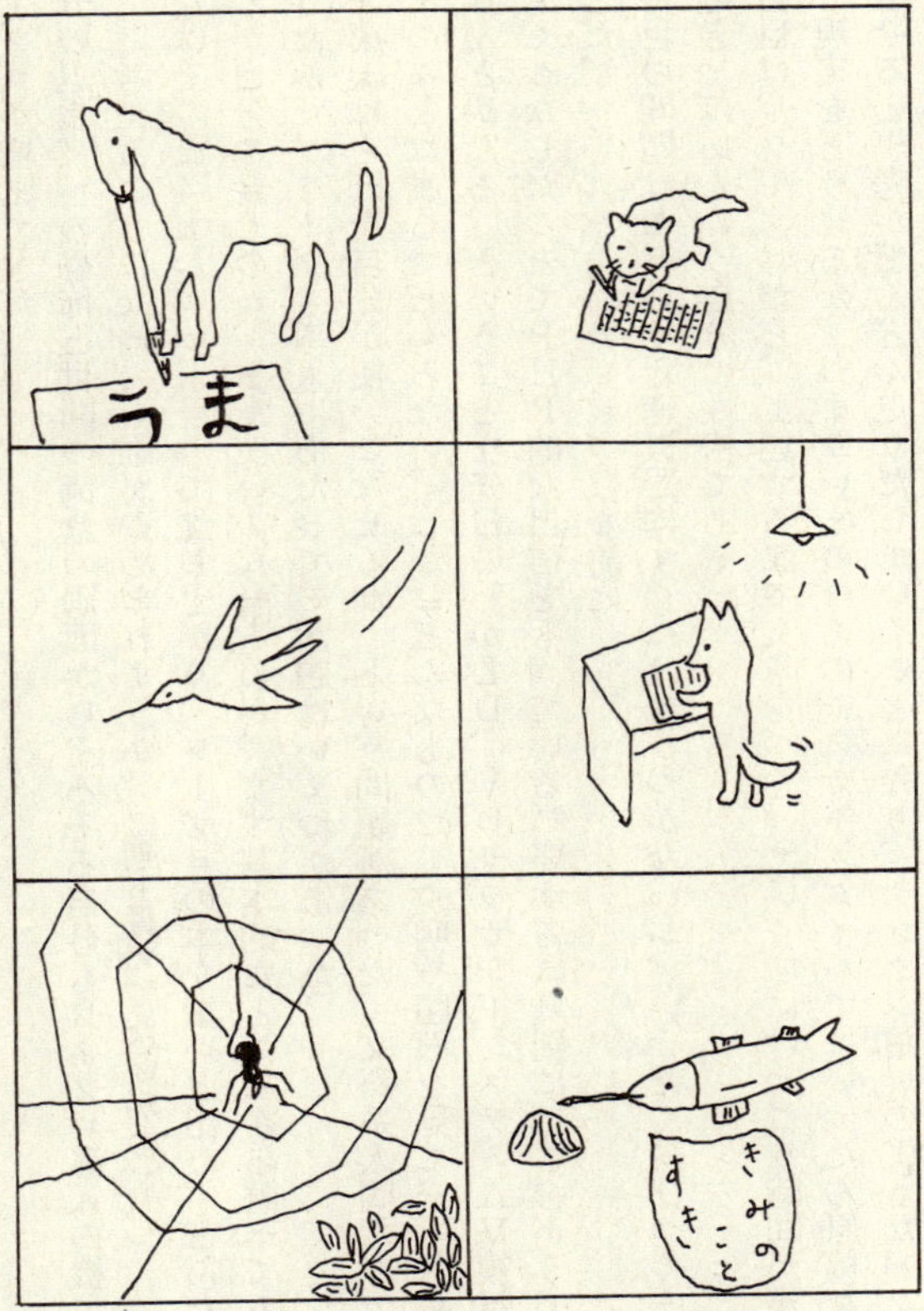
うま
きみのこと
すき

数ぐらいがワープロになっているという。本の雑誌に送られてくる寄稿者のものも目立ってワープロが増えてきた。

自分の退化文字の恐怖と世間の流れの両面からそろそろ自分もワープロ導入の機であろうか、と考えるようになっても誰が責められようか。(誰も責めてないがの)

ぼくはその日「よしっ」と言って立ち上がり、ワープロの本を買いに出た。どんな種類のものが自分に合うのか、また使いこなせるのか、まず基本的なところから調べてみようと思ったのだ。ワープロ導入にあたっての問題はいくつかあった。

まず第一はそれを自分が使いこなせるか、という問題があった。文科系人間なので機械や電子のことはまるでわからない。しかしどんなものでも説明や図面を見て一所懸命にやればなんとかなる、ということを先日のわがLD、VDサラウンドシステムAV複雑機器をうまくこなしたことでPHP的な自信をもっている。要するに真剣にたちむかう、ということだ。

二番目の問題はこういう新進機器にすぐには飛びつかないが、いったん飛びつくとわりあい飽きっぽいという自分の性格である。

三番目は、ワープロだと、上達するまで文章をつくっていくのにけっこう時間がかかる、という現実をどうするか。つまりいまのぼくのモノカキスタイルではいったん原稿をスタートさせると思考がどんどん走りだしていくことになり、ナメクジ這《ば》いのような遅々とした当面のわがワープロ操作能力との絶望的な差異をどうするか。歩きたいのに思いはあせるだけで一歩も歩けない、というもどかしさのカタマリにずっとさいなまれそうだ。

話はすこし変るけれど、モノを書くという仕事をする上で、欧米文化というものがこのごろつくづくうらやましい、と思うようになった。

かれらにはタイプライターがある。このもっともシンプルで力強そうな文字作成機械の姿を見ていると、日本のワープロというのは装備装飾機能過多のいかにも頭でっかちヨタレ足のニッポン文化そのもののように見えてくる。

そして、そういうものをいよいよ自分で本気で使用しようか、と考えるようになってきた、という事実がかなしい。これが筆文字文化で育ってきた人間のかなしみ、というものであろうか。書き文字退行変質ヨレヨレ病にかかったモノカキ人の見苦しいあがきであろうか。

それにしてもタイプライターだけで勝負できる欧米作家というのはいいよなあ、とつくづく思う。

彼らはタイプライターがなくてもヨコ書きで書いていけるからモンブランのインクギタギタ出すぎペンでもすこしも恐れることなく書いていけるのだ。難しい漢字がわからずいちいち辞書をひくこともないのだ。

ヒトの人生をうらやましがる生き方だけはすまいと思っていたが、ことこういう問題になってくるとつくづく彼我の文化の差というものについて考えこみ、羨望《せんぼう》と卑屈のヒトになってしまうのだった。

ま、しかしジタバタしつつワープロに挑もう。自由に打てるようになったら書きたいものがあるのだ。それは手紙である。

このごろのぼくのところにくる手紙もワープロが増えている。あるワープロの手紙のしまいのところに「乱筆乱文失礼しました」と書いてあったが、ちがう！　と思うのだ。この場合は絶対に「乱打乱文」とすべきなのである。いつかワープロの手紙をしたため、きっちりとそう打って文をとめるのが楽しみである。

悪魔の締切り七大直列

六月の末から七月の十日あたりまで、原稿仕事でいやはやだった。ぼくはいま隔週刊誌から季刊誌まで発行頻度のまちまちな連載を七本もっている。六本までが小説で、エッセイふうのは本誌だけだ。六本の小説のうち一番締切りのあわただしいのは「ブルータス」で、なにしろ月に二回締切りがあるからおそろしい。

月刊の「小説現代」「青春と読書」「すばる」の三誌は〝連続小説〟で、いずれも枚数は三十枚だから書いている方としてもわかりやすい。毎月二十日前後がくるとこの三連載の締切りが続くのだ。ここにさらに「小説新潮」が二カ月に一回、三カ月に一回「別冊文藝春秋」の締切りがからんでくる。

これらは、さながら宇宙をめぐる惑星のようにそれぞれの周回軌道を描いてぼくのそばをぐるぐる回っているのだ。これらの締切りがそれぞれつつしみ深く等間隔の余裕をもってやってくるならいいのだが、時としてそれらが悪魔的な連繫《れんけい》をはかり、徹底集中攻撃をしかけてくることがある。

すなわち六月から七月のはじめにかけてがそうだった。おそろしいことにこの惑星直列ふうのオダンゴ状締切り連続の中に「オール讀物」の百枚が加わった。

ぼくは迫りくる原稿締切りの日々を察知し、するどく身がまえた。机の前の壁に書くべき雑誌名とその原稿枚数を書き並べ、腕をくんで眺めた。

「ぬ、ぬぬわんとこれは……」ぼくはそいつを眺めひそかにタラリとアセリの汗を一筋流した。それはまさに「ぬ、ぬわんと……」であった。計算してみるとぬわんと十日間で三百十枚の原稿を書かねばならないのだ。

一日平均にしたって三十一枚だ。これまでにも一日三十枚ぐらい書くことはよくあったがそれを一分のスキもなく毎日続ける、ということが可能なのだろうか。ぼくはハアハアとにわかに荒い息を吐き、窓の外を眺めた。

外はじとじとの六月の雨が降り続いている。ぼくはうろたえ、暗い顔をして部屋の中を歩き回った。これらのうちの連載ものを一、二本休むことはできないだろうか……。フト脳裏に怪人言いわけささやき丸の悪の声が聞こえてくる。三十枚ものを一本休めれば一日平均二十七～八枚の生産量に落ちる。二本休めれば一日二十五枚でいい。三本休めたら、ぬ、ぬわんと一日二十二枚でいい。それなら一日だけ無理して四十数枚書けば一日あそべるじゃないか。ふーむ。

ぼくは鼻の穴をふくらませ、よろこびの計算にムネをふるわせた。しかしたちまちのうちにそれがいかにむなしいものであるかを知った。現実的に三本休むなんてことは絶対にできない。できたとしてせいぜい一本だ。それも哀願とおべんちゃらと頭かきむしり額ぺたぺた双手こすりにタタミごしごし頭こすりなどさまざまな策を労しての話だ。

ぼくは各誌連載担当者の顔を思いうかべ、こういうときにぼくの哀願を静かに聞いてくれて最終的に安易にだまされやすいタイプは誰かと考えた。A誌のN氏はおだやかな人柄で人の苦しみをやさしく理解してくれそうだが自分の仕事に対する完全追究の意志は病的に強そうだ。B誌のF氏はへたなことを言うと逆上してすぐタクシーをとばしてきそうだからまずい。C誌は前に一回休載し「もう二度と休みません」と言ってしまったから駄目だ。D誌のSさんは女性だからかまわずうしろに両手をねじあげてサルグツワをかましてしまえばなんとかなるかもしれない。

……などということを一日中考えているうちにその日は暮れてしまった。

残された原稿間引き策は一〜二日の日延べ懇願ぐらいしか手がない、ということがわかり、勝算のまったくたたないまま間もなくぼくは戦慄《せんりつ》の十日間勝負に突入したのだった。

突入直前、都心のホテルにとじこもってカンヅメ体制をとろうかと思ったが、都心のホテルは窓が開かずエアコンディショニングを間違えるとぼくはすぐに喉《のど》が痛くなってしまうので十日の長丁場は危険だった。それと高層階の部屋にいるといつ絶望して「もうだめだあおれはだめだあ!　くぬやろー」と叫びつつ椅子で窓を叩《たた》き割って外に身をなげてしまうかもしれない。

原稿ごときで死ぬのはいやだ。

結局そのまま自分の部屋に六月のジトジトカビのようにへばりついていることにした。

初日の三十枚は島を舞台にしたフツー小説なのでなんとかうまくいった。二日目はSF

だ。予定枚数は少し翌日にこぼれたがまあなんとかケリをつけた。必死に書いている割にはけっこう話もいい展開になった。

三日目につまずいた。なんでもないフツー小説だ。自分の青年時代の体験をベースにしているからそんなにストーリーをつくる必要もない。ところが書き出せない。都議選の宣伝カーのゴミタメ声やノドチンコカミつぶし声がうるさい。庭のハネトビバカ犬がやつらと結託し、ぴょんぴょんとびはねて宣伝カーの声を真似して吠《ほ》えまくる。隣の超獣ダミ声ババアののべつまくなしに子供を叱る声が脳髄にぎゃんぎゃんつきささる。五軒先のザルソバおやじがトウモロコシ畑にタンを吐いている音が聞こえる。頭がいたい。寝不足なのだ。倒れてねむりこんだ。ついに丸々一日分のロスが出た。

翌日、締切りの接近している別の雑誌の四

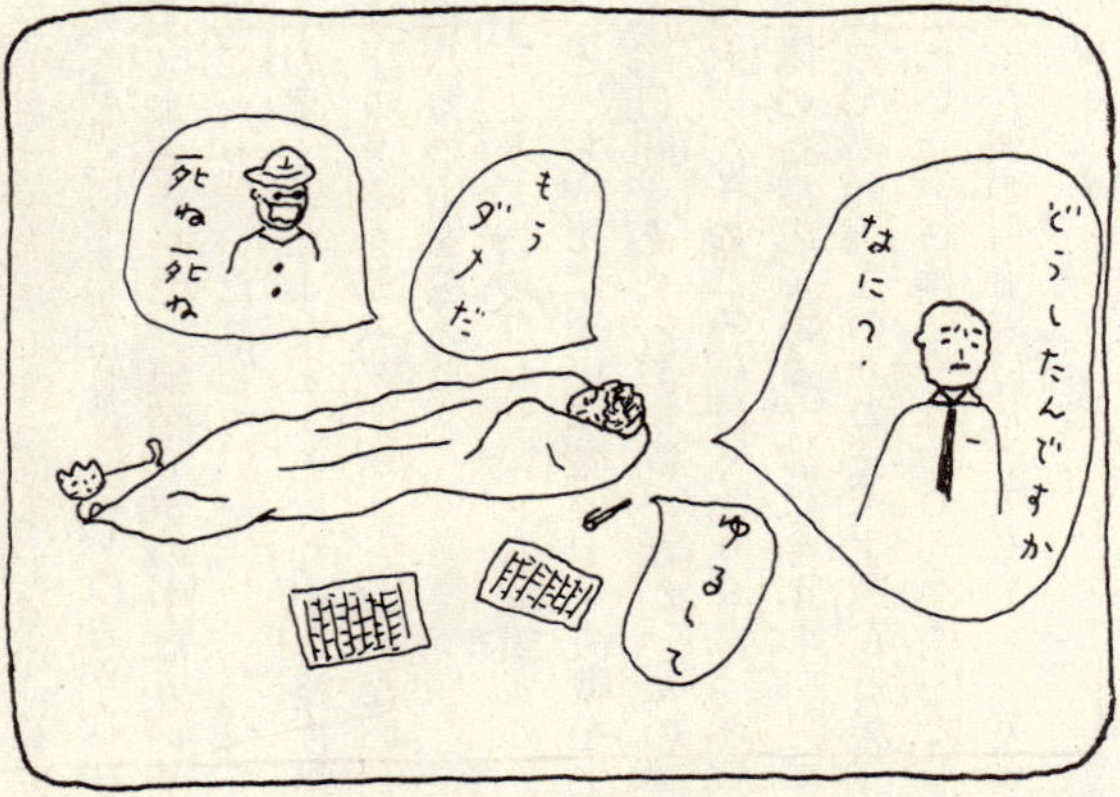

十枚ものの方を先に手がけることにした。その雑誌はリアルと虚構をあやしく交叉《こうさ》させたぼくの好きなシリーズだ。あまり深く考えこまないようにしてとにかくスタートした。書き出せた。虚構の固有名詞がけっこうすらすら出てくる。夕方までに二十枚をおえた。選挙の車にはついにわめき女がのりはじめたらしく、カビ空に耳裂け声を絶叫しはじめた。一番音の入ってこない客間の和室にいって布団をかぶってねむった。夜中に続きを書きはじめる。自分の気分がうまくストーリーの中であそんでいる。いい調子である。朝までに残り二十枚を書き終えた。タイトルは『総崩《みなくずれ》川脱出記』。うまくいった方だ。

これで予定のペースにまた戻った。

次の日は意外なことに行きづまっていた青春ものにスムーズに入っていけた。手と眼がすこし痛いが一日半で三十枚をクリア。次はペンダコ破りの大難敵百枚である。

三日間でやってしまう、というのは無理ですこしアマリが出たが突入四日目に終了。『ハマボウフウの花や風』というなかなか自惚《うぬぼ》れ気味のタイトルをつけたとき、朝方の鏡を見ておどろいた。無精ヒゲの中にカレイもしくはヒラメ化したぼくのウッボ目が弱々しく閉じたり開いたりしていた。

その足でよたよたとよろけながら終夜営業のドラッグストアにいき、二千五百円のスタミナドリンクを飲み、ケホッと力のないゲップをした。ヨレヨレ状態にはなっているがついに八割の山を越えた。

予定より二日のびたが（ある編集者のカンノンサマのような延長慈悲がほどこされたのだ）とうちゃんはついに魔の七月決戦を生きのびたのであった。

十二日間、あまり酒を飲めなかったので、ぼくは全身をワナワナふるわせていた。けれど、そのころ、ぼくよりももっと激しく全身をワナワナさせている男がいた。いやはや隊の谷浩志である。彼は今年の二月に生ガキを三十七個食ってA型肝炎になってしまったのだ。死線をのりこえ、生還したが、酒はしばらく飲んではいけない、と医者から言われていた。谷はいやはやの人々の中で一番酒が強くまた酒が好きだ。酒なしの日々を生きぬいた彼の目も欠乏したアセトアルデヒドを求めてそのころ究極のヘドロ目と化していた。

酒断ち百四十一日目。ついに谷浩志に飲酒解禁の時がきたというしらせを聞いた。谷浩志のように酒の好きな男が百四十一日間も一滴も飲まずにいて再び酒とバラの日々を迎える瞬間というものはどんなふうになるのか面白いからみんなで見よう、ということになった。

その日新宿の居酒屋にいつものめんめんが集まった。約十人の男たちが見守る中、谷浩志は一人だけ、ビールとグラスを与えられた。他の人々は飲まずに、谷だけがビールを飲めるのだ。ワナワナと手をふるわせつつ、谷がビールをコップにそそぐ。黄金色が泡だちじゅわじゅわとアブクのはぜる音がする。ワナワナの谷はグラスを持ち、一瞬目をつぶって神に祈りをささげ、うぐうぐとグラスをあおった。

全員で彼の酔いの進行を観察。メモをとるものもいた。ふだんたて続けにビールの二、三本飲んでも顔色ひとつ変えない谷が、ほんのり赤く顔を染めている姿がいじらしいやら気持わるいやら。そのあと全員の拍手があって谷浩志生還祝いの儀は終了した。

北極に行っている佐藤秀明とアラスカに行っているローリーのほかは全員顔を出していた。いやはやの人々のこの夏の行動予定が語られる。野田知佑はまた七度目のユーコン河に行き、岩切靖治もまた七度目のモンゴルへ行く。林政明は『林《りん》さんチャーハンの秘密』（情報センター出版局）という本を秋に出す。中村征夫は池袋西武アートフォーラムで海の写真展だ。（『ありがとう海の仲間たち』）沢野ひとしは秋にアフリカのキリマンジャロに登るが、すでにヒマラヤに登っているので、日本の富士山を合わせて植村直己の七大陸最高峰征服に続く、三大陸最高峰挑戦（征服ではない）になるのではないか、とわめいていたが日本は大陸じゃないからそうは言えないだろうと却下。

本の雑誌の表紙のアートディレクションをやっているいやはや隊唯一のアートディレクター太田和彦が会社をやめて独立し、秋に新事務所をつくることになった。事務所の場所が麻布《あざぶ》と聞いて全員がバカにする。「どーして新宿の歌舞伎町じゃあいけないんだ」新事務所名が『アラジン』と聞いて「どうして『太田広告図案社』にしないんだ」等とみんな勝手なことを言っていた。

ふと、今年おれの夏はどうなるんだろう、と考えた。そうだこの夏は新潮社の書きおろし原稿を書くのだった。再び部屋の中で悶絶《もんぜつ》する日々となるのだろう。武蔵野《むさしの》のセミしぐれの中でまた原稿用紙との長く果てしないつきあいがはじまるのかと思うと、職業とはいえ早くもぐったりする。それなら飲めるうちに飲んでおくべきなのだ、と思い、ぼくはバーボンをまたぐいと飲み、さらにまたぐいと飲んだ。

葦はゆれ足はむれた

むかし小学校だか中学校だかの教室で「人間は考える葦である」という哲学のコトバを習ったが、そのときクラス中の生徒が「ふーんなあるほど」と頷《うなず》いたものである。それをおしえる先生も何か大変な真理定理公理のひとかたまりを説いてくれるようなおごそかな顔をして言うものだから、生徒の方も実に納得し「うーむそうであったか」「そうであろう」「本当にそのとおりだ」「そうだろうと思った」というような顔をしてしっかりと学びとったつもりであった。

それから人生の幾星霜、思いがけない日々の折々にこの「考える葦」の語句や語りコトバを聞いたり見たりし、そのたびに、うん、あのことね、もうそのあたりの初級的哲学はよくわかっておるけんね、と軽くダッキングなどする余裕をもって大人の頷きをくりかえしていたものである。ところが、最近になってよく考えると、どうして人間は考える葦であるのか、本当に正直にいうとあまりよくわかっていない、ということに気づいたのだった。

大体「考える葦である」と言われたとき、葦とはいったいどんなものであるか、小学生だか中学生だかのおれはよくわかっていなかったのだ。近所の川に行くとヨシキリという鳥がいて、そいつが住んでいる丈の長い草をたしかヨシといった。だからああいうものだろう、と思ったが先生は違う、と言った。

「ヨシではなくアシですよ」と言った。似てるけど違う、と言うのでそれはたぶんメソポタミアとかいったあたりに生えているヨシに似てるけれどもっと偉い立派な哲学的な草なのだろうと思った。

そうだ思いだした。あれは小学校だった。ひょうきん者のキヨシがいち早く葦をわざと足とカン違いして自分の足を持ちあげ、教室を笑わせた。「先生、こんなところがモノを考えてるだろうか」というような誰でも考える冗談をきちんと口にしたのだ。

そのころは生徒のみんなは「考える葦」と聞いて心からその通りだ、まったくだ、と思っていたので「考える足」はいっときの笑い文句でしかなかったけれど、いまになって思うとむしろ人間なんていうのは「考える足」のようなものではないかと思う。

終日一生、ぺたぺたとそのへんをうろつき回って何かろくでもないことを考えている「思考する足」と思ってしまった方が人生ははるかに楽なような気がしたからだ。

――と、いうようなことをほざきつつおれはその日、日本エアシステム機に乗って札幌へ向ったのだった。話はにわかに哲学的しろばんば風回顧編から日常的右往左往記に突入していくのだ。

その日乗った日本エアシステムという航空会社は「東亜国内航空」が改名したものだそうで、そう聞いたときは別になんとも思わなかったのだが、その後ぼくの「考える足」でよーく考えてみるとこの名称変更はどうも間違いだったような気がする。たぶん「システム」がいけないのだ。聞いたり見たりした語感ではなんとなくベルトコンベアに乗せられていくような気がするのである。飛行機の中でスチュワーデスのあたたかい微笑みやあついコーヒーのサービスなどを連想することができない。なにか石油の臭いが広がりペンチやハンマーの音が聞こえてきそうな気がする。どうしてあのゆったりとした存在感にみちた「東亜国内」の文字を変えねばならなかったのだろうか。

ヒトはなにか長年目に触れてきたものが変ってしまうとかならずノスタルジックな想いが勝って「昔の方がよかった」と言うものだ。国鉄がJRに変ったときもなにか妙にうすら恥ずかしかった。国鉄！　というからあの無愛想な改札口のカバおじさんが似合うのであって、ジェイアールなどというと新しいラジオ局ができたみたいで照れくさく、慣れるまで困った。改札口のカバおとっつあんだって国鉄ならムスッとしていられたのにJRなんていうとJJみたいで当初はとても恥ずかしかったろう。国電も「E電」に変えられたがこっちの方はいかにもいいかげんなかんじで結局誰も使用していないみたいだ。無言のボイコットというのだろう。それはいいことだと思う。小説を書いているときなど「E電」ではシリアスにならずとても困るのだ。テレビのお昼の連続メロドラマだってうまくない。ナレーションが困るのだ。

「美也子は綱島圭介にひそかな別れを告げて小雨の降る駅に向った。夫の待つ自分の町に帰るのだ。E電に乗って帰るのだ……」

などということになり美也子はいきなりスキップなどしてしまうことになるのだ。

——などということをほざきつつ千歳《ちとせ》から札幌へ。春の札幌は冬の間のスパイクタイヤによる粉塵《ふんじん》公害がひどく、街はホコリ色にけぶっていた。とたんに前の年の秋に行っていた中国のタクラマカン砂漠の旅を思いだしてしまった。

砂漠は風が吹いても吹かなくても一日中微細な砂埃《すなぼこり》にかこまれていた。テントで一晩ねむると翌日は大量のハナクソが出てきた。だから毎朝起きて一番最初にやることはハナクソをほじくることだった。

札幌の人々も春はきっと本州のヒトよりもはるかにハナクソが増えるのだろうな、とぼくは「考える足」で思考した。

その足で知人と待ち合わせ、ススキノの寿司屋へ行った。午後二時の寿司屋というのはE電みたいでちょっと間が抜けているがまあいいのだ。

まずはビールで再会のための乾杯、ということになった。ビールはハカマつきで出てきた。おれはこのビールにハカマ、というのがどうもよくわからない。この文章はおれと言ったりぼくと言ったりしておのれの呼称がバラバラだが別にかまわないのだ。やや気持が怒り気味のときはぼくなどとは言っていられないからね。

ビールのハカマというのはわかりますね。木とかプラスチックとか竹でできていてビール瓶をスポッと入れるようになっている筒だ。

アツカンのトックリなどだったらそれなりに意味があるのだろうけれど、ビールなんかの場合は面倒くさいだけだ。そこでグラスにビールを注ぐとそのままカウンターの上にストンと置いてのんでいたら、そのたびに店のおかみさんがやってきてハカマに入れなおしていた。うるさいのである。

おれはこういう無意味なおせっかいというのが嫌いだ。人間も大人になってくるとどんなことでも自分流のやり方というのができてくるものでしょう。とくに好きで酒をのんでいるときなどはとことん自由に自分の好きなやり方で自分の時間をすごしたいと思ってしまう。

だから「お酌」されるというのも嫌いだ。なにかの会社の儀礼的つきあいなどで「まあまあまあぐっといっぱい」というのもいやだ。

目の前にいるあから顔のデカ声のツバキとばしの、笑うと意味なく二分くらい体をゆすっているおっさんにお酌してもらったってうまくもなんともないからね。

ところが多くの日本的儀礼の場合、こうしてカバおとっつあんがお酌のビールを突き出したりすると、必要以上に恐縮してコップに両手までそえちゃって頭をさげて注ぎたしの馬ションベンのようなものをいただいている風景というのがよくある。見ていて悲しいなあ。

その日、二軒目の店が知人の紹介するどこそこ会社のエライ人の席でそんな気配になりそうだった。ぼくはお酌されるのがいやでウイスキーに変えてしまった。本当はビールがのみたかったのにだ。

儀礼的に一席つきあわねばならなかったカバおとっつあんの足がくさかった。きっとナイロンのシームレスくつ下をはいているのだ。

そうか、「人間は考えるくさい足」のようなものなのかもしれないな、とそのとき自虐的にそう思った。

この原稿を書くために、葦《あし》とヨシはどう違うのだろうかと思って辞書を調べたら、ヨシは、アシが《悪し》と同音なのをきらった忌みことばでアシと同じだと書いてあった。そうか先生もすっかりとはわかっていなかったのだ。

見わたすかぎりの葦の群生地を中国の砂漠の旅の帰りに通った。熱風に何億本もの葦がゆれていた。そのとき久しぶりに「人間は考える葦」ということを思いだしてしまったのだ。吹きすぎていく風に同じように騒いでわらわらゆれる葦の群生風景は本当に悲しい人間みたいでもあったなあ。

厚いサイフにブタの鼻

十一時に家を出た。

東京小平市にある自宅から羽田空港まで、その時間にクルマで行くのは通常バカのやることである。

何時間かかるか行ってみないとわからないのだ。

電車を使うと、一時間半で羽田に着く。飛行機に乗るための手続きの時間を入れても、二時間あれば充分だった。

「おのれツムラジュンペーめ！」

と、ぼくはハンドルを右や左に回しながらののしった。こちらの意向を無視して、まったく中途半端のつまらない時間の飛行機をとってくれたものだ。ツムラジュンペーというのはその飛行機を選んだ男だ。やつはひと足先に目的地札幌に行っている。

重さ一八キロの折りたたみ式カヌーと、一二キロのダイビング装備一式を持っていかねばならなかった。家からクルマで荷物とともに行くしか方法がない。

これが朝七時とか八時の飛行機ならまだ気分はかろやかだった。

早朝の首都高速は渋滞前だから、家を六時に出ると、一時間たらずで羽田に着いてしまう。飛行機の出る時間まで駐車場でもうすこし眠ったり、コーヒーハウスでぼんやり朝のコーヒーをのんでいる、というのもまあいいものだ。

その日乗る飛行機は三時二十分発だった。

昼の時間帯だとなんと四時間以上もハバを見て出発しないと危い、というのが目下の一般的ニッポン高速道路事情なのだ。

首都高速というのは誤りで、もう数年前から正確には首都低速自動車専用道路になっている、と何かに書いてあったが、そうと知りつつ金を払って、またその日も抜き差しならぬノロノロ行進の中にまじりこんでいかねばならない自分が腹立たしかった。

まぬけの行進——というコトバが似合いそうな東京のまいどおなじみのイライラロードである。

ガソリンが残り少なくなっているのを思いだし、最初に見つけたスタンドに入った。

クルマを入れると、三、四人の給油サービス員がこっちに向ってかけてくる。

口々に何か叫んでいた。何人かの男が走りながら何か叫んでいる。というのは見ていてただならぬものがある。

「ん？　なんだなんだ、どうしたのだ」

ふいに自分のクルマが火でも吹き出しながら突進しているのではないかとおびえた。思わず振りかえってしまったが何も吹き出してはいない。

ラジオのスイッチを切り、窓をあけると、男たちは口々に「いらっしゃあい」とか「まいどう」とか「ありがとうございまあすー」といったことを叫んでいるのだというのがわかった。

しかしそんなこと、みんなで叫ぶな！　と思う。

おそらく、このスタンドの経営者かなにかがそういう営業方針を打ち出しているのだろう。

ガソリンスタンドはいま過当競争で大変らしい。経営者岡村為吉（五十六歳）なんていうのが「お客さまにはいつでも常に大きな声で正確に、精一杯声を張りあげて！」なんて朝礼のときに訓示をタレているのだろう。もしかすると専務取締役の妻ノブヨ（五十三歳）などというのも「そうです。大きな声が大事なんですからね」などと人差指で眼鏡のまん中ツンと押さえたりしながらカナキリ声で補足しているかもしれない。

しかし大きな声で「いらっしゃいませ」とみんなで叫ばれても困るのだ。こっちはガソリンの二、三千円分をちょいと買いにきただけなのだ。大ぜいで口々に「ありがとうございます」なんて叫ばないでほしい。タンクローリーひっぱって五、六トンのガソリンを買いにきたわけじゃないのだ。

「ありがとうございます」と絶叫されたからといって感謝の気持がそれだけ巨大につたわってくるというわけでもなく、おれなど逆に声がでかければでかい分だけバカにされているような気分になる。

このあいだはもっとすごいガソリンスタンドに入った。

ショッキングピンクのなんだかタケちゃんマンみたいな恰好《かっこう》をした若い女がいきなり窓からパイナップルをくれた。

「おめでとうございまあーす、千五百円以上お買い上げの方にプレゼントでえーす」

バカハデの女は若い女特有の舌足らずのぶりっ子声でそんなことを言った。

ガソリンスタンドとパイナップル、というよくわからない組み合わせにとまどっていると、間髪を入れず別のタケちゃんマン2号みたいな女がダンボールの箱を持ってきて「三角クジでえーす。五〇リッターのサービス券があたりまーす」と言った。

なんだか遊園地に迷いこんだような気分になってしまった。

給油中のコーヒーサービスとか栄養剤ドリンクつきなんてのも増えているし、関西のガソリンスタンドでは若い女にバニーガールの恰好させたり、ハイレグの水着姿で給油させたりしているところがあって、それがまた大盛況なんだと。

しかしガソリンスタンドの従業員がバニーガールで出てくるからといって「何がどうなる」という訳でもないから、そのうち関西の人もそのことに気づき「だからなんやねん」などと言いだすだろう。

したがって間もなくバニーガールによる個室給油とか、一五リットル以上のお客さんにカラオケ三曲サービスつきなんてのが出てきて、ますます何がなんだかわからなくなっていってしまうのかもしれない。

こういうことを書いたら、すぐにその文化比較論として「欧米では……」などとやると

いかにも国際博識派ふうでカッコいいから即座にぼくもそうするが、欧米ではガソリンスタンドでは普通自分で給油する。サービスというのはスタンドの従業員が給油してくれることをいうのだから「ありがとうございます」と全員で絶叫することもないし、タケちゃんマン2号もバニーガールも出てくるスキはないのだ。

このあいだ、ある新聞のコラムでおそろしいガソリンスタンドの話というのを読んだ。

そこは給油をすませて道に出ていくクルマを、従業員が揃って最敬礼のおじぎをして見送るように言いつけられているらしく、クルマが見えなくなるまでやっているそうだ。あるときどこかのおばさんが「この人たち道ばたで何やってんだろ」と不思議に思い、ポカンと眺めていたら、最敬礼していた一人が最敬礼しながら「クソばばあ、見せものじゃねえんだ、あっちへいってろ」とどなった、というのである。

ああこれは最高におもしろい話だ、と思いましたね。

その日、ぼくの入ったガソリンスタンドは絶叫の方に営業方針の重点を置いているらしく、道ばたに出ていくときにまた「ありがとうございまあす」の絶叫に送られはしたが、最敬礼などされずに発進することができたのですこしホッとした。

走りながらすこし考えた。

給油をすませて去りつつ、ふとバックミラーを見たらサービスマンがずっと見えなくなるまで最敬礼をしていた、というのを知ったりしたら、ヒトはそのとき果してそれをうれしい、と思うものなのだろうか——。

「ああ、いいことをした。あんなによろこんでくれている」

などと思うものなのだろうか。

「それにしても今日もよい日本晴れじゃのう」などと水戸黄門みたいな気持になるものなのだろうか。

渋滞の地域を抜けるのに一時間半かかった。すでに家から二時間半の時間がすぎていた。

羽田空港に着いても、駐車場が満杯で、順番待ちに四十分かかった。すでに出発ギリギリの時間である。

その日、ツムラジュンペーから貰《もら》っていたチケットはスーパーシートだった。

かつてこの国内便一等席のチケットが登場したとき、そういうスペシャル席に行くのはなんとはなしに気恥ずかしかったのでつとめてそれは利用しないようにしていた。

ところが、二度ほど時間ギリギリの搭乗手続きで、タバコのケムリが充満するまん中席しかあいていないことがあり、まいってしまい、それから、スーパーシートを見直すようになった。

あれは、チケット購入時にすでに座席を決められるので、出発ギリギリにかけつけても、タバコのケムリに悩まされることはないということを知ったからである。預けた荷物が一番先に出てくる、というのも有難かった。その機能的な便利さを買って、このごろは抵抗なく利用することにしている。

その日、スーパーシート席に客はまばらだった。客はゆったりと座っている。ぼくのうしろは、どこかの会社の部長もしくは中小企業の専務ふう、といったかんじの男だった。五十年輩。やや赤みが走ったフトメのデカ顔。目がすでにイバっていた。

「新聞！」

と、そのデカ顔は通りかかったスチュワーデスに言った。声音《こわね》が見事にエラソーだった。

通路をへだてた隣の席は二十代のカップルで、すでに早くもしっかりと寄りそい、頭と頭をくっつけて別の宇宙に去ろうとしていた。

スチュワーデスがやってきて「本日はスーパーシートをご利用下さいまして有難うございます」と言いつつ、深々と頭を下げた。

客の頭数が少ないから、こういうときはこっちも困る。なんとなく「ハア……」というようにひくい声を出し、カメのように頭だけすこし前に出してその深々の礼にこたえる。隣のカップルはすでに別の宇宙のヒトだからまったく世間の動きに関係ないようだし、ぼくのうしろのデカ顔は新聞をバサバサやっている。

おそろしいことに、その新聞のめくり方もエラソーなのである。あんなに力を入れてめくったら疲れてしまうのではないかと思うくらい強引に激しく強く「バサッ、バサッ」とすごいいきおいでめくっている。なにかわけもなくイマイマしげな音なのである。

こういう無意味なエラソーな男というのもけっこうあっちこっちにいて、見ているぶんにはおもしろかったりするけれど、あまりそばにはきてほしくないものなのである。

こういう人はサービス業の場に行くと、公共の見知らぬ人々の場でたまりたまったエラソーのかたまりとエバリの素《もと》が一気にふくれあがって噴出するから、たいていものすごいことになってしまうのである。

本屋などに行くと、書店員なんていうのはまことに従順な下っ端社員に見えてしまうのか、ハナからエバリまくっている人をよく見かけるものなあ。

丸の内の近くでやっている知りあいの書店経営者に聞いた話だけれど、一番多いケースは、日本経済新聞の広告の切れっぱしなどつきつけて「おい、これ!」などといきなり出すケース。

昼食をたべてきて、そこでその本の広告を見つけ、会社に帰る途中に寄った、というわけなのだろう。

「こういう本なんか、通常うちの部のタケイ君(二十三歳、女、新入社員)あたりに言って買いにいかせればいいのだけれど、たまたまいま見つけたところなのでわざわざ自分で買いにきてるんだ。自分でこういう小さな書店まで本を買いにくることなんて滅多にないことなんだからおそれいったか、早く捜しなさい、君!」

――と、いうようなことを、その「おい、これ!」の中でどっといちどきに語っている、というわけなのである。

だから捜してもなかったりすると、「なんだい。ないぃ?」という、そのあざけりふうのものいいがすごいらしい。

「おまえもフツーの大人なんだから本なんて自分で捜せ。このカッパハゲ!」と、言いたいところだけれど、書店のヒトは死んでもそんなことは言えない。

「ったくしようがないなあ、だめじゃないか」とイマイマしげにつぶやきつつ「じゃ、入ったらすぐにここに電話しなさい」と言って、自分の名刺をほんなげていく人もいるそうだ。そういう名刺にはたいていエラソーな肩書きがついており、エラソーな男は「どうだ、おれはこのとおりエライんだかんな」と名刺にモノを言わせつつエラソーに肩をゆすって出ていくのである。

東京はこれが一番
京都はこれがのんびり
大丸
お父さん自動車に気をつけて
バイバイ
ガンリン
ガンリン

飛行機はやがて離陸し、水平飛行に入った。するとチーフパーサーふうの男がやってきて、頭を下げ「本日はスーパーシートをご利用下さいまして――云々《うんぬん》」ということをまた言った。それはもうさっきやったから、そうたびたびご丁寧にごあいさつしてくれなくてもいいよ、と思うんだけれど、そいつは一人一人の客にまたそう言って歩いている。

隣のカップルにも深々と頭を下げていたが、その人たちの中身はすでに遠くアンドロメダ星雲の彼方に去っていってしまって、そこにあるのは単なるヌケガラなのである。

ぼくのうしろのデカ顔がそれにどう応《こた》えたのかわからなかったが、相変らず新聞のイマイマしげなバサバサ音が続いていた。

しばらくするとスチュワーデスがおしぼりを持ってきた。続いて何かお飲みものは、というやつ。

そのサービスは二回あった。二回目はケーキとお茶だった。デカ顔は「ツマヨージをくれんか?」と野太い命令口調で言った。

しばらくすると「毛布はご入り用ではありませんか」というのがきて次は新聞と週刊誌のサービスがきた。

飛行機が着陸すると、またチーフパーサーがやってきて「本日はスーパーシートのご利用を――云々」というお礼のあいさつをまた一人ずつ客にやっていた。

そんなにいたるところで、いつまでも丁寧にペコペコしなくてもいいのではないか、とぼくはそのとき思った。そんなにサービスをいろいろしても、カップルはおそらく単純に「うっせえなあ」と思っているのだろうし、デカ顔にそんなにペコペコすると、ますますエラソーになっていってふんぞりかえり、あまりふんぞりかえりすぎてタラップあたりでころんでうしろにひっくりかえってしまうかもしれなかった。

その日のスーパーシートの料金は七千円であった。七千円でいろいろ過剰なサービスを受けるのがうれしくてうれしくて、という人は別だが、こういうふうに何度も制服にペコペコされていると、ぼくなどはなにか逆にからかわれているのではあるまいか、と思ってしまう。

ぼくはスーパーシートの簡素化された手続きと機能性に七千円の価値を見たので、ペコペコされるのは逆にわずらわしかった。疲れていたので、とにかくボーッと外を眺めて、そして時々イネムリでもしていたい、と思った。そしてのどが渇いたらボタンを押し、コーヒーでもつめたい水でもさっと持ってきてくれる、という程度のサービスが一番ありがたい、と思っているのだが、その日はいろんなことが気になってとうとうイネムリができなかった。

札幌の空港を出るとき、一階のチケット売場で、おかしなものを見た。

カウンターの前に幅約一メートル、長さ一・五メートルくらいの小さな赤い絨毯《じゅうたん》がしかれ、その左右にやはり赤いモールで飾った手すりのようなものがおいてあった。一・五メートルの王様の通路、といったかんじのものである。

「なんだこりゃ」と思ってよく見たら、それはスーパーシート客の搭乗手続きのカウンターであった。

まるでマンガだった。

あとがき

地方の町を歩いていて、なんの気なしに入った小料理屋は奥の小あがりに客が一組しかいなかった。土地で何か商売でもしているらしい男が二人ひくい声で何事か熱心に話し込んでいる。

厚いむく板でつくられているカウンターの奥に女が一人いて、年の頃は三十二、三。樺《かば》色《いろ》の上田紬《うえだつむぎ》に塩瀬の染帯を小粋にしめている。

少々尖《とが》った顎《あご》と切れ長の目が女をいくらかきつく見せているようだったが、うつむいた横顔が恐ろしいほどに美しかった。べたべたした愛想はないが、言葉つきはやさしかった。軽くその土地の訛《なま》りがあるようだ。

出された付き出しが旨《うま》かった。酒はぬるめの燗《かん》で、ぷんと杉の木の香りがした。

「おいしいね。どっちも……」

と言うと、女はすこしうつむいて鬢《びん》のおくれ毛を小指ではじき、嬉《うれ》しそうに笑った。

「しょっから汁っていうんですよ。この土地の料理でね、小芋と塩辛を炊くんです」

小魚の煮つけと酢のものをたのみ、お銚子《ちょうし》をもう二本あけた。小あがりの客はじきに帰り、客はそのあと誰も入ってこなかった。なんとはなしにここ二、三日の海の荒れ具合などの話をしているうちに、いつの間にか外に雨が降りだしているのに気がついた。

「このあたりはね、夜の引けが早いんですよ。お客さん、あたしも一緒にちょっといただいていいかしら……」

洗った小鉢を棚にしまいながら、女はそう言ってくるりと振りむき、すこしだけ笑ってみせた。

半時間ほど飲んでいるうちに雨足はさらに強くなってきた。女は雨の様子を見に行きながら暖簾《のれん》を下げてきた。

「なんだかすこし酔ってきちゃったみたいなんでね……」

女はそう言いながら前掛けをはずし、くるりときびすを返すようにしてぼくの隣の席にすわった。

――なあんて話があるわけはないのだ。けれどどこの日本のどこかの町でいつかそんな店に出会うかもしれない、という淡い期待を抱きつつ、今夜もぼくは新宿のなじみの地下の居酒屋できっちりと酔眼化していくのである。

エッセイというかヨタ話というかバカセコ話というか、そういうものを集めた本を出すのは久しぶりだ。ここんところ小説を書くのが面白くて、そっちのほうばかり書いていた。

面白い小説を書き、面白い本を読み、うまい酒をのむ、という人生が当面の現実的な目標になってしまった。上田紬の女と出会うのはその次でいいや。

一九八九年秋のはじめに

椎　名　誠

文庫版のためのあとがき

本書の元本（業界では文庫本になる前の単行本出版のものをそういう）の名前は『酔眼装置のあるところ』というものであった。今考えるとちょっと恰好《かっこう》つけすぎのタイトルだった。

「酔眼装置」の「酔眼」とはつまりは酔っぱらいの赤眼状態である。わかりやすくいうと我が身も含めたよっぱらいおとっつあんのヘタレ眼である。そういうヘタレ眼を作る装置があるところであるから、すなわちそれは「酒場・居酒屋」のことなのでありますね。

そういうところにしょっちゅう出入りしているので、つまりはまあこのようなタイトルにしたわけである。でもやっぱりこれは少々恰好のつけすぎで、本当は「ばかおとっつあんのいるところ」というタイトルの方がふさわしかったのである。文庫化するにあたって、編集部からの要請もあり、タイトルを本書のように変えた。

表紙の写真はぼくが撮ったもので、これは仲間のよっぱらいおとっつあんとどこかの河原でキャンプしているとき、当時ときどきやっていた河原のドラム缶風呂《ぶろ》におとっつあんの一人がはいっているところである。写真とタイトルの組み合わせでいうと、この二人がばかおとっつあんのようになってしまうが、そういうわけではない。こんな写真を撮っている当方も含めて、まあおとっつあんのキャンプというのは当然集団でばかおとっつあん化していくものなのである。

ドラム缶風呂に入っているヒゲのおとっつあんは古い友人で、やはり大酒飲みである。彼はこの当時、雑誌の編集者などをしていたが、早期退社して今は自分で居酒屋を経営している。まあつまりは「酔眼装置のあるところ」を自分でこしらえてしまったのだ。このヒゲのおとっつあんのこしらえた「酔眼装置」は、西武新宿線の東村山駅西口をまっすぐ50メートル位歩いた右側にあるちょいとしゃれた「MARU」という店である。彼はそこで毎日立派な居酒屋店主となっているので、会いに行ってやって下さい。

ここに書いたようなキャンプ旅をしているころから彼はよく焚火《たきび》料理で辛い酒の肴《さかな》を作る名人だった。最後はおいしいナスカレーなどを作ってくれた。

今でも「MARU」に行くと生ビールがあっておいしいカレーが食べられます。

二〇〇三年四月

椎　名　誠

解説

沢田康彦（雑誌編集者）

椎名誠が《あこがれていた》と語る《四十五歳》に、ぼくもなった。そして《ばかおとっつあん》になっていないかどうか、本書を読んであわてて確かめるのである。

《エライエライ光線》も《エライエライ臭気》も発してはいまい（第一エラくないからね）。飛行機や新幹線で靴は脱がないし、脱いでも《ムレ足のにおい》を漂わせたりすることはない（はずだ）し、《ナイロンのシームレスくつ下》でもないし。《お酌》もしない、タバコは吸わないから《ヤニくさ》くはない、書店で《パラパラ読みしていた本をほん投げて戻》したりするわけないし。スチュワーデスさんにはむしろペコペコして緊張している方だしな。《巨大ガハハハ声》でもなければ、おしぼりに《猛毒青痰》を吐くなんてとんでもないし。

……なんてチェックしていくと、基本的に絶対的に大丈夫なのだが、一個やばい点がありました。

《その男のすわり方ときたら、背中ですわっているのだ。「背中ですわる」というの、わかるだろうか。「ストアーズレポート」の編集をしていたころ、当時の三越の岡田社長がこの背中ずわりをしているのをよく見た。（中略）この社長は大きなフカフカ椅子の上にほとんどあおむけに寝てる、という恰好ですわっていた。つまり、本来ならお尻をのせる、というところに背中がのってしまっているのである。本人はそれでせいいっぱいエラそうにしているのだろうけれどカエルの王さまみたいでなんだかとってもおかしかった。／そのカエルずわりをスーパーシートの中で二十歳そこそこぐらいの若い男がやっていたのだ。太った男であった》

うわ、これは気をつけなきゃな、とぼくは改めて思ったのである。ふんぞり返っている人は、ただエバりたいからふんぞり返っているのではなく、腹筋背筋が弱っているからということもある。太っていれば尚更《なおさら》で、増えてゆく腰周りの体脂肪を、鍛えていない腹筋や脊柱起立筋群《せきちゆう》では支えきれなくなるのだ。気がつけば椅子に座る姿も「ぐだん」となって、オフィスでも電車でもタクシーでも映画館でも、支点は尻《しり》から背中に移行、見るからにだるい男、ただただいばって見える男がそこに現れることになる。椎名の嫌う《背中ですわる男》。運動不足のぼく、そしてこれを読んでる《おとっつあん》のあなたも、気をつけましょう。あ、おとっつあんでなくてもみんなそうだね。

たまに会う椎名の背中は、初めて会った二十数年前も、この原稿を書いていた十数年前も、そして今も、ぴんと伸びていて、腹も出ていない。座って原稿を書いているときも、居酒屋で飲んでるときでも、姿勢がいい。相当に飲み過ぎてぐるぐる状態のときでも背筋だけは伸びているのでだらしなくは見られないのだ。話す内容がたとえ相当クダラなくても（「あのさあ、うんこがさ、だんだんトンガってくるんだよ、うそじゃないんだよ！」……）、クドくなってても（「サワダなあ、おまえ、ビールジョッキは小にしろって何度言わせるんだよ、ばかめばかめ！」）、他人は気づかないものである（ずるいなあ）。いつかインタビューしたときにはこんなことを言ってたっけ。「男はさ、まず腹なんだよ。しまってるかどうか。ビュッとしまった腹を維持して、臨戦態勢を整えておくのは義務なんだよ」。

腹筋と腕立てだけは、きっと今もちゃんとやってるんだろうなあ、この人は。

なんのための臨戦態勢なのかはともかく、椎名というのは常に物事を勝ち負けで考えている傾向がある。テーマがなんであろうと、相撲やプロレス、浮き球野球、将棋、麻雀《マージャン》はもちろん、凧《たこ》あげでもサカナとりでも虫つかみでも、焚《た》き火の規模でもフライパンの直径でも、早起き早食い、印刷部数、読んだページ数、島に行った回数（島行きについてはもはや一種の偏執的コレクターかもしれぬ）、飲みほしたビールのジョッキの数からウンコの量・形状に至るまで（本書でも《クソ》の話炸裂《さくれつ》。本当に好きなんだなあ）、いつでもどこでも戦っているフシがあるのだ。むしろ小さなクダラないネタであればあるほど燃える性癖があるとぼくは踏んでいる。

本書を読んでいても、まさにそういう臨戦態勢が整ったタッチというか、とても攻撃的であることは事実で、そしてそういうときの椎名のエッセイ、毒づいているときの彼の文章はより生き生きとしてて、至芸だなあとつくづく思うのである。

ともかく、エバったおとっつあんが嫌い、ずうずうしいおばちゃんも嫌い、へらへらしてるあんちゃん、きゃあやだーのねえちゃんが嫌い。役人が嫌い、政治家のみならず書評家であろうが建築家であろうが、「家」のついた権威という権威が嫌い。そんなこんなを俎上《そじょう》に乗せ、読むぼくらを笑わせ、あそういう奴いるいることあるあると引っ張り込み、お話をどんどんエスカレートさせていく技はまさに、コラムニスト山口文憲氏言うところの面白エッセイの大原則「ある、ある、へー」の王道ではないか。つまり「共感、共感、大発見」。

椎名本人は「連載コラムは打率3割とれればいいのだ」(東海林さだお氏の教えらしい)と謙遜《けんそん》するが、ともすれば飽きやすくわがままな読者を誘い込み、〝その気〟にさせることをヒットというなら、相当に優秀な安打製造器ではなかろうか。本書の主な母体となっている「本の雑誌」の「今月のお話」も、もうひとつの長寿連載「週刊文春」の「新宿赤マント」も〝つい〟読んじゃうもんね。「なんだよ、おじさんまた同じこと書いてるよー」なんてぶつぶつ言いながらも必ず読まさせられてしまうもんね。

さらにそして打率と言えば、最も高いのが単行本のタイトルの出来映えで、これはもう8〜9割と言ってもいいんじゃないだろうか。

この解説を書き出す直前に、文庫編集担当のM嬢からこんなメールが来た。

「椎名さん文庫解説の件ではたいへんお世話になっております。さて、『酔眼装置のあるところ』なのですが椎名さんとご相談いたしまして、書名を『ばかおとっつあんにはなりたくない』に変更することになりましたので取り急ぎご連絡させていただきます」

文体が丁寧なだけに、題名の脱力感が際だってとてもいいなあ可笑《おか》しいなあ。

このオリジナルタイトル『酔眼装置のあるところ』について、椎名本人は《すなわち居酒屋のこと。その頃ぼくは言葉を別の言い方に置き換えていく遊びに凝っていたんです》(『自走式漂流記1944―1996』新潮文庫)と語っている。『酔眼〜』も悪くないタイトルだと思うが、2003年現在の感覚において、著者(と編集M嬢)は「より手にとりやすく攻撃的かつ拍子抜けさせるものを」とかと企《たくら》んだと推測する。

あちこちでしばしば語られることだが、本当に憎らしいくらいに目立つのである、椎名本のタイトルは。書店の文芸書のコーナー、「し」の作者の棚のあたりに立ち、背表紙を眺めていくとその優位性は明らかだろう。相当のねらい・こだわりが当然作者にはあるようで、折々のエッセイにおいて話題はしばしばタイトルに及ぶ。

《ずっと以前から〝本のタイトル〟というのに非常な興味を持っていた。本の売れ行きや品格、味、性能、根性、そういったもののかなりの部分がこのタイトルに凝縮されているのではないかと思っている程だ。そうしてまあ自分も体験上、本をつくる側もこのタイトル決定に相当のエネルギーをついやすのだ》

《コピーライターのように単行本のタイトルをつける『必殺必勝タイトル屋』という商売は成立しないだろうか。著者も編集者もこれはという決定打を出せずに悩んだ末にこのタイトル屋に電話するとすぐ飛んできて、一同『ワッ』とひれ伏すタイトルをつけてギャラをもらって風のように去っていくタイトル仮面。どこの誰かは知らないけれどきっといつかは出てくるような気がするではないか。（しないか）》（以上本書より）

その《タイトル仮面》とやらをとっ捕まえて、うちゃらけたお面をひっぺがすとそこに現れた顔はシーナマコトその人で、むはははと笑い出すのだった……なんて気がしてしようがない。ぼく自身も雑誌編集者という仕事柄、見出しには始終苦慮させられていて、つらいときにはいつも椎名の天才ぶりを思い出し、舌打ちをする。タイトル仮面シーナに電話をしたら、即座に四つ五つすごいボールを投げてきてくれそうではないか。速球ありカーブありフォークありデッドボールありの。

一冊ずつ自作を語った『自走式漂流記』でも、その端々でタイトル話に触れている。多少紙幅を割くが、実に面白いのでそのほんの一部を紹介、引用しておこう。

●『わしらは怪しい探険隊』

初めは『ぼくらは怪しい探険隊』というタイトルがついていたのですが、「ぼくらは」という部分がしっくりこなかったので頼んで「わしらは」に変えてもらいました。（中略）「あやしい」も「わし」もぼくの好きな言葉なんです。

●『風にころがる映画もあった』

子供の頃、校庭で丸太に布を張ったスクリーンに映る映画を見たときの思い出が瞬間的に蘇り、思いつきました。

●『シークがきた』

村松友視さんに相談。「〝なんとかがきた〟っていいよね」と言われ、「シークって名前が好きなんですけど、〝シークがきた〟ってどうでしょう」と言うと、「あっ、それいいねぇ」なんて感じできまり。次は「ブッチャーがきた」にして「みんなきた全集」を作ろうなんて笑ってましたが、1冊で終わってしまいましたね。

●『フグと低気圧』

タイトルはぼくの思考パターンの一つで、全然関係のないものを組み合わせると何か新しい意味が生まれるような気がするんですね。ほかに『ハーケンと夏みかん』というのもありますが、あまり多用すると作家としての能力のなさを表してしまうことになるので(笑)、気をつけています。

●『活字のサーカス』

例によってぱっと思いついたものですが、その方がいいものが出てくることが多いですね。うんうんうなってひねり出したものは、たいていよくないことが多いです。

●『さよなら、海の女たち』

タイトル、装丁はぼくの本らしくないスマートなものになりました。このタイトルはぼくのお気に入り表題ベスト3には入りますね。

●『武装島田倉庫』

タイトルも内容も自作の中では一番好きな作品です。

●『草の海』

初めてモンゴルの大草原を目にしたときの印象をそのまま言葉にしたもの（中略）。地平線まで続くほどの広さといい、まさしく「海」なんですよ。

●『喰寝呑泄（くうねるのむだす）』

タイトルはまさしくこの対談の内容を表しています。とにかく人間の営みを徹底的に追究してみようじゃないかと思って。

●『南国かつおまぐろ旅』

タイトルは、ぼくが相変わらず全国をバカ旅で回ってばかりいて、あっちこっちでまぐろだかつおだと騒いでいるので、他につけようがなかったというところです。

●『むはの哭く夜はおそろしい』

「鵺《ぬえ》のなく夜はおそろしい」のもじり。では「むは」はどんな声で泣くのか、というとわれわれにもわからなかった（笑）。本の雑誌社ならではのタイトルですね。

●『時にはうどんのように』

このときはタイトルに苦しみました。全体を統括するようないいタイトルが思い浮かばず、締め切りもすぎてどうしようかと布団の上でうんうん唸ってたんです。それで、このまま締め切りから逃れてうどんのようになってしまいたいなと（笑）。

●『カープ島サカナ作戦』

頻繁に島へ行っていた時期なんです。(中略)中でも激しく書いているのが小笠原に行ってクサヤを食べた話で、本当なら『小笠原クサヤ作戦』というタイトルにしたかったんだけれど、それではあまりに匂いそうで品がないのと『カープ島〜』の方がカッコいいじゃないか、という考えからファッション戦略でつけたのが本書のタイトルです。

●『麦酒主義の構造とその応用力学』

この本にはいろんなエッセイが入っていますが、それらを通してみてみると、常にビールを飲んでいる自分がそこにいるんですね(笑)。それで、自分でもいったいこれはどういう男なんだろうかと思ったわけです。これではまるでビールを燃料にして動くビール発動機じゃないかと。そういう男はいったい何を考えていきているのか——というようなところから、このヘンなタイトルがつきました。

椎名のエッセイは「その気」にさせる、と書いた。

それはどういう「気」なのかというと、たとえば《ばかなおとっつあん》にはオレもなるまいぞという気持ちであり、たとえば椎名の薦める書籍・雑誌が片っ端から読みたくなる、もっと言えば今すぐにでも本屋に向かいたくなる感情であり(これが「本の雑誌」の基本モチベーション)、即座にショーガソーメンやらショーガトマトラーメンやらを作りたくなったり、明日にもテントや鍋釜《なべかま》・カヌーをかついで旅に出ようと決心したり、海山川を破壊する悪党どもに正義の鉄槌《てっつい》を下したくなったり、カメラ引っさげ外に飛び出したくなったり、さらにはムービーカメラ持って映画が撮りたくなったり（これはぼくで、後日実際にそうなってしまった）。

そんなエモーションのことである。

椎名エッセイは、アームチェアで（背中ずわりで）味わうだけのそれではなく、常に読者に「立ち上がり」「行動すること」を誘惑し喚起するマジック。野外へと突き動かすというアドレナリンを有している。

そしてそれは著者自身が極めてストイックに自らに義務を課し（日常の腹筋腕立て伏せのごとく）、行動し続けた上にのみ成立する力なのだ。サラリーマンを辞め作家として独立してから今に至るこの二十数年間休むことなく走り続けたこのエネルギーを、ぼくは心から賞賛する。まともに褒めるのはシャクなので椎名の嫌がる口調で軽薄に褒めるけれど、「おじさん、超ものすごいじゃーん！」と思うのである。

この三月上旬、世田谷文学館を訪ねた。

瀟洒《しょうしゃ》で静かな建物の中では、「椎名誠ずんがずんが展」と称される展覧会が約三か月間にわたって催されているのだ。副題は「旅で見たこと考えてきたこと」。

いやいやありましたありました。決して広くはないスペースだけれど、ぎっしりと。椎名の二十数年、いやいや子どもの頃からだから、ほとんど椎名の全部、五十数年の人生が。

あちこちで撮り続けた写真はもちろんのこと、95点の算数のテスト（《小学校六年生までは算数をやっていた》という妙なコメントが！）から、青年時代に編集したガリ版同人誌。沢野ひとし、木村晋介らと書いた『克美荘日誌』。手作り紙芝居「めだかさんたろう」。おお『ガクの冒険』『うみ・そら・さんごのいいつたえ』のシナリオはとても懐かしいぞ。フナムシの這《は》ったあとのような手書き原稿、これには昔苦しめられたものだったなあ（『長く素晴らしく憂鬱な一日』解説参照）。それにしてもどれも相当きちんと保存されていて、驚かされる。椎名誠、そんなこまめな人だったっけ？

隣接ホールでは、昔撮った8ミリ映画がビデオで上映され、聞いたことのある甲高い声の主はとモニターを覗《のぞ》き見ると、若い沢野ひとしが騒いでいる。タイトルは『うみどりのうたう島』。続く『シェルブールの雨傘』のような傘ばっかの8ミリ『6月の詩』のパンフレット解説を読むと、《出演／かたつむり他》とあったりして笑わせられる。

ここは世田谷の正しい文学館で、以前には志賀直哉、坂口安吾、井上靖、横光利一展など、世田谷にゆかりのある多くの立派な文学者の展覧会が開かれ、二階では今現在も「プロレタリア作家の世田谷——その文学と交友」と題し、中野重治、徳永直らがフィーチャーされているというのに、こちら一階では沢野ひとしがニカニカ顔でタコをかじっていてそれでよいのか？　全共闘ヘアのむさいあんちゃんたちが生焼けのキャベツ炒《いた》めを奪い合っていてよいのか？　だいたい「神島でいかにしてめしを喰《く》ったか……」とはなんだ、「ずんがずんが」とはなんだ！

などと、目くじらを立ててはいけない。本人も頭《こうべ》を垂れています。

《気がついたら沢山の本を書いていました。（中略）節操がないというか、いきあたりばったりというか、家内制手工業的猪突猛進による粗製濫造のきわみというか。さらに世界のあちこちに旅をつづけ、（中略）そのたびに周囲のいろんな仲間や関係者を巻き込んで迷惑をかけています。こういう落ち着きのないバカは見ないふりをしていたほうがいいのですが、このほど世田谷文学館がそんな怪しい作家を分解掃除してくれるといいますのでかしこみかしこみおおせにしたがいます、ということになりました。思えばぼくは世田谷生まれなのでありました。嬉しいことです》（パンフレットより）

たとえば、一脚の小さな木の椅子が展示されていて、そこにはこんな解説がある。

《堅いナラの木で作った椅子。娘の葉が小学校1年生になったときに入学祝いに作ってあげたもの》

背中には《ようのいす》と、大きくへたくそな字で堂々と彫ってある。若い椎名が娘のためにのこぎりをギコギコやる姿が目に浮かぶ。ちょっと無骨で、でもとても可愛らしいこの椅子に座って、葉ちゃん（現ダンサー、エッセイストの渡辺葉）があんなにすくすくとチャーミングに育ったんだなあとぼくは思い、ちょっとじんわりしてしまった。

うーん、ただそれにしても、展示物のバラエティぶりはすさまじい。

パタゴニアで作ったヘビー級チャンピオンベルト。インドのラッパ。タクラマカン砂漠で支給された万能デカナベ食器。モンゴルの酒器。馬用鞭《むち》。五万円で彫った木の鷲《わし》。あちこち歩いた汚れブーツ。作ったけど息子のガクが見向きもしてくれなかったという木製のトラックのおもちゃ。沢野に突然もらったという目つきの悪い木製のサカナ……。

他人事《ひとごと》ながら申し訳ないくらいにありがたく展示されているのでそれらしいけれど、ようするに実は「ガラクタ」と呼んだ方がやはり正しい。

表題とは別の意味で、椎名誠が《ばかおとっつあん》であることだけは動かしがたい事実だ。

二〇〇三年四月

この本の中で著者が読んだ本一覧

このリストは、本文中で著者が読んだ本にかぎり、雑誌は含まれていません。出版社名は本文中に記載されていますが、二〇〇三年三月現在、文庫化されたり、品切れもしくは絶版となっているものも、本文中のデータは執筆当時のままになっています。なお各社から異版の出ている本については著者が読んだ版をあげてあります。

※末尾の数字は本書の掲載ページです。

【あ】

【た】

本書は一九八九年十二月に本の雑誌社から刊行された単行本
『酔眼装置のあるところ』を改題し、文庫化したものです。

ばかおとっつあんには なりたくない

椎《しい》名《な》 誠《まこと》

角川文庫 12906

平成十五年四月二十五日　初版発行

発行者――福田峰夫

発行所――株式会社角川書店

東京都千代田区富士見二―十三―三

電話　編集(〇三)三二三八―八五五五

営業(〇三)三二三八―八五二一

〒一〇二―八一七七

振替〇〇一三〇―九―一九五二〇八

印刷所――旭印刷　製本所――コオトブックライン

装幀者――杉浦康平

定価はカバーに明記してあります。

し 6-19　ISBN4-04-151019-8　C0195

角川文庫発刊に際して

角川源義

第二次世界大戦の敗北は、軍事力の敗北であった以上に、私たちの若い文化力の敗退であった。私たちの文化が戦争に対して如何に無力であり、単なるあだ花に過ぎなかったかを、私たちは身を以て体験し痛感した。西洋近代文化の摂取にとって、明治以後八十年の歳月は決して短かすぎたとは言えない。にもかかわらず、近代文化の伝統を確立し、自由な批判と柔軟な良識に富む文化層として自らを形成することに私たちは失敗して来た。そしてこれは、各層への文化の普及滲透を任務とする出版人の責任でもあった。

一九四五年以来、私たちは再び振出しに戻り、第一歩から踏み出すことを余儀なくされた。これは大きな不幸ではあるが、反面、これまでの混沌・未熟・歪曲の中にあった我が国の文化に秩序と確たる基礎を齎らすためには絶好の機会でもある。角川書店は、このような祖国の文化的危機にあたり、微力をも顧みず再建の礎石たるべき抱負と決意とをもって出発したが、ここに創立以来の念願を果すべく角川文庫を発刊する。これまで刊行されたあらゆる全集叢書文庫類の長所と短所とを検討し、古今東西の不朽の典籍を、良心的編集のもとに、廉価に、そして書架にふさわしい美本として、多くのひとびとに提供しようとする。しかし私たちは徒らに百科全書的な知識のジレッタントを作ることを目的とせず、あくまで祖国の文化に秩序と再建への道を示し、この文庫を角川書店の栄ある事業として、今後永久に継続発展せしめ、学芸と教養との殿堂として大成せんことを期したい。多くの読書子の愛情ある忠言と支持とによって、この希望と抱負とを完遂せしめられんことを願う。

一九四九年五月三日

角川文庫ベストセラー

むはの断面図　椎名　誠

あるときは美人姉妹が経営する山荘に驚き、またあるときはロシアの村での棒引き合戦に飛び入り参加！　謎のむは男、シーナ氏疾風怒濤の日々！

むははは日記　椎名　誠

活字中毒者にして「本の雑誌」編集長、椎名誠が本や雑誌、活字文化にまつわる全てのものへの愛を激しく語った名エッセイ。

あやしい探検隊　バリ島横恋慕　椎名　誠

ガムランのけだるい音に誘われ、さまよいこんだ神の島。熱帯の風に吹かれて酔眼朦朧。行き当たりバッタリ、バリ島ジャランポラン旅！

もだえ苦しむ活字中毒者地獄の味噌蔵　椎名　誠

「本の雑誌」を立ち上げた目黒考二を主人公にした表題作をはじめ、「本ばかり読んでいる人生は△である」など、活字にまつわる過激なエッセイ。

あやしい探検隊　焚火酔虎伝《たきびすいこでん》　椎名　誠

椎名誠隊長ひきいる元祖ナベカマ突撃天幕団こと「あやしい探検隊」が八が岳、神津島、富士山、男体山へ。焚火とテントを愛する男たちの痛快記。

あやしい探検隊　アフリカ乱入　椎名　誠

サファリを歩き、マサイと話し、キリマンジャロの頂に雪を見るという、椎名隊長率いるあやしい探検隊五人の出たところ勝負、アフリカ編。

あやしい探検隊　海で笑う　椎名　誠

世界最大のサンゴ礁グレートバリアリーフで、初のダイビング体験。国際的になってきた豪快・素朴な海の冒険。写真＝中村征夫。